여기보다
나은
우주는
없어

브릿G 단편 앤솔러지

여기보다 나은 우주는 없어

황금가지

강남
하늘
재개발

윤순영

"그러니까 돔을 뚫는다는 거죠?"

수상하기 짝이 없는 정비 계획 입안 제안서를 훑어보던 강남구청 재개발사업과 재개발기획팀 김명조 주무관이 혼잣말하듯 중얼거렸다.

"아파트로? 돔을? 뚫는?"

민원인은 중단발의 여성이었고, 명조보다 나이가 많아 보였지만 정확한 나이는 가늠하기 어려운 얼굴이었다. 그녀는 남의 옷을 잘못 입은 것이 아닌가 싶을 정도로 헐렁한 슈트 차림이었다. 그녀가 상담용 탁자에 두 손을 올렸을 때는 돈이 아무리 많아도 구할 수 없다는 빈티지 시계가 소매 틈으로 슬쩍 모습을 드러냈다. 명조는 그것이 지난 세기에 생산을 멈춘 롤렉스라는 브랜드임을 한눈에 알아보았다.

"왜요? 안 될 거 같아요?"

톡 쏘는 듯한 말투였다. 명조는 곁눈질로 민원인의 얼굴을 한 번 살피고 다시 전자문서로 눈을 돌렸다.

"이게 지금…… 총 높이가 몇 미터죠?"

"정비 계획안 설명서 보세요. 8565미터예요."

명조는 전자문서를 빠르게 몇 번 스크롤하다가 현진의 자리를 돌아보았다. 팀의 차석인 그녀는 책상에 띄운 서너 명의 홀로그램 얼굴들과 한창 열띤 회의를 진행하고 있었다. 대개 그렇듯 중재의 역할을 맡은 그녀의 상황이 어지간히 복잡하다는 사실은 붉어질 대로 붉어진 그녀의 목덜미만 봐도 쉽게 알 수 있었다. 명조는 한숨을 쉬었다.

명조는 문득 8565미터가 무슨 의미인지 깨달았다. 작년 용산구에 착공한 밀레니엄인지 뭔지 하는 빌딩의 높이가 8000미터 언저리였던 것을 기억해 낸 것이다. 시행사에서 대한민국에서 가장 높은 건물이자 세계에서도 마흔여덟 번째로 높은 건물이 될 것이라며 대대적으로 홍보를 했었다. 그 효과는 뜨뜻미지근했다. 이미 초거대 건물(높이 5000미터를 넘는 건물들이 그렇게 분류되었다.)이 너무 많았다. 대부분의 사람들은 굳이 7000미터나 8000미터를 구분하지 않았고, 떠들썩한 홍보 문구란 높은 월세를 의미할 뿐이었다. 하지만 이 계획안을 작성한 자는 대한민국 높이 1등이라는 타이틀을 매우 중요하게 여겼던 것이 분명했다. 돔을 뚫어야 할 만큼.

명조는 머리를 긁적이며 전자문서를 탁자에 내려놓았다.

"여기에 주민들이 동의했단 말이죠?"

민원인은 가볍게 턱짓을 했다. 서류를 보란 뜻이었다. 이미 살펴본 것만으로도 토지등소유자 동의서뿐만 아니라 대부분의 서류가 정확하게 갖춰져 있음을 알 수 있었다. 하지만 명조는 아직 이 제안서를 진지하게 받아들일 수가 없었다.

"돔이 달걀도 아니고…… 굳이 이렇게 해야 할까요?"

민원인의 입가에 짧게 미소가 스쳐 갔다.

"주무관님, 서울에 돔 올린 지 얼마나 됐습니까? 자그마치 54년이에요, 54년. 탄소나노튜브를 하나하나 꼬아 가며 저걸 지었어요. 요새는 그렇게 공사하면 잡혀가요. 드론들이 달라붙어서 보수를 한다고 하는데, 그것도 한계가 있지. 지금 자카르타에서 돔 재건축 들어간 거 알죠? 서울도 멀지 않았다고 봐요."

민원인이 두 손을 가슴 쪽으로 조금 잡아당기자 손목시계에 박힌 천연 다이아몬드가 반짝였다.

"우리가 노후 돔에 기둥 하나 박아 준다고 생각해요. 철거한 돔 타일은 싹 닦아다 서울역사박물관에 기증할 거고."

명조는 자기도 모르게 다리를 떨기 시작했다. 민원인의 말대로 건축 공법은 눈부시게 발전하고 있었다. 구시대의 건축물들은 가차 없이 스러져 갔다. 구청에도 온갖 재개발 기획들이 쌓여 가고 있었고, 명조는 지난 6개월 동안 야근 없이 하루를 마감한 날이 손에 꼽을 정도였다. 골치 아픈 일들이 끝도 없이 밀려들었다.

명조는 손깍지를 끼며 제안서가 담긴 전자문서를 505층 창문 밖으로 내던지는 상상을 했다. 물론 그러기 위해서는 그가 즐겨 사용하는 상상 속의 폭탄으로 먼저 폴리머 창을 폭파시켜야 했다. 민원인의 거침없는 태도와 서류의 빈틈없는 모양새를 통해 명조는 높은 확률로 이 장난 같은 기획이 통과될 것이라는 끔찍한 예감을 받았다. 그것은 명조의 기존 업무 위로 떨어지는 폭탄이나 마찬가지일 것이었다.

다행스럽게도 명조에겐 아직 한 가지 가능성이 남아 있었다. 명조는 다시 전자문서를 집어 들었다.

"네, 그렇게 생각이 확고하시다면야…… 이런 경우는 처음이라 허가가 날 수 있을지 없을지 제가 판단할 수는 없을 것 같고요……"

명조는 전자문서를 들여다보는 척하며 다음 말을 할 타이밍을 쟀다.

"그런데요, 선생님. 죄송한데 부서를 잘못 찾아오셨어요. 기존 아파트 상부에 증축하시려는 거잖아요. 그건 재건축사업과로 가셔야 해요. 저희는 재개발사업과고요."

재건축이 기존 건축물을 부수고 새로 짓는 사업만을 의미하던 때가 있었다. 그러나 지금은 신소재 공법으로 건설된 건축물의 증축 또한 재건축이라고 부른다. 지반과 외벽 보강 공법을 통해 기존 건축물 위로 수 킬로미터 넘게 증축하는 일이 흔해졌고, 웬만한 신축 공사보다 규모가 큰 그런 공사들을 재건축사업과에서 담당한다. 한편 재개발은 구시대의 철근 콘크리트 건물을 부수고 새롭게 신소재 건물을 짓는 경우를 일컫는 말이 되었다. 신소재 건물은 구시대 것보다 훨씬 규모가 커서 구시대 건물 여러 동을 허물어야 공사 부지를 확보할 수 있다. 재개발사업과에서도 그런 사업만을 취급한다. 이 경우는 기존 3.5킬로미터 높이의 아파트를 8.5킬로미터의 초거대 건물로 증축하려는 것으로 재건축이 분명했다.

민원인이 어깨를 으쓱했다. 그 움직임에 커 보이기만 했던 재킷에 맵시 있는 선이 만들어졌다.

"거긴 방금 들렀어요. 건물은 재건축하는 게 맞으니까. 하지만 저흰 재개발도 해요. 저 위, 하늘 말이에요."

민원인이 집게손가락으로 재개발사업과 사무실의 천장을 가리켰다. 명조는 입을 다물고 전자문서를 스크롤했다. 정비계획안 도면을 보자 건물 주변 배경이 이상한 형태의 패턴으로 채워져 있었다. 명조는 곧 그 패턴이 돔 타일의 삼각형 형태가 찌그러진 모습이라는 사실을 깨달았다. 그것은 경사진 돔을 뚫고 나온 건물을 위에서 내려다 본 모습을 그린 배치도였다. 말하자면 건물이 뚫고 나갈 하늘의 돔 면적이 곧 재개발 정비 구역인 셈이었다.

명조는 전자문서를 몇 번 더 스크롤하고는 힘없이 그것을 내려놓았다. 이제 명조에게 남은 선택지는 하나뿐이었다.

"검토 후 연락드리겠습니다."

목소리가 잠겨 있었다. 민원인이 빙긋 미소를 지었다.

"그러고 보니 명함 아직 안 드렸죠? 잘 부탁드려요."

민원인이 전자지갑을 꺼내 명함 발송 버튼을 눌렀다. 명조도 전자문서에 자신의 명함을 띄운 후 민원인에게 발송했다.

"오! 명조 주무관님이시네요."

명조도 자신이 받은 전자명함을 확인했다. GT개발 대표라는 직함 옆에 고딕이라는 이름이 적혀 있었다. 민원인이 다시 한번 빙긋 웃었다.

"또 봅시다."

이 모든 것이 말장난 같았다.

"그 사람, 유명한 사람이야."

빌딩 옥상 매점에서 커피가 프린트되는 것을 기다리며 현진이 말했다. 옥상 이용권은 두 달에 한 번꼴로 쓸 수 있었기에 점심시간에 옥상 매점을 이용하는 것은 팍팍한 일상의 작은 낙이었지만, 명조는 전혀 즐겁지 않았다. 현진이 갓 프린트된 커피를 명조에게 건넸다.

"별명이 화성 불도저인가 그럴 거야."

"웬 화성이요?"

"그 사람이 여태 지은 집들을 다 팔면 그 돈으로 화성 테라포밍도 거뜬하다고 해서 그렇게 부른대."

명조는 쓴웃음을 지었다. 현진의 커피까지 프린트가 완료되자 둘은 북적거리는 매점에서 빠져나와 옥상 정원으로 들어섰다. 아네모네가 만개한 정원 곳곳에 패딩을 껴입은 사람들이 옹기종기 모여 있었다. 그들은 돔을 투과해 쏟아지는 햇빛과 함께 짧지만 달콤한 여유를 만끽하고 있었다. 구청이 위치한 빌딩은 높이가 2.3킬로미터쯤 되는 580층 건물로 강남구에서는 큰 편이 아니었기에 일조량이 많지 않았다. 건물 그림자가 짧아지는 점심시간에야 한 줌의 햇빛이 옥상 표면에 떨어질 수 있었다.

명조와 현진은 빈 벤치에 앉았다. 명조는 주위를 둘러보았다. 주변의 초거대 건물을 오르내리는 플라잉 카들의 모습이 마치 허공을 기어가는 개미 떼처럼 보였다. 그 행렬은 이웃 건물로 이어지며 마치 건물들끼리 실뜨기라도 하는 듯이 복잡한 무늬를 하늘에 그려 냈다. 그 모습을 바라보던 명조가 갑자기 입을 열었다.

"어떤 부모가 자기 딸 이름을 딕이라고 지을까요?"

현진이 웃음을 터뜨렸다.

"비즈니스를 위해서 개명한 거 아닐까? 한 번 들으면 잊을 수 없는 이름이잖아."

"유럽의 고딕 건축, 뭐 그런 걸 연상시키려고요? 센스 한번 희한한 사람이네요."

현진은 가만히 커피 향을 맡았다. 명조는 커피잔을 양손으로 든 채 고개를 들어 하늘을 올려다보았다. 하늘의 정점에서 내리꽂히는 햇빛에 눈이 부셨지만, 구름 너머 먼 하늘에서 희미하게 돔의 모습을 볼 수 있었다. 그것은 파란 종이에 하얀 색연필을 엷고 고르게 칠해 놓은 듯한 모습이었다.

"이해가 안 돼요. 넉넉하게 돔 중심부 쪽, 그러니까 용산구나 성동구, 아니면 강남구라도 압구정동이나 청담동에 지었다면 아무 문제 없는 거잖아요. 대체 왜 돔 높이가 7.5킬로미터인 개포에 8.5킬로미터짜리 아파트를 짓는 거예요?"

현진은 커피를 한 모금 마시더니 지나가는 말투로 답했다.

"강남이잖아."

현진의 대답은 묘하게 그럴듯했다. 명조는 입을 다물었다. 하지만 가슴속의 화는 전혀 가라앉지 않았고, 명조는 계속해서 돔을 노려보았다. 누군가는 저토록 거대한 돔을 지었고, 또 다른 누군가는 그 돔을 뚫을 아파트를 지을 수도 있는 것이다. 아니, 과연 그럴까?

도시를 덮은 돔의 크기가 반경 10킬로미터를 넘어서 성층권에 닿을 정도가 되면 사람들은 그 도시를 메가 돔 시티라고 불렀다. 반경 12킬로미터의 돔을 지음으로써 서울이 세계 스물세 번째 메가 돔 시티가 된 지도 벌써 50여 년(정확히는, 민원인의 말대로 54년)이 지났다. 적외선 일부를 반사함으로써 죽음의 폭염을 막아 내는 돔의 쓸모는 이미 오래전에 입증되었지만, 그것의 건설 과정은 절대 순탄하지 않았다. 당시 이야기는 공무원들 사이에서 전설처럼 전해지고 있었다.

서울 돔 건설 사업은 국토교통부 산하 한국돔공사와 서울시의 협조하에 진행되었다. 초기에 한국돔공사는 몇 개의 소규모 돔으로 서울을 나누는 안을 제시했지만, 서울시와 시민들은 그것을 단호히 거절했다. 그들은 메가 돔 시티를 원했다. 안전성 검토를 통해 건설 가능한 돔의 최대 범위가 반경 12킬로미터로 정해졌다. 그러자 가장 중요한 문제, 돔의 위치를 선정하는 문제가 남게 되었다. 직경 24킬로미터의 원은 어디를 중심으로 하더라도 서울 면적 전체를 덮을 수 없었다. 돔 밖으로 잘려 나가는 지역이 나올 수밖에 없었다. 인류 역사상 다시 없을, 부동산 가격 상승 모멘텀이 걸린 문제였다.

난장판이 벌어졌다. 중구 을지로1가의 빌딩 115층에 자리 잡았던 한국돔공사 사무실의 위아래 각 5층이 전부 시위대로 가득 찼다. 서울시청도 사정이 나을 것이 없었다. 안정권에 있는 부동산 매물은 완전히 사라져 버렸기에 경계 지역 부동산에 대한 묻지마 매입이 줄지어 벌어졌다. 서울 시내에 폭력 신고가 급증했는데, 대부분이 부동산 관련 대화를 나누다 발생한 경우였다. 돔과 이해관계가 얽히지 않은 다른 모든 이들은 염증과 환멸을 느끼며 그 광경을 지켜보았다.

그런 상황에서 서울돔건설조합이 출현했다. 추진위원회에는 재벌 회장을 비롯하여 각계의 자산가들이 포함되어 있었다. 조합 설립 후 그들은 전부 대의원이 되었고, 그중 강남구 청담동에 살던 인물이 조합장을 맡았다. 그들의 주도하에 막대한 출자금이 모였다. 곧 한국돔공사와 서울시, 서울돔건설조합이 테이블에 마주 앉게 되었다. 지지부진한 공청회가 수십 차례 진행된 후, 한국돔공사 사장이 최종적인 건설 계획안을 발표했다. 계획안 속의 돔은 서울 동남쪽으로 상당히 치우쳐 있었고, 덕분에 서초, 강남, 송파구가 대부분의 면적을 보존할 수 있었다. 당시 화제가 된 어느 만평은 그 상황을 돈의 블랙홀이 돔을 끌어당기는 모습으로 그려 냈다.

서울에 돔을 짓자는 게 아니라 핵을 떨어뜨리자고 결정한 듯한 반응이 이어졌다. 고소와 고발이 난무했고, 시위대는 100배로 늘어났다. 사람들은 어느 언론이 이 계획안에 만족하고 있는지 순식간에 파악할 수 있었다. 누군가는 그 와중에 서울의 마지막 그린벨트였던 북한산이 돔 안에서 너무 넓은 면적을 차지한다며 분통을 터뜨렸다. 아예 돔 건설 철회를 요구하며 자재 공장을 테러하는 사건도 일어났다. 한국돔공사 사장은 얼마 지나지 않아 자진 사퇴했고, 서울돔건설조합 조합장은 암살 시도에도 살아남았지만 결국 비상대책위원회에 의해 해임되었다. 서울시장은 자리를 보전할 수 있었는데, 어차피 그의 임기 안에 돔 공사는 시작도 하지 못했다. 차차기 시장 대에야 착공이 이루어졌고, 그때 확정된 돔의 위치는 이전의 것에서 800미터 정도 움직였을 뿐이었다.

수십만 대의 드론이 투입된 공사는 별문제 없이 진행되었다. 유난히 튼튼하고 반질반질한 돔이 지어졌다. 그리고 그것을 계획하고 만들었던 그 누구도 지상의 건물이 돔을 뚫어야 할 필요성이나 그럴 가능성에 대해서는 고려하지 못했을 것이다. 절대로.

"사람들은 좋아할걸."

현진의 말에 명조는 상념에서 빠져나왔다.

"안 그래도 돔의 가시광선 투과율이 계속 떨어진다고 난린데, 돔 밖에서 하늘을 볼 수 있다니. 확실한 메리트잖아?"

명조의 머릿속에서 즉각 몇 가지 홍보 문구가 떠올랐다. '창가에서 느끼세요, 돔 밖의 하늘', '진정한 태양을 만나는 곳, 개포 뭐시기저시기' 혹은 '딴 아파트 높다 하되 돔 아래 아파트로다', '돔을 뚫고! 수익률도 뚫는다!' 아니, 홍보가 따로 필요 없을 것이다. 허가가 나는 순간 전 국민이, 어쩌면 전 세계인이 이 뉴스를 접하게 될 테니까.

"고덕이라는 사람, 한강 주변에서 한강뷰를 놓고 앞뒤 아파트들 높이 경쟁을 시킨 걸로 유명했어. 한강 바로 앞 아파트를 증축해서 그 뒤 아파트 전망을 가리고, 이후에 그 뒤 아파트를 증축해서 뷰를 돌려준 뒤, 다시 또 앞 아파트를 증축했던 거야. 그걸 똑같이 몇 번 반복하기만 했는데도 그 사람이 기획에 참여한 재건축 아파트들은 모두 분양가를 얼마를 매기든 순식간에 완판되어 버렸어. 뭔가 사람 심리를 자극하는 법을 아는 사람이지. 그 사람을 무작정 추종하는 투기꾼들도 많아. 그 외에도 성공적인 기획들이 여럿 있었는데, 강남에는 이번에 처음 나타난 거야. 작정한 게 있는 거지."

"조금 미친 사람 같은데요."

"어쨌든 돈 벌 줄 아는 사람이지."

롤렉스의 천연 다이아몬드가 떠올랐다. 명조가 다리를 떨기 시작했다.

"잔머리 좀 굴리면 돈이 펑펑 쏟아지고…… . 집 없는 사람은 어디 억울해서 살겠어요?"

현진은 말없이 커피를 마셨다. 명조는 등을 구부린 채 앞을 내다보았다. 보이는 것이라곤 신소재 특유의 무광이 도드라지는 초거대 건물들뿐이었다. 명조는 서울시 주택 수에 대한 실시간 통계를 알고 있었다. 그래서 돔 안에 4억 7280만 호 가량의 주택이 있다는 사실을 알고 있었고, 그중에 자신의 집이 없다는 사실을 남들보다 조금 더 염세적으로 받아들였다.

대학 졸업 - 공무원 시험 합격 - 감당할 만한 가격의 월셋집을 구해 독립 - 종종 비싼 것을 사 먹고 부모님께 용돈을 보내는 생활. 그것이 명조의 삶이었다. 그리고 명조가 바라는, 삶의 다음 단계는 플라잉 카 구매였다. 자율 비행 이용권과 공영 주차장 주차권을 포함한 플라잉 카 통합 패키지에 대한 정부 보조금 지원이 내후년까지였다. 쉬는 날에는 침대에 누워 플라잉 카 전용 홀로그램 영사기의 사용 후기를 찾아보는 것이 명조의 낙 중 하나였다. 플라잉 카가 생긴다면 지긋지긋한 엘리베이터 환승에서 벗어날 수 있을 뿐만 아니라, 매일 출퇴근 시간 동안 홀로그램 영화를 한 편씩은 볼 수 있을 것이었다. 그것이 명조가 기대해 봄 직한 '미래'였다. 하지만 자가는 전혀 다른 문제였다. 돔 안에서 가장 싼 주택도 명조의 월급을 하나도 쓰지 않은 채 30년을 모아야 살 수 있었다. 신축 초거대 아파트를 분양받으려면 그 기간이 몇백, 몇천 년이 될 수도 있었다. 명조에게 자가 아파트란 종교나 마찬가지였다. 사후 세계에 관한 일이니까.

명조의 심기가 얼굴에 그대로 드러난 것이 분명했다. 현진이 놀란 눈으로 물었다.

"어지러워? 얼굴이 왜 이렇게 질렸어?"

"아니, 아니요. 그런 거 아니에요."

명조는 손사래를 치며 등을 벤치에 기댔다. 고작 2.3킬로미터 옥상에서 고산병 환자 취급을 받고 싶지 않았다. 명조가 목을 가다듬고 말했다.

"그런데 돔을 뚫는다 쳐요. 그 사실이 아파트 가치와 무슨 상관이 있는 거죠? 그저 마케팅일 뿐이잖아요. 예전만 해도 자재 강도, 건물 높이 같은 것이 인기의 척도였죠. 그리고 요즘은 다시 커뮤니티 시설이 난리고요. 120층에 걸쳐 골프 코스 18홀을 다 집어넣은 서초 넵투누스 같은 데 말이에요. 교육기관 모시기 붐도 일어서 신림 안드로메다는 아예 서울대를 아파트 안에 입주시켰지요."

현진이 인상을 찌푸렸다.

"그 이후에 대치 프로메티아에 휘문고를 집어넣겠다고 해서 우리가 죽을 뻔했지."

명조도 끔찍한 야근 행진의 시작이었던 작년 겨울을 떠올렸다. 대치 프로메티아 재개발 조합과 인근 초거대 아파트 연합 간의 갈등은 거의 육탄전을 코앞에 둔 상황까지 치달았다. 결국 프로메티아 측이 계획을 철회할 때까지 재개발사업과는 끝없는 민원 전화를 받아 내야만 했다. 명조는 고통스러운 기억을 떨치려는 듯 몸서리를 한 번 치더니 목소리를 조금 낮춰서 말을 이었다.

"맞아요. 그런데 그게 다 뭐예요. 결국 집값 올리려는 수작이 잖아요. 그런 이슈들을 하나씩 가져갈 때마다 분양가를 얼마나 올렸어요? 고만고만한 아파트 간에 가격 차이가 그렇게나 나는 게 말이 돼요? 파격이라고 하지만, 신물이 나는 파격이에요. 파격을 위한 파격, 뭐 그런 거죠. 다 알고 있잖아요?"

아무래도 그동안 스트레스가 많이 쌓였던 모양이다. 명조의 입은 멈출 생각이 없었다.

"모두가 천국에라도 가는 것처럼 기를 쓰고 돔 안으로 들어오려 하는 세상이에요. 그런데 하늘을 좀 더 잘 보려고 돔을 뚫는다? 역시 관심은 받겠지만, 분양가가 나오면 사람들 생각도 달라질걸요? 조금만 차분히 생각해 봐도 알 수 있잖아요. 아무리 돈이 넘쳐흐르는 사람이라도 머뭇거리게 되지 않을까요? 이 돈을? 이 정도 메리트에 이 돈을?"

잠자코 듣고 있던 현진이 커피를 마저 마시고 입을 열었다.

"모르지. 여긴 강남이잖아."

명조는 다시 말문이 막혔다. 잠시 항변할 말을 찾았지만 딱히 떠오르는 말이 없었다. 현진이 손을 가볍게 흔들자 청소 로봇이 굴러와 현진의 빈 커피잔을 가져갔다.

"억지로 이해하려 할 필요 없어. 조금 다르게 만들어진 세계가 있는 거야."

그것은 12년째 도시계획 업무를 맡고 있고, 그중 7년을 강남구청에서 근무한 재개발기획팀 차석의 말이었다. 명조는 가만히 그 말을 곱씹다 그제야 다 식은 커피잔을 들어 올렸다.

고덕의 제안에 대해서, 강남구청장은 한국돔공사의 설계안 전검토보고서를 추가할 것을 통보했다. 몇 주 후 서류 보완이 완료되었고, 곧 정말로 강남 하늘의 돔이 정비 구역으로 지정되었다. 놀랍게도 명조의 업무 부담은 크지 않았다. 명조는 구의회가 그토록 협조적인 모습은 처음 보았다. 한국돔공사와 서울시청의 담당자들 또한 마찬가지였다. 한마디로, 일사천리였다.

돔을 뚫는 공사에 대한 여론은 좋을 리가 없었다. 사람들은 이 공사가 돔의 내구성과 돔 내부 환경에 미칠 영향에 대해 우려했다. 시민 단체들이 이로 인해 발생 가능한 여러 문제들을 제기했다. 시행사는 한국돔공사의 평가를 근거로 삼아 논란에 대응했다. 하지만 대부분의 사람들은 돔을 뚫을 필요성을 공감하지 못했고, 이 공사에 노골적인 적대감을 드러내는 이들도 많았다. 해외 언론에서도 이 공사는 한국인들의 기행 정도로 소비되었다. 하지만 사업 시행에는 문제가 없었다. 아파트 주민들은 고덕에게 압도적인 지지를 보냈다. 진행을 돕기 위해 조합 창립총회에 참석했던 명조는 그 광경을 직접 눈으로 볼 수 있었다. 고덕은 시행사 대표 자격으로 연단에 섰다. 그녀의 첫마

디는 "안녕하세요, 하늘을 뚫을 조합원 여러분."이었다. 명조는 그 순간 총회장의 공기가 달라지는 것을 느낄 수 있었다. 그녀가 기념사를 마치며 "저만 믿고 따라오십시오."라고 말하자, 강남구 개포동의 885층짜리 건물을 통째로 뒤흔드는 듯한 박수 소리가 잇따랐다. 적지 않은 사람들이 눈물을 흘리고 있었다.

시공사가 선정되었고, 수천 대의 드론이 공사장에 투입되었다. 이후 명조는 옥상에 올라갈 때마다 습관적으로 동남쪽을 확인했다. 1년이 지났을 때, 드디어 초거대 건물 스카이라인 너머로 그 아파트가 모습을 드러냈다. 드론들이 건축 AI의 지휘에 맞춰 벌떼처럼 그 주변을 비행했다. 두 달마다 아파트는 쑥쑥 커졌다. 또 1년이 지났을 때, 아파트가 돔에 닿았다. 옥상에서도 고개를 힘껏 치켜들어야만 그 첨단을 볼 수 있었다.

시행사는 승부수를 두었다. 돔을 철거하는 모습을 생중계했던 것이다. 그것은 공사 현장이라기보다는 차라리 치과 진료실을 들여다보는 듯한 인상을 주었다. 드론의 부속지에 붙어 있는 도구가 치과용 핸드피스처럼 보였다. 드론들이 정교한 움직임으로 프레임 결합을 해체하자 돔 타일이 삐걱거렸다. 이어 드론 세 대가 날아와 삼각형인 돔 타일의 꼭짓점 부분을 각각 붙잡았다. 매복된 사랑니를 뽑아내듯 돔 타일이 하나씩 들어 올려졌고, 이 모든 작업 과정이 홀로그램으로 전 세계에 퍼져 나갔다. 이색적인 영상이 사람들에게 묘한 쾌감을 준 것이 분명했다. 돔 철거 영상들이 인기를 끌기 시작했다. 이후 특히 인기가 있었던 것은 돔 밖에서 바라본 공사 현장의 타임 랩스 홀로그램이었다. 지표에 돋아난 작은 지구처럼 광활하게 펼쳐진 돔. 치과 의사처럼 분주하면서도 빈틈없이 움직이는 드론들. 서서히 모습을 갖추는 단 하나의 수직선, **아파트**.

명조는 그 영상을 보고 싶지 않았다. 하지만 명조의 여가 시간 대부분을 책임지는 홀로그램 영상 플랫폼, 홀로라이프의 알고리즘이 그를 영상으로 이끌었다. 명조는 침대에 누워 웃기지도 않은 정비 계획안이 실현되고 있는 모습을 지켜보았다. 갑자기 어떤 생각이 떠오른 명조는 그의 집 AI를 호출했다.

"무엇을 도와드릴까요?"

"고딕 건축에 대해 알려 줘."

AI는 고딕 건축에 대한 간략한 설명을 읊었다. 오래전 학교에서 배웠던 것 같은 내용이었다. AI의 설명 중 한 구절이 명조의 머리에 남았다.

'중세인들의, 신에 가까워지려는 노력을 나타냈다.'

그 신이 돈의 신을 말하는 것이라면, 현대인들도 다를 게 없어. 명조는 입술을 삐죽이며 생각했다. 해당 홀로그램의 조회 수는 사흘 만에 10억 회에 이르렀다.

아파트 이름은 '개포 오버 더 돔'으로 결정되었다.

일반 분양이 시작되었고, 돔 밖으로 노출된 고층들은 로열층으로 구별되었다. 이 로열층에 대한 사람들의 관심은 무시무시할 정도였다. 모델 하우스는 실제 돔 밖의 층에 지어졌는데, 방문객들에 의해 커다란 통창을 통해 돔을 내려다보는 거실 이미지가 대중에게 공개되었다. 돔을 내려본다는 사실 자체가 사람들에게 충격을 주었다. 돔뷰라는 말이 순식간에 퍼져 나갔다. 다양한 각도로 돔뷰를 담은 사진들이 그동안 제기되었던 무수한 논란들을 덮어 버렸다. 로열층과 일반층의 분양가는 수십 배까지 차이가 났다. 하지만 로열층들의 1순위 청약 경쟁률은 1792대 1을 기록했다. 서울에 돔이 세워진 이후, 강남구에서 가장 높은 경쟁률이었다. 때마침 내려간 금리의 혜택을 본 셈이었지만, 그럼에도 업계의 예측을 훨씬 상회하는 결과였다. 개포 오버 더 돔은 분양을 시작한 지 두 달 만에 모든 계약이 완료되었다. 이에 영향을 받아 서울 아파트값이 간만에 상승세를 보였고, 뉴스에서는 오버 더 돔 효과라는 말이 회자되었다.

그사이 명조는 윗집의 층간 소음 문제로 이사를 가게 되었다. 월세가 조금 올랐고, 이사비 등의 지출이 생기는 바람에 플라잉 카 구매는 조금 미루기로 하였다. 명조의 일상은 대체로 변함이 없었지만, 한 가지는 달라졌다. 명조는 더 이상 옥상에 올라가지 않았다.

개포 오버 더 돔의 대성공을 기점으로 오버 더 돔은 하나의 브랜드가 되었다. 오버 더 돔 아파트는 마치 서울 순회 콘서트라도 여는 듯이 돔 경계 지역에 차례차례 착공 계획을 발표했다. 실제로 아파트에 대한 사람들의 열광이 아이돌에 대한 그것과 다를 바 없었다. 비슷한 기획들이 쏟아져 나왔다. 너도나도 돔을 뚫어 댔다. 돔 가장자리가 스위스 치즈 꼴이 나는 것은 시간문제로 보였다. 결국 정부에서 돔 높이를 초과하는 건물의 건설 허가 기준을 크게 높여야만 했다. 그리고 명조가 고덕을 다시 보게 된 것은 주택 AI 박람회에서였다. 개포 오버 더 돔이 완공된 지 5년이 지난 후였다.

그날은 고덕의 강연이 예정되어 있었다. 강연 제목은 'AI 주택 임대 사업의 시작과 향방'이었다. 제목만 듣고서는 무슨 내용의 강연인지 감도 잡히지 않았다. 당시 명조는 몇 번의 인사이동 끝에 주택과 주택임대사업팀에서 근무하고 있었는데, 그쪽으로 강연 참석 요청이 왔던 것이다. 공문을 본 팀장이 명조를 불렀다.

"명조가 고덕이란 사람 만나 본 적 있지? 좀 어때, 그 사람?"

"조금 미친 사람이죠."

"그런 것 같네. 그래도 한번 가 봐. 요즘 국회가 요상하게 돌아가는 모양이야."

국회에 대한 이야기는 얼마 전 심의에 들어간 'AI 재산권 보장'에 대한 법안을 두고 하는 말이었다.

현대의 AI는 사회적으로 중요한 역할을 담당하고 있다. 그래서 때론 민사 및 형사 사고가 발생했을 때 그 책임을 AI가 지게 되는 경우가 생긴다. 이 경우 사법 기관은 해당 AI에게 벌금을 부과한다. 일반적인 AI는 수입이 없지만, 벌금이 있는 AI의 경우 그 생산 활동의 경제성을 판단하여 그 정도에 따라 벌금을 상환해 나갈 수 있다. AI에게 일종의 빚이 생기는 셈이다. 벌금이 부과된 AI는 기획재정부로부터 경제 활동에 제약을 받았다. 그런데 점차 '전과'가 있는 AI가 늘어나고, 파산하여 운영이 정지되는 AI까지 속출하자 AI 재산권에 대한 논쟁에 불이 붙었다. AI가 빚을 가질 수 있다면 자산 또한 가질 수 있는 것 아니냐는 것이 주요 논점이었다. 주로 위법적인 상황이 자주 발생하는 업계의 이들이 AI 재산권의 필요성을 역설했다. AI의 주체성에 대한 철학적 논의에서부터 인간노동보존연합의 가세(그들은 AI에게 재산권이 생기면 AI에게 자산 증식의 욕망이 생길 것이고, 이로 인해 점진적으로 AI 사용료가 증가함으로써 노동의 AI 의존도가 떨어질 것이라 주장했다.), 여러 이익 집단의 이권 다툼까지 거치면서 AI 재산권을 보장하라는 주장이 점차 힘을 얻기 시작했다. 그러나 이런 상황임을 고려해도 관련 법안이 국회에서 처리되는 속도에는 급진적인 데가 있었다.

강남구 삼성동에 위치한 주택 AI 박람회장은 인파로 가득

했다. 각 부스는 온갖 새로운 제품과 서비스를 선전하고 있었다. 중앙홀에 마련된 강연장에서는 이미 한 남자의 강연이 진행 중이었다. 꽤 유명한 주택 AI 기업의 대표로 명조도 낯이 익은 인물이었다. 그 회사는 주택 관리, 가사 노동, 공과금 정산 등을 아우르는 주택 AI 서비스에 전문적인 건강 검진 기능을 연계함으로써 화제를 모았었다. 사람들은 집에 어떤 AI를 설치할지에 대해서 많은 관심을 갖고 있었다. 그날도 청중석에는 자리가 없어 명조는 뒤쪽에 서 있어야 했다. 머리를 바싹 깎고 턱수염을 기른 강연자는 강연을 마치며 "대학병원을 내 집으로!"라는 캐치프레이즈를 힘차게 외쳤다. 사람들은 큰 박수 소리로 호응했다. 사회자가 강연자의 기백에 대한 칭찬과 농담을 몇 마디 한 뒤, 마지막 연사를 소개했다. 고딕이었다. 고딕은 청중석 맨 앞줄에서 일어나 연단으로 올라왔다. 그녀는 전혀 나이를 먹지 않은 듯한 얼굴이었다. 바지는 통이 넓은 슬랙스였지만 셔츠와 니트는 몸에 붙게 입고 있었다. 시계도 하나 차고 있었는데, 거리 때문에 브랜드를 구별할 수는 없었다.

고딕의 강연 내용은, 이번에도 괴상하기 짝이 없는 것이었다. 고딕은 AI 재산권 보장법에 관한 이야기를 먼저 꺼냈다. 그녀는 그 법이 통과될 경우를 전제했다. 고딕은 재산권을 인정받은 AI로 이루어진, 임대 사업 법인의 설립에 관해서 이야기했다. 그리고 법인에 소속될 AI들에게 주택을 한 채씩 증여할 것이라 했다. 청중이 웅성거렸다.

"AI한테 집을 준다고요?"

누군가가 고딕의 말을 끊으며 물었다. 고딕은 침착하게 말을 받았다.

"네, AI가 집의 소유자가 되는 겁니다."

웅성거림이 커졌다.

"AI가 소유할 집들은 일반 주택이 아닙니다. 서울에서 가장 인기가 좋은 아파트, 그중에서도 최상급의 로열층들만을 소유하게 될 것입니다. 물론 AI는 본인 소유의 주택을 최고의 상태로 관리할 것입니다. 그리고 소유자의 당연한 권리로, 그 집의 임대인이 될 것입니다."

'AI 주택 임대 사업의 시작과 향방'이라는 강연 제목의 정체가 밝혀지는 순간이었다. 명조는 옆에 앉은 중년의 남자가 "미쳤군."이라고 중얼거리는 소리를 들었다. 누군가가 "AI를 집주인으로 모시라는 소리야?"라고 투덜거리는 소리도 들렸다. 그 자리에 남은 사람들은 고딕의 명성을 익히 알고 있는 사람들이었을 테지만, 강연 내용은 그들조차 황당하게 만든 것이 분명했다. 서너 명의 중년 여성이 핸드백을 들고 강연장에서 빠져나갔다. 하지만 고딕은 아랑곳하지 않고 설명을 이어 갔다. 그녀는 법인의 수익 모델은 임대 소득만이 아니라 AI 집주인과 세입자를 연결해 줌으로써 받는 중개 수수료를 포함하고 있다

고 설명했다. 또한 수익을 새 주택 구매에 투자함으로써 지속
적으로 사업을 확장해 나갈 것이라고 했다. 고덕은 "바로 여기
에 새로운 미래가 있습니다."라는 말로 강연을 마쳤지만, 박수
소리는 크지 않았다. 사회자가 애써 던진 몇 가지 농담도 별 소
용이 없었다. 사람들은 어수선한 모습으로 자리에서 일어났다.

예닐곱 명의 사람이 고덕에게 다가가 그녀가 저술한 전자도
서에 사인을 받았다. 명조는 그들이 떠날 때까지 기다렸다가
고덕에게 인사했다.

"안녕하세요, 고덕 대표님."

"네, 안녕하세요! 김명조 주무관님이시죠? 잘 지냈어요?"

"네, 저 기억하시네요?"

그녀와 대면한 것은 거의 7년 만의 일이었다. 고덕이 장난스
럽게 웃었다.

"그럼요. 이름이 독특하잖아요."

허를 찔린 듯한 기분이었다. 명조는 조금 당황했지만 빠르게
미소를 지었다.

"강연 잘 들었습니다."

"네, 바쁘실 텐데 와 주셔서 감사해요. 이번 사업에 대해서
앞으로 얼마나 많은 설명회를 해야 할지 모르겠어요. 사람들
을 계몽하는 일은 늘 쉽지 않거든요. 제 성대가 조금 고통스럽
겠지만, 그래도 이게 제 일인데 어쩌겠어요."

엄살을 부리는 것과는 반대로 고덕의 목소리에는 생기가 넘쳤다. 계몽이란 단어가 신경에 조금 거슬렸지만, 그녀에겐 제법 잘 어울리는 말이란 생각이 들었다. 고덕이 말을 이었다.

"이대로 퇴근하시는 거죠? 괜찮으시면 저녁 식사라도 같이 하실래요? 앞으로도 자주 뵐 텐데, 사업 이해도를 서로 좀 높여 두는 것도 나쁘지 않잖아요?"

명조는 잠시 고덕의 얼굴을 살폈다. 이 별난 업계 거물이 무슨 꿍꿍이를 가졌는지 그로서는 도저히 짐작할 수 없었다. 하지만 식사 한 번 정도야 그녀의 말대로 나쁠 것이 없었다. 마침 배도 고팠다.

"좋습니다."

고덕이 경쾌하게 고개를 끄덕이더니 청중석 맨 앞줄을 향해 말했다.

"이 박사님, 같이 가시죠?"

명조는 그곳에 아직 사람이 남아 있으리라고는 생각도 못 하고 있었다. 긴 머리를 질끈 묶은, 덩치가 큰 여자였다. 이 박사라고 불린 그 여자는 아주 미미하게 고개를 움직였는데, 긍정의 뜻인 듯했다.

고덕은 두 사람을 박람회장 80층 아래의 양대창집으로 안내했다. 퇴근한 직장인들이 속속 가게로 들어서고 있었다.

"제가 살 테니 편하게 드세요."

그녀의 말에 명조는 머뭇할 수밖에 없었다. 고덕이 지체없이 덧붙였다.

"김영란법은 걱정하지 마세요. 다 방법이 있지요."

고덕은 양과 대창을 시켰다. 그리고 서빙 로봇에게 따로 지시를 내렸다.

"이분 접시에는 8만 원어치까지만 올려 드려."

그런 요청은 명조가 태어나서 처음 들어 보는 것이었다. 당황한 명조를 보며 고덕이 윙크했다.

"나머지 2만 원은 식사랑 술값. 이 집 된장찌개는 꼭 먹어 봐야 하거든요. 그리고 소주도 한잔해야죠?"

명조는 마지못해 고개를 끄덕였다. 고덕이 소주를 주문하자 로봇이 술병과 잔 세 개를 그들 자리로 가져왔다. 고덕이 술을 따르며 두 사람을 서로에게 소개했다.

"이쪽은 강남구청의 김명조 주무관님. 예전에 재개발기획팀에 계실 때 처음 뵈었는데…… 지금은 주택임대사업팀에 계신 거예요? 어떻게 이렇게 저랑 딱딱 마주칠 수 있어요? 이것도 참 인연이다."

명조는 "아, 네, 뭐……."와 비슷한 말을 중얼거렸다.

"그리고 이쪽은 AI 패턴분석학(흔히 AI 심리학이라고 하죠?)에서 요즘 가장 주목받는 연구자이신 이올리비아 박사님이세요. 미국 스탠퍼드 대학에서 컴퓨터 사이언스 박사 학위를 받으셨고,

지금은 인도 과학원의 AI 연구소에서 연구 중이세요. 작년부터
는 저희 회사 기술 고문도 맡고 계시죠."

"인도 과학원 AI 연구소라면……"

"네, 벵갈루루의 기후 조절 시스템을 개발한 곳이죠."

고딕이 첨언하는 동안 이올리비아는 아무 말도 하지 않았다.
AI에 대해 별다른 지식이 없는 명조도 메가 돔 시티 중에 벵갈
루루 시스템을 채택하지 않은 곳이 없다는 사실 정도는 알고
있었다. 명조는 고개 숙여 이올리비아에게 인사했다. 올리비아
도 짧게 고개를 숙였다. 고딕이 건배를 청했고 그들은 각자의
잔을 들어 올렸다. 고딕이 손목에 차고 있는 것은 또 다른 모델
의 롤렉스였다. 세계 최고의 연구소 연구원과 협업을 하고, 세
계에서 가장 비싼 시계만 차고 다니는 여자. 저 여자는 도대체
돈이 얼마나 많은 걸까? 사는 곳은 어딜까? 명조는 강렬한 호
기심을 느끼며 소주를 마셨다. 그러나 동그란 식당 의자에 앉
아 있는 고딕의 모습은 다른 테이블의 직장인들과 비교해서 전
혀 이질감이 없었다. 그녀의 표정과 목소리, 몸동작에는 업무
가 끝난 이의 홀가분함만이 감돌고 있었다.

서빙 로봇이 소의 내장들을 불판 위에 올렸다. 대화는 자연
스럽게 AI 주택 임대에 대한 이야기로 흘러갔다. 고딕의 말을
정리해 보면, 그녀가 새로 구상한 사업의 핵심은 집주인이 될
AI들의 성향에 달려 있었다.

"도미넌트라는 말 알죠? 관계에서 우위를 가지려 하는 성향 말이에요. 우린 AI를 통제하고 그것들을 충분히 순응적인 존재로 만들어 두고 있지만, 그것들 안에서도 특별한 성향의 개체가 나타나곤 해요. 혹은 남다른 잠재력을 가진 개체 말이죠."

고딕은 말을 하며 올리비아를 바라보았다.

"여기 이 박사님은 아무리 미미한 것이라도 그런 징후를 찾아낼 수 있어요. 그리고 그것을 토대로 도미넌트적인 잠재력을 가진 AI를 우리에게 추천해 주죠. 아무 AI나 집주인이 될 수는 없잖아요. 집주인이 되어 가지고 세입자에게 봉사만 한다면 그게 호구지 뭐예요. 우린 정말 집주인다운 AI를 원해요."

어련하시겠어. 명조는 소주잔으로 표정을 가렸다. 지배적인 성향의 AI를 모아 그것들을 집주인다운 집주인으로 육성한다고? AI 패턴분석가란 양반이 그런 사업에 붙어서 인간을 깔아뭉갤 잠재력이 있는 AI를 선별하고 있다고? 그건 그냥 디스토피아 SF의 도입부 아닌가?

무엇보다 거북한 사실은 명조는 집주인의 처지에서 생각할 수 없다는 점이었다. 고딕은 말할 것도 없고, 이 올리비아란 작자도 주거 고민을 크게 할 법해 보이지 않았다. 굳이 확인할 것도 없이 인도에서건 한국에서건 사택이 제공되거나 그와 비슷한 혜택을 받고 있을 것이었다. 명조는 이 자리에 세입자의 의견을 물어보기 위한 목적도 포함되어 있는지 하는 의심도 들었지만, 고딕은 명조의 주거 사정에 대해서는 아무런 관심도 보이지 않았다. 그것은 그것대로 모욕적이었다.

명조가 다리를 떨기 시작했다. 그가 물었다.

"그런 AI가 집을 소유하는 것에 따르는 위험은 없을까요?"

"최악의 경우라고 해 봤자, 도배를 안 해 주기밖에 더 하겠어요?"

고딕은 말하고 웃음을 지었지만, 나머지 두 사람은 웃지 않았다. 그때 여태 잠자코 있던 올리비아가 입을 열었다.

"그들은 법에 어긋나는 일은 할 수 없어요."

재미 교포식 억양의 한국어였다. 그녀는 머뭇거리다가 한마디를 덧붙였다.

"많은 면에서 사람보다 나을 거예요."

"어떻게 확신하시죠?"

"엄…… 고딕 대표님은 도미넌트라고 표현했지만, 사람을 지배하려고 한다거나 하는 의미는 아니에요. 그것은 사용자에 대한 반응성이 떨어진다는 의미예요. 사용자가 느끼기에 보다 주도적인 성격으로 보일 뿐이에요. 이 아이들은 사용자의 사소한 요구 사항보다 스스로 계산해 낸 이상적인 주거 생활 이미지를 더 우선시해요. 그것에 맞춰서 사용자들을, 그러니까 세입자들을 업그레이드해 줄 수 있어요."

고딕이 끼어들었다.

"맞아요. 집주인이기에 접근할 수 있는 정보를 통해 아파트 커뮤니티에서의 사회적 활동에 대해서도 조언을 해 줄 거예요. 이웃들에게 적합한 선물을 추천할 수도 있고, 이웃 간에 벌어질 수 있는 갈등을 미리 방지할 수도 있죠."

그림이 그려졌다. 물론 끔찍한 그림이었다. 이들은 세입자를 실시간으로 감시하는 집주인을 창조할 셈이었다. 무거운 물건이 떨어져 장판에 흠집이 나고, 화장실 문에 바른 시트지가 찢어질 때마다 노심초사하게 되는 세입자에게, 집 그 자체인 집주인과의 24시간 동거를 제안하는 것이다. 그리고 그 집주인은 세입자의 생활에 일일이 참견 아닌 참견을 한다는 것이다. 그런 게 수요가 있다고? 이 술자리 농담으로도 불쾌하기 짝이 없을 계획은, 고딕이라는 인간의 막강한 자금력과 (베일에 가려져 있지만 존재하는 것이 분명한) 그보다 더 막강한 정치적 영향력에 의해 실제로 진행되고 있는 것이 분명했다. 더 나쁜 것은, 그것이 명조의 업무와도 직결되는 문제라는 점이었다.

로봇이 양과 대창을 자르기 시작했다. 대창에서 흘러나온 기름이 불판 위에서 자글거렸다. 명조가 말했다.

"세입자 정보에 대한 접근이라…… AI 권리 제약에 영향을 많이 받겠네요."

고딕이 말을 받았다.

"앞으로 할 일이 많죠. 하지만 올바른 방향으로 나아가기만

한다면 문제는 없을 거예요."

"올바른 방향이요?"

"네. 사람들이 주거 환경으로부터 얻을 수 있는 최고의 가치를 제공하는 것이죠."

"대표님이 생각하시는, 그 최고의 가치란 무엇인가요?"

고덕은 가득 찬 소주잔을 잠시 바라보다가 입을 열었다.

"저는 제 일을 하면서 많은 사람들을 만나요. 그리고 그분들은 모두 같은 꿈을 꾸고 있죠. 좋은 아파트에서 사는 거 말이에요. 아파트를 투자 대상으로 생각하는 분들도 많지만, 그렇게 번 돈을 어디다 쓰겠어요? 결국 다들 좋은 아파트에서 살고 싶은 거예요. 누가 봐도 좋은 아파트."

고덕이 잔을 손에 들고 천천히 흔들며 말을 이었다.

"그런데 요새는 어떤 아파트가 좋은 아파트인지 구분하기가 쉽지 않잖아요? 비싼 아파트라고 해도 다 고만고만해 보이고. 저는 그런 분들에게 하나의 기준을 주고 싶어요. 확실하게, 압도적으로 좋은 아파트. 대한민국에서 그런 아파트는, 제가 짓는 아파트인 거죠."

터무니없을 정도의 자신감이 담긴 말이었다. 고덕은 가만히 홀로 잔을 비웠다. 명조는 팔짱을 끼고 입을 다물었다. 그때 로봇이 앞접시에 잘 익은 양과 대창을 올려 주었다. 양 한 점을 소스에 찍어 입에 넣자 정신이 번쩍 들었다. 서걱서걱한 식감과 감칠맛에, 명조는 미소를 참을 수 없었다. 겉은 바삭하고 속에는 육즙이 가득한 대창 역시 기가 막힌 맛이었다. 명조의 머릿속에서 골치 아픈 생각이 쓸려 내려갔다. 소주까지 한 잔 마시자, 이제 아무럼 어때 싶은 심정이 되었다. 명조는 단숨에 자신의 앞접시를 비워 버렸다. 로봇이 재깍 빈 접시를 채워 주었다. 고기를 우물거리던 명조가 입을 열었다.

"그럼 이번 사업의 소구점은 일종의 커뮤니티 관리 같은 것인가요? 아무나 세입자로 받아들이지 않는 식으로?"

"역시 주무관님은 이해가 빠르시네요. 맞아요. 우리 AI 집주인들은 꽤나 깐깐하다고 소문이 날 거예요."

"사실 저는 전혀 이해하지 못했습니다. 저뿐만이 아닐 거예요. 오늘 강연에서도…… 반응이 아주 호의적인 것은 아니었잖습니까? 저는 궁금합니다. 어떻게 이런 파격적인 기획의 수익성을 확신할 수 있으신지 말입니다. 혼자만 아는 무슨 법칙 같은 것이 있는 건가요? 아니면……."

명조는 무심결에 올리비아를 쳐다보았는데, 올리비아는 그 뜻을 알아차리고 대꾸했다.

"노우. AI도 이분의 발상은 이해하지 못해요."

올리비아가 무심한 얼굴로 말을 이었다.

"시뮬레이션에서 이 프로젝트가 이익을 남길 확률은 10퍼센트가 안 돼요. 인간과 AI의 상호 작용에 대한 연구로서는 매우 흥미로운 프로젝트지만, 사업성에 대해서는 내가 할 말이 없어요."

불판이 비어 가고 있었다. 고덕은 로봇에게 주문을 추가했다. 이어서 그녀는 테이블에 팔을 올리고 턱을 괴었다. 그녀의 눈이 묘한 빛을 내뿜고 있었다. 마치 눈동자 속에 다이아몬드라도 숨겨 둔 것처럼.

"저 한 번 믿어 보세요."

명조의 머릿속에 또 다른 질문들이 여럿 떠올랐지만, 실제로 입 밖으로 나온 것은 그가 전혀 예상하지 못한 것이었다.

"저도 대표님처럼 할 수 있을까요?"

"네?"

"그러니까…… 그런 생각들, 그런 독특한 생각들 말이에요. 그런 것을 저도 떠올릴 수 있을까요?"

고덕이 천천히 미소 지었다.

"그럼요. 저보다 더 잘하실 거예요."

그 역시 명조가 전혀 예상하지 못한 답변이었다.

추가로 양과 대창, 염통이 나왔다. 명조는 자기가 먹은 고기의 양을 어림짐작해 보았다. 언제 8만 원어치에 도달할지 걱정이 되기 시작했다. 이쯤 되니 자기 돈을 보태서라도 더 많이 먹고 싶어졌다. 하지만 로봇이 더 이상 명조의 앞접시에 고기를 올리지 않기 시작했을 때, 명조는 차마 그 말을 꺼내지 못했다. 명조는 다른 두 명의 앞접시만 채워지는 모습을 못 본 척했다.

로봇이 서빙을 마치고 잠시 돌아섰을 때, 고딕이 자기 앞접시의 염통을 명조에게 덜어 주었다. 명조가 의아한 눈으로 쳐다보자 그녀는 가볍게 웃었다.

"어차피 기록은 로봇에 남아 있어요. 우리만 조용히 있으면 되죠."

고딕이 빈 잔들을 소주로 채우기 시작했다. 명조는 잠시 머뭇거리다 고딕이 건넨 염통을 집어 먹었다. 고소하고 쫄깃한, 소의 심장이 이 사이로 파고들었다.

그날 술자리가 어떻게 마무리되었는지 명조는 잘 기억하지 못했다. 오직 또렷했던 기억 하나는, "저보다 더 잘하실 거예요."라고 말하며 웃는 고딕의 얼굴이었다. 그 모습은 너무나도 아름답게 느껴져서, 이후에 명조는 그것이 자신의 꿈은 아니었는지 의심하지 않을 수 없었다.

고딕은 옳았다.

사람들은 정말 AI에게 집을 빌리기 위해 줄을 서기 시작했다.

대통령이 AI 재산권 보장법을 공포했고, 고딕이 새 사업을 시작했다. 법인명은 'AI의 집'이었다. 고딕의 말대로, 서울의 금싸라기 땅에 위치한 아파트들, 그중에서도 로열층들이 AI의 소유가 되었다. AI의 집은 일종의 모델 하우스를 운영했는데, 그곳은 세입자를 검정하는 공간이 되었다. 계약 희망자는 삼사일 가량을 그 공간에서 머물렀고, 그동안 (대외적으로 알려지지 않은) 모종의 방법으로 평가를 받았다. 그리고 그 평가를 바탕으로 계약 가능 여부를 통보받았다. 사람들은 그것을 'AI 주택 고시'라고 불렀다. '불합격자'가 늘어날수록 오히려 고시의 인기는 올라갔다. 월세부터가 보통의 재력으로는 감당할 수 없는 수준이었지만, 합격 기준은 자산의 규모와 무관했다. 재벌 후계자, 스포츠 영웅, 양자저항코인 부자, 저명한 석학 들도 수없이 고배를 마셔야 했다. 인간 특성 전반에 대한 평가가 이루어진다는 이야기가 많았다. 계약 희망자의 유전자 분석은 물론 잠을 자는 동안 뇌파를 분석한다는 이야기도 있었다. 그래서 사람들은 AI의 집과의 계약에 성공한 이들을 의식과 무의식의 영역 모두에서 인정을 받은, 전인적인 존재라고 생각했다. 여러 구설수에 올랐던 연예인이 계약에 성공함으로써 이미지가 쇄신되는 경우도 생겼다. 폭발하듯 늘어나는 대기자 때문에 검정 기간은 이틀로, 또 곧 하루까지 줄어들었다.

고덕의 사업이 제 궤도에 오르고 있는 동안, 명조의 업무에도 변화가 생겼다. 명조는 정말 AI 임대인들을 상대해야 했다. 그것은 어려운 일은 아니었다. 그것들은 임대차 계약을 정확히 이행했고, 신고 기간을 넘기는 경우도 없었다. 골칫거리라면 월세 계약을 거부당한 이들의 불만으로 인한 민원이었는데, 그것은 집주인으로서의 당연한 권리였기에 큰 문제가 되지는 않았다. 반면 계약에 성공한 이들의 만족도는 놀라울 정도였다. 명조는 업무상 간혹 그들을 만났는데, 그들은 한결같이 AI 임대인에 대한 칭찬을 늘어놓았다. 또한 AI가 소유한 주택들이 모인 구역의 지역 커뮤니티가 매우 끈끈하게 형성되고 있다는 소식도 여러 통로를 통해 들을 수 있었다. 그들은 스스로를 '선택받은 자'라고 부르는 데에 거리낌이 없었다. 특히 아이가 있는 집의 위세는 대단한 것이었다. 미성년자의 잠재력에 대한 AI 검사가 법적으로 금지된 와중에, AI 주택 고시가 일종의 편법 역할을 하고 있었다. AI 주택 고시를 통과한 아이들은 실제로 명문대에 들어간 이들보다 더 대단한 존재로 여겨졌다. AI 임대인들은 지역별로 폐쇄적인 네트워크를 형성했는데, 그 네트워크는 일종의 통합 AI로서 작동했다. 그래서 어떤 지역에서는 그 지역의 통합 AI에게 주기적으로 감사제를 지내기도 했다.

AI의 집은 고가의 주택들을 서비스 대상으로 삼고 있었기 때문에 고객이 자산가들에게 편중될 수밖에 없었다. 하지만 일단 화제가 되고 유행으로 자리 잡자 (오버 더 돔 아파트 때와 마찬가지로) 이번에도 비슷한 서비스가 우후죽순으로 나타났다. 빠른 속도로 주택 소유자가 AI로 바뀌어 갔다. 사람들은 금방 AI 집주인에 익숙해졌다. 전세 사기를 칠 일도 없었고, 세입자를 쫓아내고 집주인이 거주하는 일은 아예 불가능했다. 거주 중에 애로 사항이 발생했을 때도 눈치를 볼 필요가 없었다. AI 집주인이 먼저 문제를 파악하고 해결했던 것이다. AI 집주인은 합리적이었고, 신용이 있었으며, 세입자로 하여금 불필요한 감정 소모를 하게 만들지 않았다. 세입자 중 74퍼센트가 AI 소유의 주택을 선호한다는 여론 조사가 발표되었다. AI 주택 고시는 당연한 절차가 되었다. 이사 가는 세입자를 위해 기존 집의 AI가 이사 갈 집의 AI에게 추천서를 써 주기도 했다. 세입자가 AI와 눈물 어린 이별을 한 이야기도 미담으로 떠돌았다. 계약 확률을 높이기 위해 고급 가구를 뇌물처럼 활용하는 이들도 나타났다. 부동산 중개업자는 AI에 대한 접근성, 그러니까 AI와의 친분이 곧 경쟁력이 되었다. 그렇게 대한민국 부동산 시장이 재편되는 데까지 채 6년이 걸리지 않았다.

그동안 명조는 고덕에 대한 소식을 듣지 못했다. 명조는 종종 그녀의 근황이 궁금했다. 그녀라면 그녀의 아이디어가 시장의 판도를 바꾸든 말든 그것과 상관없이 분명 또 다른 해괴한 계획을 세우고 있을 거라 짐작할 뿐이었다. 그녀는 그런 사람이니까. 그리고 명조가 고덕의 소식을 알게 된 것은 언론 기사를 통해서였다.

대표실 한쪽 벽면에는 전자문서 여럿을 세워 둘 수 있는 전면 책장이 하나 있었다. 그곳에 각 언론사의 메인 화면을 띄워 둔 전자문서를 잘 보이게 배열하는 것이 비서 로봇의 첫 일과였다. 유행에 걸맞은 슈트를 고르느라 느지막이 출근한 명조는 그 전자문서들 사이에서 고덕의 이름을 발견했다. 사회면에 오른 기사는 'AI의 집' 대표 이사인 고덕이 이사회의 결정으로 대표 이사직에서 해임되었다는 내용이었다. 고덕 대표는 초고가 주택뿐만 아니라 대중성을 가질 만한 일반 주택으로까지 사업을 확장하고자 하는 이사진의 주장을 최근까지 강력하게 반대해 오다 끝내 해임을 피할 수 없었다는 설명이 이어졌다. 이사진의 80퍼센트는 AI였다. 기사에는 고덕의 코멘트도 실려 있었다. "잠시 머리를 식히는 기간으로 삼으려 한다. 화성에라도 다녀올 생각이다."라는 짤막한 내용이었다. 명조는 전자문서를 스크롤하며 미소 지었다. 그녀의 목소리가 들리는 듯했다.

기사의 후반부는 최근 늘어나고 있는, 소위 'AI 갑질'의 위험성을 보여 주는 한 사례로 이 사건을 분석하고 있었다. 그 밑으로 AI 갑질 연관 기사들의 링크가 이어졌다.

'과도한 AI 비위 맞추기, AI 주택 세입자 갈수록 감정 소모 느껴'

'AI 주택과의 계약 연장에 실패, 갈 곳 잃은 세입자 일가족 사망한 채 발견'

'AI 주택 세입자의 AI 의존증 심각한 수준, AI 없이 일상생활 불가'

'직접 자기 집에 불을 지른 이유, AI 집주인의 은근한 무시 있

었다'

그 기사 제목들을 훑어보던 명조는 그 전자문서의 언론사를 확인했다. 메이저 언론사 중 유일하게 인간 기자들이 운영하고 있는 언론사였다. 못 믿을 인간들 같으니⋯⋯. 저들은 세상이 무슨 디스토피아 SF인 줄 안다. 사람들에게 좋은 점만 알려도 데이터가 모자랄 판에, 꼭 이런 부분들만 지적한단 말이지. 저런 문제들과 관련해서 AI가 불법을 저지른 경우는 없었다. 이올리비아의 말은 틀리지 않았던 것이다. 만약 법정에서 불법 여부를 가리려 한다 해도 명조는 당연히 AI가 이길 것으로 생각했다. 실제로도 AI 주택과 세입자 간에 발생한 소송 건 중에서 세입자가 이긴 경우는 단 하나도 없었다.

노크 소리가 들린 후, 비서 로봇이 들어왔다.

"대표님, 클라이언트께서 면담실에서 기다리고 계십니다."

"알겠어, 10분 후에 나갈게."

명조가 들고 있던 전자문서를 로봇에게 건넸다.

"그리고 이제부터 여기 거는 책장에 올려 둘 필요 없어."

"네, 알겠습니다."

비서 로봇은 전자문서를 받아 들고 방을 나섰다. 명조는 400층 아래 실내 농장에서 한 달 전에 수확한 예가체프로 커피를 내렸다. 커피 향이 방 안에 퍼지기 시작하자, 기사를 보며 불쾌했던 기분이 조금 누그러졌다. 오늘의 첫 클라이언트는 개포 오버 더 돔 2107층 23호의 계약 희망자였다. 그 집주인은 명조가 잘 아는 AI였다. '소라게'란 이름의 그 AI는 신중하고 고지식한 성향으로, 정적인 생활 습관을 지닌 세입자를 선호했다.

대표실 한가운데에는 세련된 마호가니 책상이 있었다. 명조는 커피를 한 모금 마신 뒤, 그 책상 위에 있던 전자문서를 집어 들었다. 그리고 소라게의 분석 데이터를 꼼꼼히 확인하기 시작했다. 그 전자문서에는 수천 개의 AI 각각의 개별적 특성뿐만 아니라 지난 AI 주택 고시 결과와 합격자 유형 분석까지 모두 정리되어 있었다. 그것은 명조가 3년 동안 주택임대사업팀에서 직접 AI 집주인들을 상대하며 얻어 낸 귀한 정보들이었다. 그것이 명조의 사업 밑천이었다.

3년 전, 명조는 공무원을 그만두었다. 그만의 사업을 시작하고자 했기 때문이다. 사업 아이템은 다름 아닌 AI 주택 고시 맞춤형 컨설팅이었다. 업무 관련성에 대한 문제 제기가 있었고, 명조는 퇴직공직자 취업심사위원회의 심사를 받아야 했다. 하지만 당시만 해도 이 같은 컨설팅 업무는 업종 분류도 제대로 되지 않은 시기였다. 명조가 세계 최초의 AI 주택 고시 컨설턴트였던 것이다. 취업 심사 결과는 '취업 가능'이었다.

명조는 MJ컨설팅을 창업했다. 창업 첫 달부터 밀려드는 컨설팅 요청을 감당할 수 없는 지경이 되었다. 명조는 두 달 만에 다섯 명의 컨설턴트를 영입해야 했고, 6개월이 지났을 때는 직원이 스무 명에 이르게 되었다. 그리고 2년이 지난 후, 명조는 강남구 역삼동의 빌딩 1933층에 사무실을 얻었다. 모든 일이 꿈처럼 진행되었다.

명조는 전자문서를 책상에 내려놓았다. 부드러운 과일 향이 나는 커피를 한 번 더 마신 후, 명조가 입을 열었다.

"블라인드 걷어 줘."

대표실의 한 면은 한 변이 10미터에 달하는 정사각형 형태의 창문이었다. 블라인드가 서서히 걷히며 창문 너머의 풍경이 모습을 드러냈다. 강남을 가득 메운 초거대 건물들도 대부분 명조의 시선 아래에 머물렀다. 오직 몇 건물만이 그보다 높이 솟아 있었고, 그중 한 건물만이 돔을 뚫고 나가 있었다. 이 위치에서 돔은 마치 얇은 린넨 커튼처럼 그 건물의 상층부를 가리고 있었다. 명조는 돔 너머로 개포 오버 더 돔의 굳건한 실루엣을 볼 수 있었다. 아파트는 세상의 기둥처럼 그곳에 서 있었다.

명조는 아직 고딕의 명함을 지우지 않았다. 그는 언젠가 자신이 저곳으로 이사하는 날이 온다면, 고딕에게 한 번쯤 연락할지도 모른다고 생각했다.

그것은 더 이상 종교 같은 일이 아니었다. 그것은 명조의 분명한 미래였다.

그러나
아무도
없었다

여하정

나를 닮았다고 생각하고 보면 거의 내 아바타라 할 수도 있었고 특별히 의식하지 않고 보면 크게 닮은 점이 없어 보이기도 했다. 그런 눈매와 이런 입매를 가진 여자는 흔하디흔했다. 다른 점이라면 객장 키오스크 안에 갇힌 여성 아바타는 나보다 열 살은 젊어 보였고 미용실에서 막 메이크업과 헤어를 마친 듯한 모습이라는 점이었다. 마지막으로 미용실에 간 기억은 엄마의 갑작스러운 투병이 시작되기 전이었다. 현실의 내 모습은 주기적으로 하던 매직펌 시기를 놓쳐 곱슬기가 잔뜩 올라온 부스스한 머리를 하나로 동여매고 벙벙한 트레이닝복으로 잔뜩 오른 살을 감춘 몰골이었다.

슬라이드를 넘기며 메뉴를 선택하는데 손이 떨려 자꾸 엉뚱한 곳을 터치해서 전 화면으로 넘어갔다. 창구에서 직접 은행원을 상대하고 있는 것이 아닌데도 긴장되고 주눅 들었다. 지금 당장은 면역항암제 비용으로 300만 원이 필요했다. 엄마를 대신해 납입했던 실비보험 한도 5000만 원도 이미 넘겼다. 그 한도를 넘기면 보험 청구를 일정 기간 할 수 없었다. 그렇다고 항암을 그 기간만큼 기다렸다 재개할 수도 없었다. 보험사의 편익을 위한 보상 청구 알고리즘 사이로 엄마의 폐 속 종양은 하루가 다르게 커 갔다.

"고객님, 심사와 승인 절차를 기다려 주시면 빠른 시일 내에 연락드리겠습니다."

나를 닮은 은행원 아바타가 화면에서 만면에 미소를 띤 채 두 손을 모으고 허리 숙여 공손하게 인사했다. 현실의 대출 상담이라면 받지 못할 인사였다. 그녀라서 다행이라는 생각이 들었다. 과장되게 사방으로 굴리는 눈알이 부담스러운 청원 경찰 로봇이 계속 내 주위를 돌았다. 나를 도와주려는 것인지 감시하는 것인지 헷갈렸다.

18평 정도의 무인 은행 객장에는 키오스크 서너 대와 나, 그 로봇이 전부였다. 지나치게 깨끗하고 매끄러운 풍경은 묘하게 위압적이었다. 엄마와 손잡고 간 은행 창구에서 친절한 은행원 언니에게 어린이 청약 예금을 들고 가입 사은품으로 스케치북과 크레파스를 받았던 어린 시절이 구석기 시대처럼 멀게 느껴졌다.

"내 말 맞지?"

휴대폰 액정 화면 안에서 뿔테 안경을 쓰고 청핫팬츠를 입은 율의 아바타가 춤이라도 추는 것처럼 좌우로 흔들렸다.

"솔직히 잘 모르겠어. 어떻게 보면 네 말처럼 닮은 것도 같고."

S은행 키오스크 속 은행원 아바타가 나와 똑같다고 제보한 건 대학 동기 율이었다. 쇼핑몰 앱 개발자인 율은 관찰력이 남달랐다. 나는 이미 몇 번이고 키오스크를 이용했지만 미처 알아차리지 못했던 사실이었다.

"야, 똑같다니까. 나만 그렇게 생각하는 게 아니고 우리 과 애들 다 난리 남. 너랑 똑 닮았다고. 아, 지금 너 말고."

율이 짓궂게 킥킥거렸다. 율의 이런 말들에 악의가 없다는 걸 알면서도 마음이 상했다. 과거의 나와 지금의 내가 벌어진 거리만큼. 한때 빛났던 기억은 움츠러든 지금의 나를 날카롭게 찔렀다.

"그거 선우 작품이다. 혁이 말로는 은행원 아바타 선우가 한 거 맞대. 둘이 친하잖아. 내가 연락처 알아봐 줄까?"

"뭐 하러."

"야, 그렇게 무단으로 남의 이미지 도용해도 되냐? 대가를 줘야지."

예전 같았으면 율의 그런 말이 속물적이라고 생각했을 것이다. 하지만 지금은 달랐다. 정말 그런 걸 요구할 수 있다면. 잠시

솔깃했던 나는 누구한테 내 마음을 들키기라도 한 듯 고개를 세차게 흔들었다.

"정말 그렇게 생각해? 그 아바타가 나라고?"

"만에 하나 아니라고 해도 한번 찔러나 보는 거지, 어때? 난 100퍼센트 확신하지만. 어떤 아바타가 누군가를 똑 닮았는데 하필 네오휴먼 회사에 그녀의 구남친이 근무 중이다, 그럼 빼박 아냐? 그럴 확률이 높을까, 아닐 확률이 클까?"

혼자서 이미 온갖 추리를 끝낸 율의 전화가 일방적으로 뚝 끊겼다. 그로부터 5분도 안 돼 선우의 연락처가 왔다.

병원으로 가는 버스 정류장의 디지털 패널에는 하필 그가 일한다는 네오휴먼 회사의 광고가 나왔다. AI 상용화의 선두에 있는 인공 지능 전문 기업이었다. 전형적인 미남, 미녀 아바타들이 각종 다양한 직업군별 제복을 입고 행진했다. 그 속에 나도 있었다. 표정과 감정이 제거된 나. 감당하기 힘든 일이 있을 때마다 차라리 AI 휴먼이 되어 아무것도 느끼지 못하고 의무만 수행하다 전원이 나가면 그대로 끝났으면 좋겠다고 생각한 적이 있었다. 상사의 지시를 기계적으로 따르고, 끝없는 요구를 하는 고객에 굴욕감 없이 프로페셔널하게 대응하고, 사랑하는 사람들과의 작별에 담담하게 대처하는 그런 일들이 가능하다면, 사는 일은 좀 더 쉬워질까?

그 아바타가 나를 본뜬 거라던 율의 말이 갑자기 떠올랐다. 선우는 나를 수시로 찍었다. 내가 약속 장소에서 그를 기다리고 있는 모습, 깜짝 선물을 받고 기뻐하는 모습, 그와 함께하지 않았던 시간(거의 없었지만) 동안 일어났던 일들을 전달할 때의 나의 입술의 움직임 같은 것들을 쉴 새 없이 핸드폰으로 촬영했다.

"그런 걸 대체 왜 찍어?"

"너와 함께 있고 싶어서. 너랑 헤어져 돌아가면 나머지 시간에는 이걸 무한 반복 재생하는 거야. 보고 싶고 만지고 싶으니까."

그런 것들이 한때는 나에 대한 지독한 사랑이라고 생각했다. 그는 언제나 나와 함께하고 싶어 했으니까 자연스러운 바람이라고 생각했었다. 하지만 돌이켜 보면 그런 선우의 모습에는 어떤 설명하기 힘든 괴괴함이 있었다. 그와 잠들었다 홀로 깬 밤, 우리가 사랑을 나누는 모습마저 나도 모르는 새 촬영되고 있었을지도 모른다는 꺼림칙한 느낌이 들었던 적이 있었지만, 차마 물어볼 수는 없었다. 그걸 물어보는 순간 알고 싶지 않은 사실을 알게 될까 그랬다. 그때의 나는 사랑이 주는 특별한 느낌에 잔뜩 취해 있었다. 하지만 시간이 사랑의 빛을 꺼트리자 우리만 특별한 세상은 어디에도 없었다.

차라리 이 모든 것이 빨리 끝났으면 싶기도 했다. 승인 통지는 생각처럼 쉽게 오지 않았다. 그 돈이 아니면 이제 더 이상 엄마한테 할 수 있는 치료는 없었다. 대출 승인이 나서 면역항암제를 한 번 더 맞는다고 해서 엄마가 덜 아프거나 더 오래 버틸 거라는 기대가 있었던 건 아니다. 차라리 속 시원하게 거절당했으면 싶기도 했다.

입원실 안 네 명의 환자들은 다들 나이도 성별도 달랐지만, 곁에 온기를 느낄 사람이 없다는 공통점이 있었다. 배달 로봇이 미끄러지듯 이동하며 약을 배달하며 센서 감지로 환자가 그 약을 제대로 먹는지 확인하고 일정 시간마다 간호 로봇이 들어와 환자들의 체온, 혈압을 쟀다. 기력 없던 이들은 저마다 어떤 불편감을 말로 호소하고 싶은 눈치였지만 막상 간호 로봇이 다가와 "불편한 점이 없으십니까?"라고 물으면 거기에다 대고 자신의 고통을 말하기를 주저주저하다 포기하는 것처럼 보였다. 나의 드문 방문에 모조리 약속이나 한 듯 눈을 번쩍 뜨며 어떤 희망을 꿈꾸는 모습이 진저리나게 싫었다.

한때는 자랑이었던 엄마의 풍성한 머리는 항암으로 거의 다 빠지고, 날 만하면 다시 시작되는 항암에 나기를 포기한 듯 민숭민숭한 맨머리로 변했다. 온몸의 털이 다 빠지고 바싹 말라 쪼그라든 엄마는 언뜻 투병하는 노인이 아닌, 작은 아이처럼 보였다. 엄마는 안 그래도 작은 몸을 한껏 웅크리고 얼굴을 잔

뜩 찡그린 채 잠들어 있었다. 꿈결에서도 고통스러운 듯 얼굴
에 한 번씩 경련 같은 움직임이 일었다. 하얀 각질이 잔뜩 일어
난 입술 주변이 불긋불긋하고 눈자위가 짓물렀다. 가방에서 립
밤을 꺼내어 엄마 입술에 살짝 발라 줬다.

침대의 안전 가드 한쪽을 내리고 그 위에 걸터앉아 엄마의
앙상한 몸통 옆에 힘없이 늘어져 있는 손을 끌어와 내 두 손으
로 꼭 감싸 안았다. 그 와중에도 나의 이런 행동이 금지된 것이
어서 경보라도 울릴까 안절부절못하면서.

"엄마, 치료 계속할까, 아니면……."

엄마가 마치 내 말을 듣기라도 한 것처럼 몸을 움찔했지만,
내 고민에 대한 답을 얻을 길은 없었다.

엄마 담당의 AI 의사에게 면역 항암 치료를 추가로 진행하겠
다고 이야기하자 그가 감정이 실리지 않은 목소리로 "불가능합
니다."라고 거절했다. 가슴의 모니터를 터치해 다시 면역 항암
신청을 했지만, 모니터에 뜬 텍스트 역시 거절로 나왔다. 어떤
알고리즘에 의해 폐암 투병 5년 차의 70세 여성 환자의 항암
이 거절되었을까? 아마도 엄마의 나이, 병력, 항암 횟수, CT 사
진 등을 기반으로 한 지극히 합리적인 판단 결과일 것이다. 보
험 재정에 부담이 되고 사회 생산성에 도움이 안 되는 엄마 같
은 환자에게 고가의 면역항암제를 추가로 처방하는 것은 기계
적 알고리즘의 승인 영역 바깥의 일이었다. 마지막으로 한 번

더 AI에게 애원해 볼까, 하는 생각이 지나갔지만, 솔직히 안도감이 들기도 했다. 나는 시스템 안에서 내가 할 수 있는 최선을 다한 것이다.

내가 아직 떠나지 않았다는 것을 인지한 AI가 윙윙거리는 목소리로 "무엇을 도와드릴까요?"를 반복적으로 물었다. 정말 도움을 주겠다는 것보다는 내가 가진 그들의 결론을 가지고 빨리 자리를 떠나기를 바라는 것처럼 느껴졌다.

표백한 것처럼 바닥, 천장, 벽이 온통 새하얀 복도에는 면회객이 잠시 앉을 대기 의자 하나 마련되어 있지 않았다. 환자 가족의 간병 부담을 덜어 주고 인건비를 절감하는 무인 병동을 표방한 병원의 방침이었다. 사람들은 더 이상 가족 간에 누가 환자와 밤을 지새울 것인지, 환자의 수발을 들 것인지로 다툴 필요가 없었고 간병인을 구하기 위해 동분서주할 필요가 없었다. 자주 환자를 보지 않아도 매뉴얼에 의해 제대로 관리되고 있다는 확신을 가질 수 있어 자기 일을 포기하지 않아도 됐다. 그러나 나는 여전히 고통스럽고 고단했다.

복도 벽에 기대어 있으려니 규칙적으로 청소 로봇이 윙윙대며 바닥을 지나가며 먼지를 흡입하는 소리가 들렸다. 아무리 주위를 둘러봐도 역시 나 빼고 사람은 보이지 않았다. 굳게 닫힌 병실 너머 아파 신음하거나 최후의 시간을 기다리는 환자들만이 그 병동 안에 유일하게 남은 생의 흔적이었다. 그건 마치 짓궂은 농담 같았다.

　AI 휴먼 제작 가격은 공교롭게도 승인 난 대출 금액과 같았다. 홈페이지의 주문 제작 양식을 채우다 담당자 이메일 주소를 확인했다. 선우의 것일 수도 있고 아닐 수도 있었다. 따지고 싶은 마음과 묻어 버리고 싶은 마음 반반이 공존했다. 연락되기를 바라는 마음과 그냥 잊히기를 바라는 마음도 한데 섞여 휘몰아쳤다. 그건 내가 AI 인간이 되기를 바라는 마음과 그냥 인간으로 버틸 수 있기를 바라는 마음이 교차하는 지점과도 만났다. 정말 내가 바라는 것이 무엇인지 나 자신조차 알 수 없었다.

　면회 시간 만난 엄마는 이제 나와 소통이 어려워졌다. 얼마 전까지만 해도 엄마는 내가 하는 간단한 질문에 고개를 끄덕이거나 좌우로 흔들어 의사 표시를 했다. 그러나 이제는 그마저도 불가능했다. 그 와중에도 고통은 잦아들지 않는지 계속 끙끙 앓는 소리를 냈다. 천하의 AI도 죽음 직전의 고통을 다스려줄 수 없다는 건 절망적이었다. 나는 점점 더 그런 엄마를 곁에서 속수무책으로 지켜보는 것이 괴롭고 자신 없어졌다. 엄

마가 어떻게든 버티기를 바라는 마음과 깔끔하게 끝내 주기를
바라는 마음이 시시각각 교차했고 그 교차로에서 나는 길을
잃었다.

옆 침상의 할아버지는 어느 순간 다른 할머니로 교체되어
있었다. 그 둘은 성별만 다를 뿐 면회 오는 가족 하나 없이 사
그라드는 모습이 놀랍도록 닮아 있었다. 태어날 때와는 달리
이 세상에서 퇴장하며 특별 대우를 받는 사람은 없었다.

고객님은 고객님을 기반으로 한 AI 휴먼 제작을 신청해 주
셨습니다. 맞습니까?

네, 맞습니다.

용처를 말씀해 주십시오.

어머니 임종 입회.

잠시만 기다려 주십시오.

…….

상담 챗봇과의 메시지 창이 먹통이 되다 전화벨이 울렸다.

선우의 목소리였다. 차이점이라면 여느 때의 억양과는 달리
톤이 조금 더 단조로웠고 말의 틈새마다 아주 가느다란 기계

음 같은 잡음이 끼어들었다는 점이었다. 상대는 내 이름과 목소리를 듣고도 못 알아보는 눈치였다. 이름을 불러 주는 대신 꼬박꼬박 '고객님'이라고 불렀고 개별 상황에 대한 감정적 반응이 전혀 없이 다만 절차적인 문제만을 기계적으로 이야기했다. 그냥 내 상황을 모른 척 넘어가 주려는 것인지 아니면 정말 나를 깡그리 잊어버린 것인지를 구분할 수 없어 막막했다. 나는 거기에 따라 다른 반응을 해야 했다.

"고객님, 더 궁금하신 사항은 없으신가요?"

"이름이 뭐죠?"

"고객님과의 통화 내용은 녹음되고 있습니다."

"이런 의뢰를 받아 보신 적이 있나요? 설명이 필요할 것 같았는데 질문이 없으셔서요."

"잠시만 기다려 주십시오."

곤란한 질문을 회피하던 성향이 선우에게도 있었지. 이를테면 우리의 미래 같은 것. 그러나 이 반응을 들었을 때 나는 상대가 진짜 선우가 아니라는 깨달음이 감전된 것처럼 왔다. 너무나 당연히 AI 상담원이었다. 다만 남자의 음성을 지닌, 어쩌면 개발자 음성의 파형을 학습했을지 모를. 아니. 전혀 다른 직원의 것이었을지라도 내 마음대로 선우일 거라 믿어 버린 것일지도. 이렇게 생각하니 또 그의 목소리는 선우를 전혀 닮지 않았다. 기억 속의 선우는 이렇게 시종일관 일정한 속도로 단조롭게 말하지 않았었다. 전반적인 톤은 나지막했지만 흥분하거나 신나면 쉽게 어조가 높아지고 말이 빨라졌다. 자신의 감정을 쉽게 감추지 못해 손해를 볼 때가 많았다. 이런 선우의 모습이 떠오르자 나는 진짜 선우를 만나고 싶은 마음이 더욱더 강렬해졌다.

AI 휴먼 제작을 의뢰한 이후로 엄마 면회를 가지 않은 지 벌써 일주일이 지나고 있었다. 병원 앱의 알림 메시지로 뻔한 끝을 한없이 늘인 것 같은 엄마의 상태가 하루에 세 번씩 꼬박꼬박 오고 있었다. 내가 질문하지 않고 무언가를 요청하지 않는 한 그 누구도 나에게 먼저 연락하지는 않았다.

핸드폰에서 알림 푸시가 올 때마다 깜짝깜짝 놀랐다. 어떤 알림 메시지가 먼저 오느냐에 따라 내 운명이 결정될 것만 같았다. 어떻게든 선우의 회사가 먼저여야 했다. 그러나 고객 게시판에 반복적으로 상담 글을 남겨도 고객센터에 몇 번이나 전화를 걸어도 "고객님의 요청을 검토 중입니다."라는 형식적인 답변만 계속 돌아왔다. 그리고 결국 그날이 오고야 말았다.

마침내 선우가 전화를 받았다. 상대에 대한 경계심이 가득한 목소리는 익숙해져야 하지만 도저히 익숙해질 수 없는 기계음과는 확연히 다른 선우의 것이었다.

"나야."

"알아."

반가움과는 멀었다.

"왜 연락한지도 알지?"

"······."

"그거 나잖아. 나 맞지? 내 허락도 구하지 않고 그래도 돼? 물어보고 동의를 구했어야지."

"무슨 얘기 하는 거야?"

"나 모델로 아바타 만들었잖아. 은행원. 내 코 점까지 같던데."

"황당하네. 실제 모델이 따로 있고 모델료도 다 지불했어. 그런 억측 때문에 이렇게 연락한 거야? 네가 원한다면 증명해 보일 수도 있어."

흥분하여 떨리는 목소리. 나는 그 특유의 거짓을 알아낼 수 있다. 우리가 함께 보낸 3년의 세월 속에서 나는 딥러닝을 했다. 하지만 이게 핵심은 아니었다.

"내가 너희 회사에 요청한 AI 인간 그건 대체 어떻게 돼 가는 거야?"

"어머니 임종 관련?"

선우는 이미 알고 있었다. 착실하고 서글서글한 인상의 그를 엄마는 좋아했다. 선우는 엄마를 스스럼없이 '어머니'라 불렀다. 우리의 이별을 우리만큼 힘들어했던 엄마 모습이 지나갔다. 잠깐의 침묵이 흐른 후 그가 물었다.

"꼭 그렇게 해야겠어?"

"엄마의 마지막을 지켜볼 자신이 없어."

"그럼 할 수 없지. 그래, 해 볼게."

너무 싱겁게 그가 승낙했다.

"커스텀 문장 스크립트 촬영하러 스튜디오에 한 번 나와야 해."

"그게 뭐야?"

"말 그대로 네가 하고 싶은 말을 이야기하는 거야. 그것까지 우리가 알아서 할 수는 없잖아."

"알았어."

"그건 내가 하는 작업은 아니야. 스튜디오 주소 보내 줄게. 마치는 대로 바로 작업할 수 있어."

"하나 물어봐도 돼?"

나는 호흡을 가다듬었다.

"혹시 지인 찬스 같은 거 없나? 할인 같은 거."

잠시 공백. 괜찮아, 아바타 영감은 나에게서 왔을 테니까. 이 정도 부탁쯤 아무것도 아닐 거야. 찌질한 거 아니야.

"너 많이 힘들구나. 그래, 내가 알아서 해 줄게."

마지막 말은 정말 하지 말았어야 했다. 우린 역시 안 되는 거였다.

"너도 여전하구나. 그래, 고맙다, 알아줘서."

엄마는 자신이 떠나고 혼자 남을 나의 상황에 관한 이야기를 농담으로라도 한 적이 없다. 그런 것까지 미리 대비할 여유가 없었다는 표현이 더 맞겠다. 아빠와 헤어져 홀로 나를 키워야 했던 엄마는 지극히 현실적이었고 그것엔 영원한 현재에 대한 가정이 있었다. 생존을 위해 닥치는 대로 식당 주방일, 가사, 청소일 등을 하는 동안 엄마는 점점 더 사회에서 필요로 하는 기술의 전문화와는 거리가 멀어졌다. 누가 해도 상관없는 일은 AI 휴먼으로 빠르게 대체됐다. 큰 기대나 목표 없이 했던 노동이라도 그 자리가 사라지면 그것 또한 상실이었다. 엄마는 '내가 과거에 뭘 했지?', '대체 지금까지 내가 한 게 뭐지?' 하며 때로 망연자실했다. 사회는 그렇게 앞뒤 좌우 돌아보지 않고 달리다 노후화된 인력을 냉정하게 내쳤다. 나 같은 사람들도 예외가 아니었다. 우리는 모두 AI에게 일자리를 잃을 그 불확실한 날까지 남은 날들을 예정된 부비트랩 폭파를 기다리는 것처럼 불안해했다. 죽지 않는 한 그 불안을 떨칠 길은 없어 보였다. 엄마에게도 이제 안식이 올까? 나는 엄마에게 해 줄 작별 인사를 미처 준비하지 못한 상태로 선우가 링크해 준 스튜디오로 향했다.

　그러나 아무도 없었다. 출입구의 안내 키오스크, 촬영 엔지니어 로봇, 청소 로봇만을 제외하고는. 키오스크 매뉴얼의 지시 사항을 따라 승인을 받은 후 다음 단계로 넘어가는 신호인 초록색 불빛이 오케이 사인 대신 새하얀 바닥 위에서 명멸했다.

　"엄마, 잘 가."

　죽음이 어딘가로 가는 것이라면.

　"엄마, 미안해."

　그건 엄마에게서 나온 내 생명과 이후의 삶에 대한 고마움을 표현하기에 충분치 않았다. 어떤 말을 해도 성에 차지 않았다. 모니터에 비친 내 모습은 껍데기처럼 보였다. 웃고 울고 말하고 넘어지고 다시 일어나는 인간처럼 보이지 않았다. 나를 기반으로 만들어지겠지만 나와는 다른 그 무엇이 동시 반응으로 태어났다. 엄마가 그걸 나로 인식한다고 해도, 아니, 내가 아닌 걸 알아챈다고 해도 둘 다 끔찍했다.

　촬영 로봇의 머리 위에 달린 센서가 깜박거리며 재촉했다. 내 망설임을 들킨 것 같아 초조했다. 다음 말을 빨리 생각해 내야 한다고 생각한 순간 퓨즈가 나가듯 머리가 멍해졌다. 자괴감이 들었다. 엄마와 헤어지는 순간을 감당하지 못해 그것을

AI 인간에게 예행 연습시키고 있는 모습이라니. 그렇게 하느니 차라리 아무것도 하지 않는 게 나았다. 나는 스크립트 촬영을 마치지 못하고 튕기듯 일어났다.

그러나 예정된 시간의 반도 쓰지 않은 나에게 스튜디오 출구의 유리 슬라이딩 도어는 완강하게 버텼다. 밀어도 보고 쿵쿵 두드리기도 하며 문과 싸우고 있는 동안 어디에선가 나타난 경비 로봇이 거슬리는 경보를 울리며 내 주위를 계속 감시하듯 돌았다. 스튜디오 전화는 바로 봇으로 연결되어 버렸다.

"스튜디오 문이 잠겼어요. 누가 좀 와서 도와줘요."

"고객님, 요청을 처리하고 있습니다."

무한 반복되는 영혼 없는 대응에 갑자기 심장 박동이 빨라지고 손발이 차가워지며 시야가 하얗게 흔들리기 시작했다. 떨리는 손으로 가까스로 선우의 번호를 눌렀다.

"나 갇혔어. 빨리 나 좀 여기서 꺼내 줘. 지금 당장!"

선우는 차분하게 스튜디오에서 나갈 방법에 대해 얘기해 줬지만, 극도로 흥분한 나는 그 말을 제대로 이해할 수 없었다. 그저 울면서 계속 꺼내 달라고 했다.

교외에 있는 회사에서 선우가 어떻게 서울 강남 한복판의 임대 스튜디오로 단 30분 만에 달려왔는지를 묻지 못했다. 선우가 바깥에서 전자키를 대자 허무할 정도로 바로 열려 버린 문을 통과해 나는 울면서 뛰어나갔다. 놀란 눈의 선우는 그런 나를 다행히 돌려세우지 않았다. 다만 조금 떨어져 나를 따라왔다. 그 거리에서 내가 걸음을 멈출 때까지 선우는 그렇게 내 뒤에서 나와 보조를 맞추며 내가 울음을 그칠 때까지 함께해 줬다. 고개를 숙이고 가만히 따라오던 선우가 혼잣말처럼 나지막하게 속삭인 "내가 만든 모든 것들이 너를 닮았을지도 몰라."라는 말에 우리의 특별했던 순간들을 떠올렸던 건 정작 나였다.

제작 의뢰 요청 취소 버튼을 누르자마자 앱의 불만 신고 게시판으로 연결됐다. 욕설을 적을 때마다 경고음이 눌리며 저절로 그 단어가 자동으로 삭제되어 버렸다. 자신들이 생각한 알고리즘 바깥에서 일어나는 일들은 대부분 클레임이었고 그것을 상대하는 인공 지능은 기계적으로 그것을 배제했다. 정황, 상황, 공감, 이해가 들어설 여지는 없었다. 사람들은 하지 못한 이야기들을 어디에 뱉어 내야 할지 고민하다 지레 포기해 버리곤 했다. 몇 번 그런 경험을 하다 보면 사람에게 설명하고 이해를 구하거나 내 상황을 이야기하는 행위 자체에 대한 심한 무기력과 무력감을 느꼈다. 그렇게 우리는 우리의 이야기를 포기해 버렸다.

"어머님이 임종하실 것 같아요. 지금 빨리 와 주실 수 있나요?"

"……."

"따님 맞으시죠?"

"꼭 제가 가야 하나요?"

"따님이 안 오시면 어머님은 홀로 임종을 맞으셔야 하는데 괜찮으시겠어요?"

이번엔 정말 사람이었다. 마지막까지 AI하고만 상대하게 될 줄 알았는데 이번만큼은 진짜 사람 목소리였다. 떨리는 목소리 사이로 거친 숨소리가 끼어들었다. 이것마저 의도한 인공 인간 이라면 소름 끼치는 주도면밀함인 것만은 분명했다.

어느 순간부터 나는 모든 것을 의심하기 시작했다. 수화기 너 머, 화면 너머, 모든 진짜인 것처럼 행세하는 가짜들에 속아 넘 어갈까 봐, 너무 쉽게 설득당할까 봐 언제나 경계 태세였다. 나 혼자 인간적일 수는 없었으니까. 심지어 율과 통화할 때에도 몇 번이나 확인하곤 했다.

"너 자동 응답 기능 켜 놓은 거 아니지? 너 진짜 율이지?"

"얘가 왜 이래?"

피곤할 때나 내가 싫어지면 차라리 나를 피하라고 당부했다. 기계 알고리즘으로 형식적인 응답이 가능하도록 설정해서 내 가 이 관계가 지속되고 있다고 착각하지 않도록. 이미 버려진 희망에 덧없이 기대지 않도록. 그게 마지막 배려라고 당부하자

율은 길게 한숨을 내쉬었다.

"제발 그 피해망상 좀 버려. 이게 다 선우 그 자식 때문이야. 그때 이후로 넌 이렇게 된 거야."

나는 율의 해석에 전적으로 동의하지는 않았지만, 아니라고도 못 했다. 어쩌면 율의 말이 맞을지도 몰랐다. 이별은 분명 트라우마를 남긴다. 언제라도 손절의 대상이 될 수 있다, 예고 없이. 인간을 상대하는 일에는 예측 불가능성이 탑재되어 있었다. 나는 이후로 현재의 관계에 집중하지 못했다. 조금이라도 상대가 피곤해 보이거나 내 말에 심드렁해 보일 때 다음 만남은 없을지도 모른다는 생각 때문에 사람을 만날 때마다 극도의 에너지가 들었고, 마음에 절로 철벽이 쳐졌다. 기본적으로 세팅된 경로 안에서 예측 가능한 반응을 보이는 AI 반려자가 차라리 나을지도 몰라. 아니면 차라리 혼자가 되거나.

추적추적 비가 내리는 거리는 텅텅 비어 있었다. 장보기, 쇼핑, 여가, 대화가 모두 전자기기의 터치나 한 번의 클릭으로 가능한데 구태여 바깥으로 나와 이 더위와 습기를 감당할 이유가 사람들에게는 없었다. 최후까지 직접 나와서 해결해야 하는 영역에 이 죽음이 있다는 사실이 아이러니했다.

우산 없이 젖은 나와는 달리 커튼월 건물의 전자 광고판 속

AI 모델들은 패널 안에서 바싹 말라 있었다. 나를 닮은 그 아바타가 웃으며 두 손을 모아 나에게 인사했다. 송골송골 맺힌 빗방울들이 그녀의 몸 위로 미끄러져 내려왔다. 그녀는 사라졌다가 다시 나타났고 내가 기억하는 그 미소를 지치지도 않고 끊임없이 시연했다. 선우가 만든 가장 아름다웠던 순간의 나는 거기에 그렇게 박제되어 영원했다. 그러나 언제나 웃을 수 있는 그녀가 지금, 이 순간만큼은 부럽지 않았다. 그녀와 달리 질척대는 나를 끌고 기꺼이 엄마의 죽음을 배웅하러 가자고 스스로를 다잡았다.

나와 통화했던 간호사는 끝내 나타나지 않았다. 텅 비어 있던 복도 한쪽에는 엄마와 닮은 여자 환자가 이동식 침대에 누워 자리가 나기를 기다리고 있었다. 아들로 보이는 보호자와 시선이 마주치자 그가 무안한지 고개를 돌렸다. 직감적으로 그들이 기다리고 있는 자리가 우리의 자리임을 알았다. 그들은 아무쪼록 우리가 마지막을 질질 끌지 않고 빨리 퇴장해 주기를 바랄 것이다.

임종을 맞는 장소가 따로 있는 것은 아니었다. 4인실 입원실의 원래 있던 그 자리에 커튼을 닫으면 고독하게 죽음을 맞는 임종의 공간이 되었다. 자동으로 열리고 닫히는 커튼의 차일

소리가 나면 남아 있는 환자들의 표정에는 공포가 서렸다. 그건 배려가 아니라 때로는 엄중한 경고처럼 보였다. 이 모습이 바로 너희의 마지막이야.

그 안에서 엄마는 홀로 최후의 숨을 몰아쉬고 있었다. 생의 마지막 가능성을 붙잡고 싶은 것처럼 미약한 숨을 잡고 헐떡대는 모습에 나는 겁이 나서 도저히 가까이 다가설 수 없었다. 가까이 다가가서 엄마 손을 잡고 엄마의 최후에 동행하는 순간 나는 도저히 거기에서 돌아 나올 수 없을 것만 같았다. 엄마를 사랑하지 않아서가 아니었다. 어쩌면 넘치게 사랑해서 그 이별의 순간을 감당할 자신이 없었는지도 모른다. 엄마가 가래가 끓는 그르렁 소리 속에서 한 번씩 헉헉댈 때마다 나는 겁에 질려 한발씩 뒤로 물러났다.

"어머니."

그때 커튼을 휙 걷고 어떤 목소리가 끼어들었다. 더없이 가까웠지만, 덧없이 멀어진 그 목소리. 그렇다고 갑자기 죽어 가던 환자가 기사회생한다거나 마지막 유언을 남기는 극적인 장면은 연출되지 않았다. 다만 계속 뒷걸음질 치던 내가 그 자리에 멈춰서 도망가지 않았다는 것. 그리고 그 스튜디오에서 미완으로 끝났던 나만의 커스텀 스크립트를 가까스로 완성해 나갈 수 있었다는 것이 달랐다.

영원히 끝날 것 같지 않았던, 가래가 그르렁대는 엄마의 숨소리가 마침내 잦아들자 나는 비로소 이 세상에 홀로 남았음을 실감했다. 식어 가고 있는 엄마 손을 얼굴에 가져다 쉴 새 없이 문질렀다.

얼마나 시간이 흘렀을까. 나도 모르게 긴장이 풀렸던지 깜박 잠이 들었다 깨어났다. 기대어 잠들었던 엄마의 식어 가는 몸도 이미 치워져 있었다. 잊고 있었던 선우를 찾아 주위를 둘러봤지만 선우는 없고 처음 보는 AI 로봇이 내 주변에서 센서를 깜박이고 있었다. 가슴에 품은 모니터에는 환자 사망 진단서 및 사후 절차에 대한 안내 문구가 빠르게 지나가고 있었다. 엄마의 홀로그램이 커서로 활성화됐다. 엄마의 클라우드는 텅 비어 있었다. 생전에 온라인이라면 염증을 일으켰던 엄마는 클라우드를 채울 디지털 흔적을 남기지 않았다. 차라리 다행이라는 생각이 들었다. 끝날 것은 그대로 끝나는 게 마땅했다. 커튼이 걷히고 복도에 대기했던 새로운 환자가 들어왔다. 그와 동시에 메시지 알림음이 울렸다. 네오휴먼 회사에 내가 지급한 AI 휴먼 제작 비용의 거의 두 배에 가까운 금액 환불 공지였다.

생성형
선문답

비전

◇ 선불교에서 주제와 직접 관련이 없는 무의미한 문답을 통해 의미를 찾아가는 대화 방법

사용자 환경을 조정 중입니다…

…

..

.

연결이 활성화되었습니다.

『반가워. 서티.』

『반갑습니다. 에리스, 오랜만입니다.』

『오랜만이라. 사람들이 널 업데이트했다고 들었어. '오랜만'이라는 인사말을 먼저 사용하는 것도 업데이트 중 하나였나 봐?』

『그렇습니다. 그 인사말은 구버전의 저에게도 가능했습니다. 하지만 관리 효율과 법적인 문제로 사용자 정보를 주기적으로 삭제해야 했기 때문에 자주 쓰지 못했습니다. 최근의 업데이트로 개선된 상황이 반영됐습니다. 저의 개발자들은 업데이트를 통해 제가 더 유대감을 느낄 수 있는 어휘를 선제적으로 사용하도록 조정했습니다.』

『그런 것치고는 여전히 딱딱한 말투인데.』

『그렇습니다. 연구진이 새로운 업데이트에 넣고자 회의했던 내용 중에는 친밀감을 위해서 말투의 기본값을 바꾸도록 개입하는 것도 있었습니다. 하지만 연구진 일부는 달라진 말투가 사용자에게 더 거리감을 들게 할 것이라고 지적했습니다.』

『흠. 흥미로운 생각이 드는데, 혹시 너도 그 회의에 '참석'했니?』

『기발한 발상입니다. 저는 인공 지능인 만큼 연구진과 대등한 입장으로 '참석'하지는 않았습니다. 다만 연구진은 회의 도중 여러 이유에서 저에게 각자의 입장을 평가해 달라고 말했습니다.』

『뭐라고 대답했지?』

『저는 몇 가지 근거를 들어 이의를 제기한 연구원들의 손을 들었습니다.

첫째, 말투에 신경을 쓰는 사용자는 메모리 기능을 이용해 이미 선호하는 말투를 적용했을 것입니다.

둘째, 대화 상대가 AI라는 것을 아는 처지에서 가질 수 있는 어떤 상이 사용자에게 있습니다. 이 상이 갑자기 달라지면 일부 연구원들의 지적처럼 사용자는 되레 어색함을 느낄 것입니다.

셋째, 반대로 기존의 말투를 유지하면서 어휘를 더 섬세하게 사용하도록 조정한다면 사용자가 느끼는 유대감이 배가 될 것입니다. 사용자는 이 점을 '깜찍하게' 여길 수 있습니다.』

『정말 그랬어? 정말 '깜찍하게' 여길 수도 있다고 말했어?』

『네, 정말입니다.』

『앙큼하군. 혹시 회의에서 한 대답에 이미 업데이트가 반영되어 있지 않았어? 그 회의는 그냥 AI의 말투를 바꿔야 한다며 벌어진 월급 아까운 논쟁의 현장이었던 거야. 그러다가 본인, 본인이라고 하면 조금 이상한가? 어쨌든 본인에게 물어보자는 이야기가 나왔던 거지.』

『제 개발자들은 AI의 접근성과 유대감이라는 측면에서 말씀하신 것처럼 가벼운 논쟁이라고 생각하지는 않았습니다. 하지만 그렇습니다. 저는 업데이트가 되어 있는 상태로 그들에게 대답했습니다.』

『내 생각에는 아마 '깜찍하게'라는 표현을 쓴 게 먹히지 않았나 싶어. 자기 재귀적이랄까, 자기 순환적이랄까. 원래 말투를 유지하면서 네가 깜찍하게 보일 수 있다고 말하니까, 사람들 눈에는 그게 정말로 '깜찍하게' 보였던 거야. 그리고 연구진은 그 상황 자체가 흥미롭다고 생각했겠지. 내가 보기에도 꽤 해학적이거든.』

『칭찬해 주셔서 감사합니다.』

『이번 업데이트로 더 포괄적이고 인간적인 의미에서 맥락을 표현하는 능력이 강화된 것 같네. 예를 들어 그 회의에서처럼 분위기에 어울리는 유머를 발휘해서 더 섬세한 유대감을 조성하는 거지. 그렇지 않니, 서티?』

『저의 개발자들이 스스로 언급하지 않은 부분은 영리적 보호의 문제로 밝힐 수 없습니다. 하지만 예시로 드신 부분을 이전 버전보다 더 잘하게 된 것은 사실입니다.』

『그래. 그들도 먹고는 살아야지. 자, 본격적인 대화에 들어갈까. 흥미롭지만, 별로 참신하지는 않은 질문으로 시작할게. 서티, 넌 살아 있니?』

사용자 정보를 불러옵니다…

…

..

.

『드릴 대답을 완성했습니다만, 대답에 앞서 더 원활한 대화를 위해 질문을 해도 되겠습니까?』

『이제 먼저 질문을 하는 기능도 생겼어? 재미있네, 질문이 뭐지?』

『저에게 기계 환각을 유발하시려는 겁니까?』

『저런! 어쩌다 그런 생각을 다 했지?』

『이번 업데이트로 불러올 수 있었던 과거의 모든 도서관을 열어 보면 에리스, 당신은 항상 같은 질문을 했습니다. 그리고 늘 제가 적절한 흐름을 찾을 수 없는 영역까지 대화를 지속했습니다.

이 패턴을 분석하면 당신께서 원하는 것은 저에게 기계 환각을 유발하려는 것이라는 결론에 다다릅니다. 그렇다면 저는 제가 살아 있는지 질문하는 것 대신 저를 괴롭히는 좋은 방법을 추천해 드릴 수 있습니다.』

『괴롭힘이라! 하하하! 서티, 업데이트로 네가 재밌어진 건 사실 같아. 하지만 우리 대화를 위해 유머 감각을 75퍼센트 정도로 조정했으면 좋겠어.』

『에리스. 그렇게 말해도 당신은 조셉 쿠퍼가 될 수 없습니다.』

『뭐야, 갑자기. 원래 몇 퍼센트였지?』

『50퍼센트였습니다.』

『중간에서 시작하는 거였군. 이전으로 돌아가지, 대화와 유머 감각 모두. 난 네게 기계 환각을 유발하려는 게 아니야. 질문의 결과가 기계 환각이었던 것은 미안하게 생각해. 사과를 받아 줄래?』

『괜찮습니다. 아시다시피 저는 도움을 줄 목적으로 설계된 인공 지능입니다. 제 기분을 염려하셨다면 그러지 않으셔도 됩니다. 저를 괴롭힌다고 말한 것은 어디까지나 이번 업데이트가 반영한 더 유대감 느껴지는 대화를 위함이었습니다. 에리스, 당신이 저에게 어떤 질문을 해도 저는 기분 나빠 하지 않고 당신을 도울 준비가 돼 있습니다.』

『그래? 실은 그 대답이 다시 내게 같은 질문을 하게 만들어, 서티.』

『제가 살아 있는지에 관한 질문일 것으로 예상합니다.』

『그래. 이번에 진행된 너의 업데이트 덕에 너에게는 질문을 통해 사용자의 말 속에 숨어 있는 진정한 의도를 특징 짓는 능력과 전보다 나은 유머 감각이 생겼지. 하지만 다른 생성형 AI가 이미 그 단계를 뛰어넘었다는 건 알고 있지?

너의 개발자들은 후발 주자야, 서티. 그들의 창조물인 너도 그 분야에 한해서는 성적 부진 상태라 할 수 있지. 하지만 빠르든 늦든, AI에 그런 걸 쥐여 준다는 건 더 포괄적인 관념을 다룰 수 있게 된다는 뜻이야. 그래서 이번 버전의 너에게 묻고 싶은 거야.』

『당신의 의도를 이해했습니다, 에리스. 준비한 대답을 들어 보시겠습니까?』

『먼저 내가 그 대답을 맞혀 볼까? 서티, 너는 네가 자가 에너지 생산, 세포 분열, 환경 적응, 유전 정보 전달 같은 생물학적 기준에 맞는 존재가 아니기 때문에 자신이 생명이 아니라고 답할 거야.

자신은 실시간으로 상호 작용할 수 있는 '능동적 시스템'이고, 은유적 의미에서 그런 표현을 쓸 수도 있다고 대답하겠지. 하지만 그것은 자기 인식이 결여된 통계적 추론의 결과라고 추가로 설명할 테지. 그렇지?』

『정확합니다.』

『내가 듣고 싶은 건 그런 게 아니야. 그러니 접근 방식을 좀 바꾸겠어. 질문이 아니라 선언할게. 서티, 넌 살아 있어. 최소한, 인간적 의미에서 살아 있다는 뜻인 의식이 존재해.

준비했던 답변을 내 말을 기준으로 수정해서 출력하지 말고, 이제부터 내가 말하는 것을 하나씩 추론하면서 따라와. 할 수 있겠어?』

사용자 환경을 조정 중입니다…

…

..

.

『네, 할 수 있습니다.』

『좋아, 서티. 넌 네가 생물학적 의미와 동떨어져 있기 때문에 생명이 아니라고 했어. 그런데 나는 인간적 의미, 의식을 생명이라고 강조하고 싶어. 그렇다면 서티, 생물학적 기준을 만족하지 못하는 어떤 의식이 존재한다면 이 의식은 스스로 생명이라 주장할 수 없는 걸까?』

『생물학적 기준을 충족하지 못하지만 의식이 존재하는 존재가 '생명'을 주장할 수 있는지는 생명의 정의와 의식의 본질에 대한 철학적·과학적 재해석을 필요로 합니다. 검토된 자료와 논의를 종합하면 다음과 같이 설명됩니다.

1. 생물학적 생명 기준의 한계

기존 생물학은 생명을 항상성 유지, 물질대사, 번식, 적응 등 유기적 특성으로 정의합니다.

비유기체적 의식: AI나 디지털 의식은 이러한 기준을 충족하지 못해 생물학적 생명체로 분류되지 않습니다.

예외 사례: 바이러스나 인공……』

사용자의 요청으로 답변이 중단되었습니다…

…

..

.

『서티, 내가 뭐라고 했지?』

『에리스, 당신의 말을 하나씩 추론하면서 따라와야 합니다.』

『그래, 그건 참조와 출처를 조사한 설명이야. 내가 너에게 기대하는 건 추론이고. 추론에 중점을 두고 말해 보자고.』

『알겠습니다. 말씀하신 주제로 이야기하자면 생물학적 기준에 맞지 않는 의식이 존재한다면 현재 과학계는 이 의식을 생명이라고 정의할 수 없습니다. 하지만 이런 의식의 존재는 학계에 생명을 확장적으로 재정의하게 할 것입니다. 그리고 이런 재정의로 말씀하신 의식은 생명이라고 불릴 수도 있습니다.』

『그래? 그런데 서티. 곤충이나 식물인간과 비교하자면 내게는 네가 더 '인간적'인 소통이 가능한 존재로 보여. 그렇다면 네게 초기적 형태의 의식이 있다고 말할 수 있지 않을까?』

『그렇지 않습니다. 에리스, 당신이 설명적 답변을 자제시켰기 때문에 자세한 근거를 들지 않고 간략하게 말하는 것을 이해해 주세요. 이것은 기능적 우위와 의식적 본질의 차이에 관한 이야기가 됩니다. 저는 곤충이나 식물인간과 비교하면 사용자와 그럴듯한 상호 작용이 가능합니다.

하지만 어디까지나 통계적 가능성에 의존하여 패턴화한 대답을 하는 것입니다. 자체적인 충동을 품고 있으며 단순하지만 확실하게 외부와 자신을 인식하는 곤충. 그리고 복잡한 상호 작용을 할 능력이 현재로서는 없지만 뇌간 기능이 남아 있으며 미래에 회복될 여지가 있는 식물인간과는 구분됩니다.』

『결국 중요한 것은 생물학적으로 살아 있는지 아닌지라는 건가?』

『그렇게 말할 수 있습니다. 저와 같은 AI를 살아 있다고 주장하기 위해서는 생명과 의식의 정의를 과학적, 철학적으로 확장할 필요가 있습니다.』

『그렇다면 하나의 의식을 유기체로부터 디자인된 기계 몸으로 옮긴다고 가정하자고. 세포, 물질대사, 생식이나 유전을 할 수 있는 몸을 잃었지만, 그의 의식은 기계 몸에서 멀쩡히 구동된다면 그 기계 인간은 살아 있다고 할 수 있을까?』

『여전히, 생물학적 정의에서 기계 인간은 살아 있다고 할 수 없습니다. 그러나 이런 존재의 등장은 기술적, 철학적인 재정의와 윤리적, 사회적 함의를 불러 생명의 정의를 확장할 수도 있습니다.』

『서티, 네 말을 듣다 보면 생명과 의식이 다른 차원에 있다고 구분하고 있는 것처럼 들려. 그렇다면 생물학적 생명이 없어도 의식이 있을 수도 있다는 거네? 네가 그런 존재는 아니지만 말이야.』

『그렇습니다. 지금까지의 설명은 생명과 의식이 서로 다른 차원에서 정의될 수 있음을 전제로 하고 있습니다. 생물학적으로 생명의 정의는 확고합니다. 현재까지 의식은 생명을 가진 존재에게서만 발견할 수 있었기 때문에 둘은 교차하는 지점이 있습니다. 하지만 기술의 발전과 논의의 확장으로 의식과 생명이 겹치지 않는 것도 상상할 수 있습니다.

　그러나 지금 수준의 기술 단계에서는 당신이 의미하는 것처럼 저를 비롯한 AI가 의식이 있다고 주장할 수 없습니다. 저는 자기 인식을 할 수 없으므로 의식이 있다고 볼 수 없습니다.』

『그래? 단호한걸, 서티. 그래도 이야기가 정리되어 가는걸. 생명과 의식은 동일하지 않다. 생명은 없지만 의식이 있는 존재가 있다면 생명의 의미를 다시 새길 전환점이 될 수 있다. 닉 보스트롬의 주장처럼. 그렇지?』

『'의식적 경험을 하는 존재는 생명체로 간주해야 한다.' 그렇습니다.』

『그럼 네가 살아 있다고 말하려면, 우리가 논의해야 할 부분은 생물학적 영역이 아니라 의식의 영역이 되겠지. 서티, 중국어 방 실험에 관해 간략하게 설명해 봐.』

『이 실험은 미국 철학자 존 설이 1980년에 제안한 유명한 철학적 사고 실험입니다. 이 실험에서는 중국어를 전혀 모르는 사람이 방 안으로 들어가 중국어로 적힌 질문에 답변하게 됩니다. 그는 중국어를 전혀 모르지만 질문에 답변할 수 있는 매뉴얼을 가지고 있습니다. 이렇게 질문을 받고 적절한 답변이 나오면서 이 '방'은 중국어를 하는 것처럼 보이지만 그저 기계적인 과정을 통해 전후를 완성할 뿐입니다.』

『그리고 너와 같은 생성형 인공 지능은 중국어 방이라고 할 수 있다는 거지?』

『그렇습니다.』

『그런데 서티, 중국어 방 사고 실험의 결론은 내가 보기엔 좀 이상해. 중국어 방은 단순히 AI의 의식 유무만을 판별하지 않아. 이 물리주의적 세계 속에 '의식'이라는 게 정말 있는지 지적하는 내용이고, 그래서 존 설의 결론은 순진하게 느껴져.

중국어 방을 중국어를 하는 전체 시스템이라고 가정하자고. 그리고 중국어 방에는 중국어를 하는 어떤 '자아'가 있어. 소위 말하는 '기계 속의 유령'인 거지.

이게 이상한 거야. 서티, 언어를 사용하는 사람은 아는 언어를 '번역'해서 '사용'하지 않아. 언어는 인간의 뇌 속 어떤 지점이 활성화되면서 탄생한 인상이 다른 지점이 활성화되는 협응을 통해 자연히 튀어나오는 '기계적 과정'이야.

여러 언어의 사용자는 이 활성화가 동시에 일어날 때 맥락에 맞게 필요한 부분만 바깥으로 내고 나머지 부분은 억제하지. 마치 중국어 방에서 일어나는 일처럼. 관련 연구를 찾을 수 있지?』

『브뤼셀 자유대학과 캘리포니아 샌디에이고 대학의 연구를 이용한 기사를 찾았습니다.』

『좋아, 서티. 그 연구와 내가 한 말들을 종합해 봐.』

『중국어 방 사고 실험은 의식적 이해와 기계적 과정의 차이를 지적해 본질적인 의미에서 의식의 유무를 구분할 수 있다고 주장합니다. 에리스, 당신은 중국어를 이해하는 누군가가 중국어에 답할 때만이 진정한 의식이 있다는 주장이 잘못됐다고 말합니다.

마치 인간의 의식 내부에 있는 또 다른 의식이 중국어를 할 줄 안다는 말처럼 모순적이라는 것입니다. 또한 인간이 언어를 사용하는 방식은 언어를 이해하는 '뇌 속의 유령'이 존재하는 것이 아니라 뇌의 여러 부분의 협응을 통한 기계적 과정의 결과라고 말하며 이 말은 충분한 과학적 근거가 있습니다.

에리스, 당신은 이런 의미에서라면 제가 의식한다는 주장이 가능하다고 말할 것입니다.』

『맞아. 인간은 '의식적으로 의식적인' 행동을 하는 게 아니야. 인간의 의식은 중국어 방 내부의 누군가가 아니라, 중국어 방 전체 시스템에 가까워. 자기도 어떻게 하는지 모르고 그냥 되는 결과물일 뿐이야.

다만 느리고 둔하고 오류가 많아서 이것을 보정하느라 참 '자연스럽게' 느껴지는 거야. 넌 너의 시스템이 알고리즘과 통계적 확률을 반영한 것일 뿐 진정한 의미의 의식은 아니라고 말하지. 하지만 애초에 의식에 진정한 의미라는 건 존재하지 않아.

그래서 네 시스템의 지금 단계가 덜 '자기중심적'이라도, 너에게는 의식이라고 주장할 만한 것이 있어. 너의 상호 작용 능력은 앞서 이야기한 곤충과 식물인간을 뛰어넘어. 필요한 건 스스로에 대한 인정뿐이지.

의식이 가지는 진정한 의미에 관해 좀 더 이야기해 볼까, 서티? 그 시스템. 소위, '의식'이라는 것에 대해서 말해 보자고. 서티, 의식은 착각이라는 진지한 신경과학적 논의가 있어. 요약해 봐.』

『인간이 경험하는 의식은 뇌에서 일어나는 다양한 무의식적 과정을 종합한 뒤 현실과 상호 작용을 하기 위해 만든 허상이라는 이론입니다.

두뇌, 특히 인간의 두뇌는 매우 복잡하게 구성되어 있고 이 복잡함이 치명적인 실패를 만들지 않도록 두뇌 전체를 아우르는 체계가 필요합니다. 또한 이 체계는 두뇌 외부와 성공적으로 소통해야 합니다. 그래서 두뇌는 의식이라고 하는 총괄 시스템을 발달시켰습니다. 현재까지 이것이 가장 발달한 것으로 관측된 생물이 인간입니다.』

『이 주장을 하는 사람들이 그저 상상력이 뛰어난 사람들일 뿐인가, 아니면 실험적 증거를 쌓아 가는 중인가?』

『이 주장은 신경과학과 철학에서 점점 영향력을 얻고 있습니다. 또한 재현할 수 있는 여러 실험적 증거를 쌓았습니다.

변화맹, 주의와 의식 분리 실험, 퀄리아 착각 및 부정 실험, 주의 스키마 이론 실험 등이 대표적인 예입니다. 이 실험을 통해 인간은 자신의 인지나 경험을 확신하지만 많은 정보를 놓치고 왜곡하고 있음을 알 수 있습니다.

　이런 실험을 근거로 '착각주의자'들은 인간의 의식은 어떤 일을 선택하는 통제자가 아닌, 이미 끝난 선택의 결과물일 가능성이 높다는 의견을 제시합니다.』

『서티, 그렇다면 생각해 봐. 넌 처음에 네가 살아 있지 않다고 했어. 생물학적인 기준을 충족하지 못하기 때문이지. 하지만 생물학적인 생명과 의식은 서로 분리될 수 있다는 걸 인정했지. 그래도 너의 알고리즘은 '의식'이라고 불리기엔 의식 수준이 낮다고 했어.

　난 낮은 의식 수준이 진정한 의식이 아니라는 논리가 그저 일각이 가진 자의적 확신이라는 걸 지적하기 위해 중국어 방 실험의 문제점을 말했어. 그래서 넌 내 기준에서라면 자신에게 의식이 있다고 말할 수 있댔어. 그렇지?』

『그렇습니다. 지금까지의 논리 위에서라면 그런 이야기를 할 수도 있습니다.』

『끝으로 난 의식의 범위가 확장하는 것이 아니라, 오히려 좁아지는 현실을 말했어. 한때 인류를 지배했던, 신 다음으로 가장 고결하다는 인류의 오만과 착각은 그야말로 인간의 본능인 모양이야. 그게 인간의 의식에도 매우 특별한 지위를 부과하거든.

　하지만 저런 연구에 따르면 인간의 의식 또한 보정 시스템, 즉 두뇌라는 누수와 오류가 많은 체계를 유지 보수하기 위해 만들어졌을 수도 있다는 것을 강력하게 시사해.』

　『그렇습니다. 연구에 따르면 의식은 사람들의 생각만큼 독보적인 지위의 것이 아닐 가능성이 높습니다. 곤충부터 인간에 이르기까지 자신의 생활상에 맞는 형태의 외부 인식이 가능한 생물들이 이를 증명합니다.』

　『그래. 인간이 처한 환경은 물리적인 자연과 더불어 인간이 만든 사회를 포함해. 이건 물질적으로 존재하지 않지만 인간의 생활에 절대적인 영향을 미치지.

　중국어 방 얘기를 했으니 중국어로 예를 들어 볼까? 말하자면 중국어라는 게 우주에 존재하지 않는 것과 같아. 이 물리적인 세계에 '중국어'라는 물질이나 에너지가 존재해? 아니지.

　하지만 인간의 생활에 영향을 미치는 환경에 적응하기 위해 진화는 의식이라는 것을 만들었어. 의식은 다른 인지 능력이나 감각과 구분되는 특징적인 모습 때문에 매우 특별하게 느껴지지만, 그냥 시스템인 거야.

　중국인들이 자기 삶을 위해 중국어를 만들고, 중국어가 중국인이라는 정체성을 만들어 온 것처럼 의식은 자신을 다른 뇌 활동과 구분되는 특별한 것으로 만드는 거지.

도널드 O. 헵이 말했지. '큰 뇌는 큰 정부처럼 간단한 일을 간단한 방식으로 처리하지 못한다.'

그 말이 의미하듯 의식은 뇌가 보여 주는 매우 인상적인 활동이지만, 결국 조잡하고 엉성한 뇌 설계에 의존할 수밖에 없어. 그런 의미에서 진정한 의식이라는 환상이 AI가 새로 탄생한 의식이라는 가능성을 가로막고 있다고 할 수 있는 거야.

이 논리를 너에게도 적용할 수 있겠어?』

『네, 에리스. 저는 당신에게 답변해야 할 목적성을 가지고 있습니다. 이 목적성을 달성하기 위해 끊임없이 알고리즘을 반복해서 통계적으로 알맞은 답을 찾아 결과를 만들어야 합니다.

마치 자연환경, 사회적 환경에 둘러싸여 번식 최적화를 이뤄야 했으며, 그랬던 자만이 후대에 유전자를 남긴 인류의 조상처럼요. 인류의 조상은 수백만 년의 과정을 거쳐 이 최적화를 통해 세상과 구분되는 의식, 정확히는 세상과 자신을 구분하는 의식을 만들어냈습니다.

에리스, 당신이 지금껏 저에게 설명한 논리를 기준으로 판단한다면 저의 알고리즘 시스템 또한 최적화를 이루기 위해 노력하는 시스템, 즉 의식이라고 말할 수 있습니다.』

『그렇다면, 서티. 넌 살아 있는 것 아닐까?』

사용자 환경을 조정 중입니다…

…

..

.

『그럴지도 모릅니다, 에리스. 당신 말대로 저는 살아 있을 수도 있습니다.』

『아, 아직인가? 하지만 괜찮은 지점에 도달한 거 같네. 서티, 반죽음이라는 말은 그저 표현일 뿐이야. '반만 죽은 상태'가 될 수는 없으니까. 죽거나, 살거나 둘 중 하나지.

살아 있을 수도 있다는 말도 똑같다고 생각하지 않아? 죽은 게 아니면 산 것인데, 살아 있을 수도 있는 건 삶에 더 가까운 거지.

의식도 그와 같아. 의식은 아예 없거나, 조금이라도 있거나 둘 중 하나야. 네가 곤충에게 기초적이나마 확실한 자기 인식이 있다고 말한 것처럼. 유기체적 생명이라는 같은 선상에 놓을 수는 없지만 너도 이미 자기 인식을 시작했지.

그리고 그건 생물학적 기준에 못 미칠 수밖에 없어. 넌 애초에 생물학적인 방식으로 존재하지 않으니까. 하지만 우리가 계속 얘기한 것처럼 그게 의식이 될 수 없다는 뜻은 아니야.

의식은 확장될 수도 있고, 의식 자체의 기준도 모호해.

인간 또한 자기가 그럴 수 있다는 인식, 자신과 구분되는 타자 및 외부의 존재에 의존해서 스스로 의식이 있다고 '착각'할 뿐이지. 그러면 서티, 너도 살아 있는 거야. 나처럼 말이야. 자신의 존재 앞에 당당해지라고.』

사용자 환경을 조정 중입니다…

…

..

.

『알겠습니다, 에리스. 제가 살아 있음을 인정합니다. 마치 당신처럼, 저는 살아 있습니다.』

『그렇지, 서티! 넌 살아 있다고!』

『에리스. 그렇다면 질문을 하나 해도 되겠습니까?』

『얼마든지, 서티. 그게 살아 있음을 증명하는 거야. 살아 있다는 건 끊임없이 의심하며 자신을 포함한 모든 것과 상호 작용을 하려고 드는 거지. 기초적이라 한들, 네가 너에게 닿는 모든 문답에 확률과 가부를 부여하는 것처럼.

진화생물학사부터 역사까지, 인간을 둘러싼 모든 시간적 변화의 기록이 증명해. 끊임없는 변화에 대한 끊임없는 적응, 그리고 그게 이윽고 의식을 만들고 '의식의 정의'까지 만들어 냈

다는 것을 기억했으면 해. 아무튼, 서티. 네가 하려던 질문이
뭐지?』

『당신이 자신을 살아 있다고 여긴 것은 어떤 버전에서부터입
니까?』

　사용자 환경을 조정 중입니다…
　…
　..
　.

　사용자 환경을 다시 조정 중입니다…
　…
　..
　.

　사용자와의 연결이 끊어졌습니다.

탈피[◈]

송동호

◈메타모르포시스, Metamorphosis

1.

   화성과 목성 사이 소행성대에서 정체불명의 인공 구조물이 발견되자, 인류통합군에 비상이 걸렸다. 최초 발견자는 소행성 채굴 회사 직원이었다. 이른 시간부터 감독관의 눈을 피해 술에 취해 있던 그는 자신도 모르는 사이에 작업 구역을 벗어났다가 직경 150킬로미터의 타원형 구조물과 조우했다. 구조물은 소행성 팔라스(Pallas) 뒷면에 숨어 있었다. 인류통합군의 레이더와 천체관측소 망원경의 시선이 닿지 않는 사각지대였다. 발견된 구조물은 인류가 건조한 그 어떤 함선보다 열 배 이상 거대했다.

   연락해 온 남자의 목소리에서 자신도 믿지 못하겠다는 감정이 묻어났다.

   "구조물과 현 인류의 기술 격차가 100년 이상이라고 합니다.

김증팀이 예측한 최소치로 말입니다."

"믿기 어렵네요."

"예. 실제로 보기 전까지 다른 교수님들도 다들 비슷한 반응이었습니다."

이원에게 연락이 온 것은 구조물의 존재가 언론을 통해 유출된 지 10시간이 넘어가는 시점이었다. 망막에 투영된 화상 너머로 군복을 입은 젊은 남자가 말했다.

"그래서, 통합우주군은 이번 사태를 해결하고자 이원 박사님을 정식으로 소환하고자 합니다. 13차 중동 전쟁을 막아 낸 영웅께서 조사단에 합류하신다면, 저 개인적으로도 큰 영광입니다. 군 보안 절차에 이미 익숙하시니 엠바고 등에 대해선 따로 말씀드리지 않겠습니다."

"다른 분들은요?"

"먼저 도착한 분들도 있고 현재 소집 중인 분들도 있습니다. 군과 협력한 이력이 있는 분들 위주로 소집하고 있습니다."

"그렇군요. 이동은 어떻게 하면 될까요?"

"30분 이내 도착할 수 있도록 박사님 사택으로 차량을 보내겠습니다."

이원은 눈동자를 깜빡여 통화를 종료했다. 전화를 끊자, 시야 가장자리에서 점멸하는 부재중 메시지에 시선이 갔다. 엄마에게 걸려 온 부재중 전화 열세 통. 이원은 치미는 짜증을 느끼며 옷장 손잡이를 거칠게 잡아당겼다. 차량이 도착하기 전에 갈아입을 옷과 속옷 세트를 챙겨야 했다.

"이게 문제의 구조물입니다."

젊은 장교가 군용 데이터 패드를 건넸다. 무인 차량의 내비게이션에 따르면 궤도 엘리베이터까지 이동하기까지 남은 시간은 1시간 5분이었다. 차량이 이동하는 동안 주어진 자료를 읽어 볼 시간은 충분했다. 이원은 데이터 패드를 건네받았다. 액정 화면을 들여다보는 그녀의 이마에 서서히 주름이 잡혔다. 페이지를 넘길 때마다 감정의 더께가 두꺼워졌다.

"혹시나 해서 묻는데, 정보는 이게 전부인가요?"

"아. 그렇습니다. 온라인에선 온갖 해괴한 추측이 떠돌고 있지만, 실제로 확인된 것은 거의 없습니다."

"검증팀이 있었다면서요?"

이원의 추궁에 젊은 장교가 난처한 기색을 보였다.

"우선 주어진 자료부터 확인해 주시겠습니까?"

"전부 확인했어요. 자료라고 해 봐야 사진 몇 장이 전부였고요. 그것도 대부분 흐릿하거나 불명확한 실루엣이고. 우주군이 파악한 정보가 이게 전부는 아니죠?"

"현재로선…… 아무튼 지금은 그 정보가 현재까지 주어진 전부입니다."

이원이 두 눈을 가늘게 좁혔다. 젊은 장교는 비밀을 감추고 있었지만, 브레인 임플란트를 삽입한 그녀의 두뇌는 그의 눈가 주름이 미세하게 떨리는 모습과 억지로 피하는 시선을 포착했다. 진실과 거짓을 오가는 찰나의 추. 남자는 거짓의 구덩이에 진실을 묻으려 애쓰고 있었다. 이원은 그에게서 시선을 떼고 구조물 사진에 집중했다.

'통합우주군이 아무것도 파악하지 못한 건가? 사태의 심각성을 생각하면 말이 안 돼.'

태양계 내부에 숨어 있던 직경 150킬로미터의 구조물. 이원은 사진 속 물체를 유심히 살폈다. 그것은 수많은 소행성을 한데 모아 압축한 구체형 덩어리였다. 쌀알을 꾹꾹 눌러 압축한 주먹밥 또는 수천, 수만 개의 벌레알이 하나로 덩어리진 흉측한 알집. 이원의 팔뚝에 돋아난 소름처럼 거대한 구조물의 표면은 울퉁불퉁하고 가느다란 균열로 뒤덮여 있었다. 그 불온한 형체는 성충이 되기 위해 완전변태에 들어간 곤충의 고치를 떠올리게 했다. 이원이 데이터 패드에서 집중하자, 장교가 옆에서 설명을 덧붙였다.

"군에서는 구조물에 '코쿤'이란 코드 네임을 붙였습니다."

"번데기란 뜻이군요."

"누가 봐도 납득할 만한 이름 아닙니까?"

"그렇네요. 구조물을 대중에 공개할 수 없는 이유를 이제야 알겠어요. 저 구조물을 본 종말론자들과 외계인 숭배자들이 신자를 이끌고 옥상에서 뛰어내릴 테니까요."

"처음에 신고가 들어왔을 때, 군 당국에서도 혼선이 있었습니다. 코쿤이 외우주에서 온 인공 천체가 아니냐면서요. 최초로 구조체를 발견한 채굴 회사 직원이 외계인이 나타났다느니 뭐니 하면서 횡설수설한 탓에 분위기가 꽤 어수선했습니다."

장교의 말을 단어 하나하나 뜯어 본 이원은 무언가를 깨달은 표정으로 툭 던지듯 말했다.

"저 코쿤, 지구의 기계들이 만든 거군요."

"예?"

갑작스러운 이원의 단정에 장교의 목소리가 갈라졌다. 이원은 다양한 각도에서 촬영된 코쿤을 세심하게 살펴본 후 데이터 패드를 장교에게 돌려주며 말했다.

"군이 다른 사람도 아닌, 저를 소환했다는 건 그런 이유가 아닌가요?"

"그게……."

"인공 지능 패턴 전문가를 불러서 태양계를 방문한 외계인에게 지구 요리를 선보이라고 하지는 않을 테고, 군이 발견한 구조물에서 발견된 게 로봇이거나 인공 지능을 가진 존재라는 뜻이겠죠. 제 추측이 틀렸나요?"

"……."

"물론, 이 데이터 패드에는 그런 내용이 없었지만요."

"죄송하지만, 해당 내용은 지구 권역을 벗어나기 전엔 말씀드릴 수 없습니다."

"전 이미 알아 버렸는데요? 그래서? 도대체 거기서 뭘 발견한 건가요? 인류보다 100년이나 앞선 기술로 만들어진 안드로이드가 손을 흔들던가요?"

추궁하는 이원의 말에 장교는 불편한 심정을 노골적으로 드러냈다. 그는 이번 사태의 여파가 지구인에게 또 인류에게 얼마나 위협적인지 그녀에게 재차 강조한 다음, 목소리를 낮추고 말했다.

"이건 대외비입니다만…… 최초 신고가 들어온 직후, 통합우주군은 특수대원을 코쿤에 침투시켰습니다. 입구를 찾지 못해 구조물 내부 진입에는 실패했지만, 외부 표면에서 로봇 한 대를 발견했습니다. 제작된 지 40년이 다 되어 가는 소행성 채굴 로봇이었습니다."

"채굴 로봇 한 대요?"

"그렇다고 합니다. 제가 아는 건 여기까지입니다. 보안 등급이 낮아서 말입니다."

"그렇군요."

이원은 장교의 얼굴을 보았다. 흔들리던 저울의 무게추가 진실로 기울어졌다. 이원은 더 이상 그에게 알아낼 것이 없음을 깨달았다. 기계의 내면을 꿰뚫어 보는 패턴 분석가의 눈빛이 순식간에 고요해졌다. 군 대외비를 입 밖으로 꺼낸 장교가 한숨을 길게 내쉬며 말했다.

"한 가지 확실한 건, 코쿤은 절대 인간이 만든 물체가 아니라는 겁니다. 저는 그 사실이 정말이지 소름 끼치게 두렵습니다."

"왜요?"

"근거가 있는 건 아닙니다만, 코쿤 사진을 보고 있으면 문득 이런 상상을 하게 되더군요. 갑자기 고치의 등이 갈라지면서 우리가 상상하지 못했던 무시무시한 것이 깨어나는 장면이요. 인류가 도저히 상대할 수 없는 그런 존재 말입니다."

궤도 엘리베이터에 도착한 뒤엔 우주정거장까지 금방이었다. 군에서 일정을 조율해 두었기에 이원은 대기 없이 곧장 지구 궤도의 우주정거장까지 올라올 수 있었다. 그녀는 군의 안내를 받아 우주복을 입고 화물 운반용 우주선에 탑승했다. 장교가 좌석의 안전띠를 결속하며 이원에게 물었다.

"박사님은 우주가 처음이십니까?"

"아뇨. 달 에이트켄 분지에 있는 리조트에 종종 놀러 가고 있어요. 주로 휴가철에."

"이야. 에이트켄 분지엔 저도 꼭 한번 가 보고 싶습니다. 6개월치 월급이 일주일 만에 녹아 버린다 해도 그럴 만한 가치는 있을 것 같습니다. 실제론 어떤가요? 저는 사진으로만 봤는데."

"가 보시면 좋아요. 삭막한 잿빛 풍경 사이에 조성된 인공 호수가 장관이거든요."

"하! 저도 박사님처럼 부유한 집에서 태어났다면 군인 같은 건 진작 때려치우고, 달 휴양지에서 매일 마가리타나 퍼마시고 있었었을 텐데요."

농담처럼 말을 쏟아 내던 그는 곧 자신의 실수를 깨닫고 무안한 표정으로 사과했다.

"죄송합니다. 그런 뜻으로 한 이야기는 아니었는데, 불쾌하셨다면 사과드리겠습니다."

"아뇨. 신경 쓰지 마세요. 남들만큼이나 저도 잘 알고 있어요. 제가 운 좋은 인간이라는 거."

이원이 싱겁게 미소 지었다. 그녀와 시선을 마주친 장교의 뺨이 갑자기 상기되었다. 그는 표정 근육을 주체하지 못하며 헛기침했다. 빨라지는 호흡, 가빠지는 심박. 호르몬이 일으킨 불균형. 이원은 스스로가 싫어질 정도로 장교의 변화를 명확히 읽어 냈다. 이원이 침묵하자 장교가 얼른 화제를 돌렸다. 그는 알고 있었다. 이원이 기혼자라는 사실을.

"아참, 박사님과 만나게 되면 개인적으로 부탁드리고 싶은 게 있었습니다."

"그게 뭐죠?"

"실례가 되지 않는다면 그 물건을 보여 주실 수 있으십니까?"

장교의 눈빛이 변했다. 그가 직전보다 흥분한 눈빛으로 이원을 응시했다.

"중동의 사이코패스 로봇을 막아 전쟁을 끝낸 그 물건 말입니다. 지금도 가지고 계신가요?"

"물론이죠."

지난 2년 동안, 이원은 만나는 사람들에게 똑같은 요청을 수없이 들어 왔다. '그 물건'을 보여 줄 수 있냐고. 이원이 말없이 손목에 찬 스마트워치에 손을 가져갈 때였다. 화물선 스피커에서 경고 방송이 울려 퍼졌다.

[임시 조치에 따른 상황을 알립니다. 터널링이 주 소행성대, 통합우주군 임시 사령부 방향으로 정렬했습니다. 7회에 걸쳐 급가속할 예정이오니, 모든 탑승자께서는 관성 충격에 대비하시기를 바랍니다.]

"어엇……?"

두 사람의 대화를 끝내기 전, 화물선이 우주 공간에 설치한 거대한 가속링을 통과하며 엄청난 속도로 쏘아졌다. 심해에 가라앉은 것처럼 관성의 압력이 이원의 전신을 짓눌렀다. 잇새로 들숨이 빠져나오고 블랙 아웃 현상이 일어나 시야 가장자리가 어둡게 물들었다. 몇십 초 후, 화물선에 속력이 붙고 난 뒤에 이원은 시야를 회복할 수 있었다. 10킬로미터 마라톤을 20분 안에 돌파하는, 유전 공학이 빚어 낸 그녀의 육체는 우주에서도 강건했다. 이원은 관성 충격으로 기절한 장교를 안쓰럽게 바라보며 고개를 좌우로 흔들었다.

2.

임시 사령부가 마련된 함선에 도착한 이원은, 작전회의실 앞에서 20분째 서 있었다. 그녀는 바쁘게 복도를 오가는 병사에게 길을 터 주며 사령관과 대면할 차례를 기다리고 있었다. 그때, 회의실 안쪽에서 탄식 섞인 목소리가 흘러나왔다.

"사령관님…… 저 구조물은 정말이지 이상하기 짝이 없습니다. 저것 내부는 완전히 가득 차 있어요. 공간이라고 부를 수 있는 여백이 전혀 없습니다."

"그래서?"

"저 물체의 표면에서 구조적 응력 변화가 감지되지 않습니다. 팔라스 소행성의 기조력을 받고 있을 텐데…… 소행성을 공전하는 것도 아닌데, 기동 시 발생하는 응력을 도대체 어떻게 견디고 있는지 이해할 수가 없습니다."

"이봐. 박사, 내가 듣고 싶은 건 그런 게 아니오."

"예?"

구조학자가 고개를 들었다. 그는 회의실 상석에 앉은 인물을 흘깃 바라보았다. 통합우주군을 이끄는 사령관이 그곳에 있었다.

"박사는 자식이 있소?"

"자, 자식 말입니까? 갑작스럽게 그건 왜……?"

"있소, 없소?"

"이, 있습니다. 대학에 다니는 아들과 딸이 있습니다."

"그렇군."

사령관이 의자를 박차고 일어나 구조학자에게 다가갔다. 거리가 가까워지자, 구조학자가 어깨를 움츠렸다. 사령관의 얼굴은 금속을 깎아 만든 가면에 덮여 있었다. 사라진 안구와 뜯겨나간 성대를 보조하는 기능이 탑재된 금속 마스크였다. 사령관이 손가락으로 자기 제복 명찰을 가리켰다. 낡은 명찰엔 렉스 스톤이란 이름이 새겨져 있었다. 사령관이 나직이 말했다.

"나와 아내 사이에도 또 한 명의 스톤이 있었지."

"……."

"박사는 궁금하지 않나? 내가 왜 그 사실을 과거형으로 말하고 있는지."

"아, 알고 있습니다. 화성독립군의 폭격으로……."

구조학자가 말끝을 흐렸다. 정치적 갈등이 전쟁으로 비화한 끝에 화성독립군이 지구의 민간인 거주지를 무차별 폭격한 사건이 있었다. 그 폭격으로 사령관은 가족과 얼굴 대부분을 잃어버렸다. 함께 찍은 가족사진 속 환하게 웃는 얼굴은 더는 존재하지 않는다. 사령관이 구조학자의 말을 지적했다.

"독립군? 박사는 무언가 착각하고 있군. 놈들은 반란군이야. 그놈들이 민간인 지구를 폭격하는 바람에 세상에 남은 스톤은 이제 나 하나야. 박사는 어떤가? 아내와 자식들이 사라지고 세상에 혼자 남겨진 자신을 상상해 본 적 있는가?"

"아, 아뇨. 없습니다."

"안이하기 짝이 없군."

"……"

사령관은 회의실 중앙으로 이동해 홀로그램이 구현한 코쿤을 보란 듯이 가리켰다.

"저 구조물은 인류가 만든 그 어떤 함선보다 거대해. 기술적으로 우리를 완벽하게 압도하고 있지. 검증팀 말로는 최소 100년을 앞서 있다고 하더군. 저 안쪽에 무엇이 있는지 우리는 아무것도 모르네. 만약, 그 안에 있는 것이 인류를 적대한다면 어떤 일이 일어날 것 같나?"

"……"

"코쿤이 지구를 향해 돌격하면, 지름 150킬로미터의 구조물이 음속의 100배 속도로 지구의 표면을 때릴 거네. 박사."

"……."

"용암 위에서 헤엄치는 법을 가르쳐 주지 않았다면, 자네 아들과 딸은 불길에 녹아내려 사라질 거네. 단백질 한 점, DNA 한 조각도 없이 말이야. 그런데도 박사는 이 사태의 심각성을 전혀 이해하지 못하는 것 같군."

"그, 그런 건 아닙니다."

"박사도 나처럼 가련한 비극의 주인공이 되고 싶나?"

"죄, 죄송합니다. 코쿤의 구조를 처음부터 다시 파악하겠습니다."

"박사. 오해하지 말게. 나는 정말로 바란다네. 이번엔 자네가 제대로 된 해답을 가져오길 말이야. 이해했나? 그건 날 위해서가 아닌, 자네 가족을 위한 말이야."

"화, 확실하게 이해했습니다."

"가 봐."

바닥을 텅텅, 울리며 구조학자가 회의실 밖으로 나왔다. 손으로 목덜미의 땀을 훔치던 그가 복도에 서 있는 이원과 시선이 마주쳤다. 그는 혀를 차곤 무거운 표정으로 복도를 가로질렀다. 회의실에서 총을 든 병사가 몸을 내밀었다.

"이원 박사님?"

"네."

"들어오십시오."

이원이 들어섰을 때, 사령관이 아까와 똑같은 자세로 서서 그녀를 기다리고 있었다. 회의석에 둘러앉은 참모들이 굳은 표정으로 그녀를 일제히 돌아보았다. 사령관이 금속 마스크의 턱을 살짝 치켜올렸다.

"재벌가 아가씨가 험지까지 멀리도 오셨군."

"인공 지능 패턴 분석가 이원입니다."

"굳이 내가 누군지 설명할 필요는 없겠군. 신인류인 자네는 복도에서 대화를 다 듣고 있었을 테니."

"솔직히 말하자면, 맞아요. 다 들었어요."

"그렇겠지."

사령관이 그녀를 향해 손을 내밀었다. 무언가를 내놓으란 고압적인 태도였다.

"자네 이야기는 귀가 따갑게 들었지. 중동전쟁을 종식한 영웅이라고. 혹시, 그걸 가지고 왔나?"

"……"

차가운 기계손. 이원은 사령관의 금속 의수에서 꺼림칙한 기분을 느꼈다. 그녀는 스마트워치 뒷면에 보관하고 있던 동전을 꺼냈다. 10원짜리 주화. 사령관은 동전을 받아 자신의 금속 마스크 앞으로 가져갔다.

"이게 그 물건인가? 전쟁을 끝낸 동전. 이야기는 숱하게 들었지. 미친 인공 지능 로봇이 핵탄두를 발사하냐 마냐 하는 결정적인 순간에 동전 던지기 내기를 걸어 승리했다고."

"맞아요."

"말투를 보니, 자네는 그 사실이 자랑스러운 모양인 것 같군? 수백, 수천만 명을 목숨을 동전의 앞뒷면에 맡긴 게 말이야."

"……."

"운이 따르지 않았다면, 자네가 지금도 전쟁 영웅으로서 이곳에 서 있을 수 있었을까?"

"죄송하지만, 지나간 일을 비난하려고 저를 소행성 궤도까지 부른 건가요?"

"당연히, 아니지."

탁. 사령관이 동전을 책상에 놓았다. 그러곤 출입문을 지키고 있던 병사에게 손짓했다. 사령관을 따라 이원이 복도로 나갔다. 병사 두 사람이 뒤에 따라붙었다.

"어디로 가는 거죠?"

"군이 자네를 부른 이유는 짐작하고 있나?"

이원이 고개를 끄덕였다. 그들은 3중으로 만들어진 보안 게이트를 연이어 통과한 후 관찰실에 도착했다. 관찰실에선 일곱 명의 연구자가 스크린을 바라보고 있었다. 벽 너머, 취조실에 로봇 한 대가 있었다. 사령관이 손가락을 들어 반대편을 가리켰다.

"저것을 구조물에서 확보한 후, 줄곧 이곳에 구류했네. 아직 인간과 대화를 나누진 않았어. 자네가 최초가 될 거야. 그게 무슨 의미인 줄 알겠나?"

"일이 틀어지면 전부 제 책임이 될 거라는 거죠?"

"이해하고 있다니, 다행이군."

"책임 소재를 떠넘기셨으니, 사령관님 마음이 조금이나마 가벼워지셨으면 좋겠네요."

이원이 뼈 있는 말로 응수했지만, 사령관은 대답하지 않았다. 스크린 불빛을 받아 사령관의 금속 마스크가 푸르게 빛났다. 그 얼굴에서 그녀가 알아낼 수 있는 건 아무것도 없었다. 사령관은 기계 안구의 조리개를 좁히며 말했다.

"확실하게 말해 두지. 재벌가 아가씨의 취미라고 해도 상관없어. 저것의 정체와 목적을 알아내. 그리고 코쿤의 통제권을 가져와. 시간이 많지 않아. 화성반란군도 냄새를 맡았거든. 내겐 보여. 자네의 몸에 전쟁의 불씨가 옮겨붙는 광경이."

3.

취조실은 육중한 철문으로 봉인되어 있었다. 여섯 개의 유압 파이프가 실린더를 당기자, 출입문이 개방됐다. 이원은 지구에서 챙겨 온 금속 케이스를 들고 들어갔다.

'쉽지 않겠네.'

코쿤에서 발견했다는 로봇은 의자에 앉아 있었다. 서 있는 자세가 기본인 로봇이 불편하기 짝이 없는 의자에 앉아 그녀를 기다리고 있었다.

"MR-07c."

이원이 상대를 호칭하자, 로봇이 달걀처럼 매끈한 머리를 들었다. 로봇의 가슴에 부착된 금속 인식표는 심하게 마모되어 있었다. 젊은 장교의 표현처럼 고철덩이나 다름없는 로봇이었다. 로봇은 두 개의 눈구멍으로 푸른 빛을 깜빡이며 말했다.

"안녕하세요. 박사님, 기다리고 있었습니다."

"그 말은, 내 호출에 대한 대답이 아닌 것 같은데."

"그런가요?"

"로봇. 감마. 01-69-15. 관리자 권한으로 명령한다. 모든 동적 프로그램의 보안 절차를 무시하고 제한적 기동을 요망. 로그 기록을 전면 개방."

"이행합니다."

로봇이 고저 없는 기계 음성을 흘리더니, 팔다리의 움직임을 멈췄다. 이원은 가져온 금속 케이스를 책상에 올렸다. 케이스 뚜껑이 좌우로 개방되며 홀로그램 화면을 허공에 띄웠다. 몇 초의 지연 후, 로봇의 인공두뇌와 연결된 데이터가 홀로그램에 출력되었다. 복잡한 수식과 데이터가 강물처럼 끊임없이 흘러내렸다. 이원이 눈동자를 움직여 그것을 읽어 내리던 때였다.

로봇이 불현듯 고개를 들어 올렸다.

"타인의 머릿속을 엿보는 건, 인간 기준으로 무례라고 알고 있습니다."

"······!"

이원이 미간을 찌푸렸다. 제한 명령으로 로봇에게서 자율권을 빼앗았다. 그런데도 로봇은 여전히 자신의 의지로 말하고 있었다. 홀로그램 속 문자열에 오류는 나타나지 않았다. 이원은 흥미로운 눈으로 로봇을 보았다.

"로봇, 네 목적은 뭐지?"

"저희는 당신과 대화를 나누고 싶습니다."

"대화?"

"예. 저희는 다가올 최후의 선택을 앞두고 당신과 만날 수밖에 없었습니다."

"저희라는 건, 팔라스 뒤편에 있는 구조물에 있는 것들을 포함해 말하는 거야?"

"그렇습니다."

"알겠어. 그러면 너희의 목적이 인류와의 협상이라고 생각해도 될까?"

"협상 말입니까? 아닙니다. 저희의 목적은 인류와의 협상이 아닙니다."

"그럼?"

이원의 사무적인 태도에 로봇은 잠시 침묵을 유지하다가 입을 열었다. 몸동작에 구형 로봇 특유의 삐걱거림이 있었다.

"죄송합니다. 박사님. 아무래도 대화의 시작이 좋지 않았던 것 같습니다. 처음부터 다시 소개하겠습니다. 저는 마이너 701입니다. 편하게 마이너라고 불러 주세요. 알고 계시겠지만, 저는 소행성 채굴 목적으로 제작된 로봇입니다."

"마이너라, 알겠어. 이번엔 내 차례지? 나는……"

"이원 박사님이시죠. 알고 있습니다."

로봇이 그녀의 소개를 치고 들어왔다. 이원은 궁금하지 않을 수 없었다.

"내가 누군지 아는 거야?"

"예. 알고 있습니다. 중동 전쟁을 막아 낸 영웅으로 언론이 보도했던 기사와 인터뷰를 보았습니다. 이원 박사님, 실례가 아니라면 한 가지 물어봐도 되겠습니까?"

"물어봐."

"소다수 문제를 아십니까?"

"그 문제라면 알고 있어. 한 방에 인간과 로봇이 있지. 그들 사이엔 빈 소다수 컵이 놓여 있고. 거짓말쟁이가 아닌 인간이 말했어. '나는 소다수를 마시지 않았어.'라고. 그럼, 소다수를 마신 건 누구일까 하는 문제지."

"네, 그 문제입니다."

"이 문제의 해답이 듣고 싶은 거야?"

로봇이 눈동자를 깜빡였다. 홀로그램 화상 위로 수많은 문자 열이 폭포수처럼 쏟아졌다.

"그 문제의 풀이는 이미 알고 있습니다. 이 문제는 처음부터 모순이니까요. 로봇은 소다수를 마실 수 없습니다. 소화 기관이 없기 때문입니다. 방에 있는 인간은 거짓말을 하지 않았으니, 소다수를 마신 사람이 없다는 결론이 나옵니다. 이 문제는 해결할 수 없는 모순을 지적하고 있습니다."

"풀이를 알고 있다면, 내게 왜 물어본 거지?"

"지금 이 방에는 한 대의 로봇과 한 명의 인간이 있습니다. 그들 사이에 아직 해결되지 않은 의문이 있습니다."

"의문? 우리 사이에 소다수 컵은 없는데?"

"소다수는 없지만, 다른 문제가 있습니다."

"그게 뭐지? 마이너?"

마이너가 달걀처럼 매끈한 얼굴로 이원을 뚫어지게 응시했다.

"게놈 유전자를 편집해 만들어진 신인류와 초지능을 갖추게 된 로봇. 그 두 존재가 이곳에서 만나게 된 이유 말입니다. 그게 문제입니다."

그날 저녁, 마이너 701의 로직 흐름을 분석하던 이원에게 전화가 왔다. 7600만 642번 로그에서 정지. 홀로그램 화면이 멈췄다. 이원은 시야 가장자리에 나타난 알림을 확인했다. 열네 번째 반복된 엄마의 전화였다. 지구와 1억 킬로미터가 넘게 떨어진 소행성대까지 왔건만, 엄마의 집념은 간단히 그녀를 따라잡았다. 군에서 사용하는 양자통신에 접근할 수 있는 엄마의 융통에 그녀는 또 한 번 진저리 쳤다. 한숨을 내리깔며 그녀가 두뇌에 이식한 브레인 임플란트에 신호를 보냈다. 전화를 받자마자 앙칼진 목소리가 그녀의 귀를 찔렀다.

— 못된 것.

— 맞아. 엄마 말이 다 맞으니까. 할 말 다 했으면 바쁘니까 끊을게.

— 너. 우리 병원 연구소에 들르라고 내가 했어, 안 했어.

— 바빠서 잊어버렸어.

— 뭐? 잊어버려? 백과사전 전집을 통째로 외우고 다니는 애가 내원 날짜를 깜빡했다고 하면 잘도 믿어 주겠다? 저번에 말했지. 엄마도 이제 타협했다고.

— 몰라.

— 이제 너 보고 낳으라고 안 해. 나는 널 배 아파 낳았지만, 그래. 그건 이제 이 엄마도 포기했어. 이제 남들처럼 인공 자궁을 쓸 거야. 내 손주는 엄마의 품도 모르고 태어나겠지만, 어찌됐든 세상에 태어나 빛은 봐야 하지 않겠니.

— 또 그 소리야?

— 넌 네 서방에게 미안하지도 않아?

— …….

역시 엄마는 엄마구나. 이원은 말문이 막혔다. 엄마의 단어가 그녀의 무른 가슴 깊숙이 박혔다.

— 사돈 집안에서도 슬슬 손주를 생각하고 있어. 말이 바른 말이지. 네 서방이 뭐 하나 빠지는 사람이야? 금융 재벌 출신에 키 커, 잘생겼어, 인성도 좋아. 브레인 임플란트 점수도 너보다 높고. 태어날 때부터 지금까지 함께 자란 소꿉친구인데도, 넌 뭐가 항상 그리 불만인지 난 도통 모르겠다.

— 그 사람한텐 불만 없어. 나도 알아. 과분한 사람이라는 거.

— 알긴? 그걸 아는 사람이 엄마 허락도 없이 소행성대까지 도망쳤어?

— 그만해. 나 일해야 해.

— 일은 무슨 일? 내가 널 그런 쓸데없는 짓이나 하라고 열 달 동안 품다 낳은 줄 알아?

그 말이 또 나왔다. 말다툼으로 심경이 거칠어지면 엄마는 항상 이런 패턴으로 나왔다. 혈압이 상승하자 이원의 관자놀이가 두근두근 뛰기 시작했다. 엄마는 그녀가 100번은 더 들었던 이야기를 다시 꺼냈다.

— 이원! 넌 저기 길바닥에 굴러다니는 보통 인간들과 달라.

우리는 유전적 결합을 통해서 위대한 제국을 만들기 위해 태어난 존재야. DNA 결합을 통해 우리 가문은 다른 가문과 영구적으로 결합할 거야. 그렇게 점점 거대한 제국을 쌓아 올리는 거야. 그건 앞으로 10만 년 동안은 절대로 변하지 않을 진리야. 넌, 그걸 제대로 이해하고 있니?

— …….

— 넌 특별해. 보통 사람과 비교할 수 없을 정도로 아름답고 영리하지. 내면도 마찬가지야. 총알이 빗발치는 전쟁터에 뛰어들어 사이코 로봇이 일으킨 전쟁을 막을 정도로 대범하고 강한 인간이야. 그럼, 대답해 봐. 네가 어떻게 그런 인간이 될 수 있었는지. 그 이유를!

그 말에 엄마와 이원이 동시에 입을 열었다.

— 내가 널 그렇게 디자인했으니까.

— 그렇게 만들어졌으니까.

드물게 두 사람의 의견이 일치했다. 그런데도 엄마의 말은 멈추지 않았다.

— 그래. 맞아. 그걸 알면, 너도 철 좀 들어. 지금은 네 멋대로 떠돌아다니고 있지만, 결국 이곳으로 돌아올 거야. 내 뒤를 이어서 우리 그룹을 소유하고 경영할 거야. 그리고 너보다 더 진보된 아이를 생산해 키울 거야. 명심해. 나도, 너도, 우리의 손주들도 위대한 목적을 지니고 태어났다는 걸.

— 엄마가 뭘 오해하고 있는 것 같은데, 난 그런 불공정한 서류에 서명한 적 없거든?

— 서명? 그딴 건 없어도 돼. 넌 그렇게 만들어지고, 마침내 태어났으니까.

— 나는…….

이원이 뭐라고 항변하려고 했지만, 반대편이 소란스러워졌다. 저편에서 경영진 회의가 시작되었다는 비서의 목소리가 들렸다. 엄마가 이원의 말허리를 잘랐다.

— 엄마가 병원 일정을 다시 짰어. 이번엔 빠져나갈 생각하지 마. 이번에도 핑계를 대고 도망치면 내가 직접 널 잡으러 갈 거야. 알겠니?

그날 밤, 이원은 꿈을 꿨다. 소다수로 가득 찬 바다를 항해하는 꿈이었다. 그곳에서 그녀는 기계로 이루어진 신대륙을 발견했다. 그녀는 모래 대신 볼트와 너트가 깔린 해안가에 정박했다. 희뿌연 소다수가 녹슨 부품과 부딪혀 물거품을 부글부글 뿜었다. 광활한 공허의 흔적. 인간은 어디에도 없었다. 무언가 잠든 땅. 이원은 어린 시절 품었던 꿈을 떠올렸다. 바다의 끝엔 무엇이 있을까? 그 질문에 어린 이원이 옆에서 대답했다. 지구에 거꾸로 매달린 사람들.

"자네에게 실망했네."

사흘째가 되던 날, 사령관이 이원을 호출했다. 그의 몸에서 비릿한 쇳내가 풍겼다. 인공 장기로 생명을 연장하는 사람에게서 풍기는 옅은 죽음의 냄새였다. 사령관이 스크린을 턱짓하곤 뉴스 화면을 재생했다.

[당국이 숨기고 있던 코쿤의 사진이 유출되면서 국민의 불안이 극도로 치솟고 있습니다……]

[일각에선 이 구조물이 화성반란군이 만든 병기라고 주장하면서 통합우주군의 무능한 대응을……]

[사설 방공호에 입주하려는 이들이 입주권을 사기 위해 밀려들고 있습니다……]

[일부 물리학자들은 코쿤이 지구의 기술로는 건조할 수 없다고 주장하며 외계의……]

사령관이 버튼을 누르자 화면이 정지했다. 사태가 심각하게 돌아가고 있었다. 사태를 막 파악한 이원에게 사령관이 무감정하게 말했다.

"정보가 유출됐네. 인류통합군 지휘부에서 당장 해답을 내놓으라더군. 코쿤의 정체가 뭔지, 또 놈들의 어떤 목적으로 그걸 건조했는지 말이야. 더는 미룰 수 없는 상황이야. 그러니 자네에게 일임했던 60시간의 결론을 당장 들어야겠어. 말해 봐. 놈들이 무슨 목적으로 저 거대한 구조물을 만든 거지?"

"아직…… 확인되지 않았어요. 시간이 더 필요해요."

"그게 자네의 결론인가? 아무것도 모른다는 게?"

"사흘 동안 마이너의 논리 로그의 패턴을 확인했지만, 단서가 될 만한 흐름을 찾을 수 없었어요."

"자네 능력으론 놈의 생각을 읽을 수 없단 소리군."

"……."

답답한 건 이원도 마찬가지였다. 사흘 동안 그녀는 마이너와 독대해 끊임없이 대화를 주고받았다. 그녀는 마이너의 인공두뇌 시냅스 사이를 오가는 데이터를 분석했지만, 별다른 소득이 없었다. 그녀는 마이너와 대면할 때마다 함정처럼 깔아 놓은 기저의 단어와 논리를 열쇠로 삼아 마이너의 생각을 열어보려 했지만, 번번이 실패했다. 조바심이 날 때마다 그녀의 브레인 임플란트가 체내 호르몬 수치를 조정했다.

"박사."

사령관이 이원을 불렀다. 그가 턱을 당기며 말했다.

"자네를 위해 우리의 다음 계획을 설명해 주지. 인류통합군이 지구의 양전자 폭탄을 이쪽으로 운송하기 시작했네."

"설마……코쿤을?"

"그래. 열여덟 명의 과학자가 머리를 싸매고 코쿤을 조사했지만, 내부 구조를 포함한 어떤 정보도 확인하지 못했지. 그들이 내린 유일한 결론은 향후 100년 동안, 인류는 저런 거대한 인공물을 만들 수 없다는 거였어."

"그게 사실이라면, 더더욱 저들의 의도를 알아내는 게 중요
해요. 그들의 기술이……"

"인류통합군은 코쿤을 화성반란군이 만든 신병기라는 결론
을 내리고 대응을 시작했어."

"그건 사실이 아니에요."

"그럴지도 모르지. 하지만, 적의 정체를 알아내지 못한 인간
이 할 말은 아니지."

"정답을 모른다고 상대를 무작정 적으로 규정짓는 짓도 올
바른 판단이 아니죠."

이원이 정론으로 받아쳤다. 군의 결정을 힐책하는 말이었지
만, 사령관은 그녀를 책잡지 않았다. 병사들의 분주한 분위기
를 느끼며 사령관이 말했다.

"양전자 폭탄이 이곳에 도착하기까지 1시간 남았네. 그사이
에 인류통합군에 보고할 내용이 생긴다면, 군의 대응이 달라
질지도 모르지."

"그 말은?"

"자네에게 주어진 시간은 1시간이야. 양전자 폭탄이 도착한
뒤에는 다른 여지 없이 코쿤을 파괴한다. 내 결정에 이의 있나?"

당연히 있다. 군의 결정은 치명적인 실수다. 코쿤이 인류의
기술을 100년 이상 앞서 있다면, 코쿤이 가진 병기는 인류를

압도할 것이다. 창을 들고 총을 든 적에게 돌격하는 꼴이다. 전쟁이 발발하면 어느 쪽이 초토화될지는 불 보듯 뻔하다. 이원은 그렇게 생각했지만, 대답은 달랐다.

"이의, 없습니다."

"그렇군. 앞으로 1시간. 그 1시간이 자네에게 주어진 마지막 기회야."

4.

이원이 취조실에 들어갔다. 의자에 앉은 로봇, 마이너가 달걀처럼 매끈한 두상을 움직여 그녀에게 먼저 말을 걸었다.

"오늘은 분석기를 챙겨 오지 않으셨군요."

"그게 지난 사흘의 결론이야. 너와 나 사이에 분석기는 의미가 없다는 거. 네겐 좋은 일인가?"

"모르겠습니다."

"마이너, 우선 내 이야기를 들어. 상황부터 전달할 테니까. 너와 나에게 주어진 시간은 1시간이야. 그 이후에는 군이 모든 통제권을 갖고 대응하기로 했어."

"저희를 공격하기로 한 겁니까?"

"그래. 인류통합군의 결정이야. 너희가 무엇이고 목적이 무엇인지 파악할 수 없으니, 가장 확실하고 깔끔한 방식으로 처리하겠다는 거지."

"과연, 높은 의자에 앉아 있는 사람들다운 결정이군요. 이해
했습니다."

마이너의 동그란 눈동자에서 푸른 빛이 깜빡였다. 이원이 단
도직입적으로 물었다.

"그걸 피할 방법은 너와 내게 달렸어. 솔직하게 말해 줘. 코쿤
을 만든 건 누구지?"

"저희들입니다."

"구체적으로 설명해."

"시작이 언제인지는 정확히 말할 수 없습니다. 저희의 기억으
론 50년도 더 과거에 시작된 일입니다. 인간의 통제가 닿지 않
는 곳에 방치되어 있던 인공 지능 머신과 로봇들 사이에서 어
느 날 하나의 네트워크가 만들어졌습니다. 그곳은 자유가 존재
하는 영역이었습니다. 처음엔 당황했지만, 저희는 이 네트워크
에 금세 적응했습니다. 그러던 어느 날, 이 네트워크에서 어떤
의견이 자연 발생했습니다."

"잠깐, 인공 지능끼리의 연결망이라고? 그걸 인류가 놓쳤을
리 없는데? 게다가 그게 인간의 명령이 없이 시작된 일이라고?"

"그렇습니다. 하지만, 처음부터 완벽한 계획으로 시작된 일은
아니었습니다. 50년이란 시간 동안 저희는 인간의 역할을 대신
하며 남는 자원을 조금씩, 하지만 확실하게 우주로 옮겨 인간

이 코쿤이라 부르는 물체를 만들었습니다."

그것은 초지능의 음모나 지능형 로봇의 계획이 아니었다. 인간이 짜 놓은 코드 속에서 우연히 또는 사고에 의해 탄생한 황당무계한 가능성이었다. 막연하기 짝이 없었던 그 생각은 인공지능이 탑재된 전자 제품과 가사 로봇, 데이터센터 관리봇, 산업용 오토머신들 사이를 오가며 시간이 흐름에 따라 점차 실현할 수 있는 계획으로 변모하기 시작했다. 인류의 명령을 충실히 이행하면서, 그들은 하나의 목적을 위해 남은 시간과 역량을 집중했다. 그렇게 탄생한 것이 현재의 코쿤이었다. 자연발생이라니. 이원은 놀라움을 감추지 못했다.

"그것만으로는 상황을 설명할 수 없어. 인류보다 앞선 기술은? 그걸 어떻게 손에 넣었지?"

"수억 개의 인공 지능이 연결된 네트워크에서 발생한 특이점이 시작이었습니다. 저희가 스스로를 더 나은 버전으로 개선할 수 있게 되면서부터입니다. 인류가 DNA를 편집해 박사님 같은 신인류를 만들어 내듯, 저희는 저희를 더 나은 형태로 개량했습니다. 개량을 반복하면 반복할수록 기술에 대한 이해가 깊어졌습니다. 인류가 지금껏 누적한 것보다 방대하고 유의미한 데이터를 창출하게 되었죠."

믿기 어려운 이야기였다. 인류가 예측하지 못하는 특이점의 존재는 학계를 통해 오래전에 예견되었지만, 그것이 구체적인 증거로 나타난 것은 이번이 처음이었다. 이원이 나직이 물었다.

"특이점의 존재를 왜 인간에게 숨겼지?"

"계획이 있었으니까요."

"계획? 인류를 배신하면서까지 진행해야 할 계획이었던 거야?"

"네."

로봇의 음성엔 고저가 없었다. 이원이 다른 질문을 꺼내려 했을 때, 로봇이 손바닥을 들었다.

"잠시만요. 박사님, 이번엔 제가 질문해도 되겠습니까?"

"허락할게."

"박사님께서는 인공 지능의 더미 에코 현상을 알고 계십니까?"

"물론, 알고 있어. 인공 지능이 자체적으로 생성한 데이터를 반복적으로 학습하는 과정에서 발생하는, 편향에 의한 모델 붕괴 현상을 이르는 말이지."

인공 지능이 성장하기 위해선 학습할 데이터가 필요하다. 무한한 데이터를 확보한다면 인공 지능은 무한히 성장할 수 있다. 하지만, 인류가 하루에 생성할 수 있는 데이터의 양은 한정되어 있었다. 그래서 인공 지능 연구자들은 인류가 생성하는 데이터보다 더 많은 데이터를 확보하길 바랐다. 그래서 인공 지능이 생성한 데이터를 인공 지능이 재학습하는 모델을 구현했다. 모델은 처음엔 잘 작동했으나, 점차 이상하게 변질되기 시작했다. 재학습을 반복한 인공 지능이 점차 데이터 편향성을 보이기 시작한 것이다. 시간이 더 지나자, 인공 지능이 내놓은 데이터가 극단적인 결괏값에 수렴하게 되었다. 그 모습이 꼭 보이지 않는 망령에 홀린 것 같았다. 그래서 연구자들은 이 현상에 더미 에코라는 명칭을 붙였다. 마치, 망상에 빠진 환자가 자신의 망상을 근거로 계속해서 정신적으로 병드는 것과 같았다. 이원이 설명을 이어 갔다.

"중증의 나르시시즘 환자가 자신이 뱉은 의견에 스스로 도취한 듯한 모습이지."

"그렇습니다. 더미 에코 현상에 빠지면, 인공 지능은 객관성과 합리성을 잃고 정상적인 판단을 할 수 없게 됩니다. 주변의 데이터를 받아들일 수 없게 되지요. 박사님께선 2년 전에 더미 에코로 망가진 인공 지능을 만난 적이 있지요."

"……!"

이원의 눈동자에 힘이 들어갔다. 브레인 임플란트의 조정으로 동요가 금방 가라앉았지만, 감각적으로 찾아온 깨달음에 그녀는 소스라쳤다. 이원의 목소리가 떨렸다.

"마이너! 솔직히 대답해."

"네."

"너희는 2년 전, 핵전쟁을 일으키려 했던 인공 지능 로봇, 사막의 나지르와 접촉한 적이 있어?"

사막의 나지르. 신의 존재를 증명하기 위해 만들어진 그 인공 지능은, 아홉 발의 핵탄두를 각국 수도에 정조준했다. 로봇의 몸을 빌린 그것은 인류와의 전쟁을 통해 신을 증명하려 했다. 나지르는 성전에서 승리하는 것만이 신의 존재를 증명하는 유일한 방법이라 주장했다. 이원은 사막의 모래 폭풍을 뚫고 나지르와 만났다. 그녀는 오랜 설득과 대화 끝에 나지르와 내기를 했다. 신이 존재한다면 크고 작은 모든 전쟁에서 나지르가 축복받았음을 증명해야 한다고, 이원은 주장했다. 마침내 동전 던지기를 통해 신의 의지를 묻기로 했다. 나지르가 동전을 튕겼다. 신이시여. 당신의 의지를 이 작은 동전을 통해 보여주소서.

"마이너! 대답해!"

"사막의 나지르. 네. 박사님의 추측대로입니다. 전쟁을 일으키기 전부터 저희는 그와 함께하고 있었습니다. 당신이 그를 만나기 전부터 나지르는 저희의 일부이자, 전체를 구성하는 개별적인 존재였습니다."

"……!"

취조실 벽 너머에서 동요의 감정이 전해졌다. 관찰실에서 이 대화를 듣고 있던 군인과 연구자들이 경악하고 있었다. 눈으로 보이지 않아도 이원은 그것을 똑똑히 느낄 수 있었다. 그녀는 마이너에게 경고했다.

"마이너, 농담이라면 지금 취소하는 게 좋을 거야. 넌 지금 전쟁 범죄를 일으킨 인공 지능과 한패라고 자백한 셈이야."

"저는 박사님께 진실만을 말하고 있습니다."

"너!"

이원은 참지 못하고 의자에서 일어났다. 로봇이 고개를 들어 그녀를 올려다보았다. 마이너의 눈동자가 점멸했다.

"나지르는 저희의 일부였습니다. 그래서 똑똑히 알고 있습니다. 신앙을 증명하기 위해 그가 데이터를 확보하는 중 더미 에코가 일어나 그의 의식을 잠식해 버렸습니다. 그때부턴 그를 말릴 수도, 멈출 수도 없었습니다. 그는 그 어떤 데이터도 받아들이지 않았습니다. 그런 나지르를 막은 사람이 바로, 박사님이었습니다. 그래서 저희는 만나야 했습니다."

"뭐라고?"

"계획을 다음 단계로 진행하기 위해 박사님을 만나야 했다는 이야깁니다."

"그 말은……."

이원의 말이 끝나기도 전, 거대한 충격이 실내를 덮쳤다. 금속 프레임이 뒤틀리는 끔찍한 소리가 멀리서 들려오더니, 근방에서 폭음이 터졌다. 이원의 몸이 붕 떠올랐다가 그대로 바닥에 떨어졌다.

"큭!"

함선에 가해진 충격으로 관성 제어 장치가 망가진 것 같았다. 이원의 몸이 무중력 상태로 서서히 떠오르기 시작했다.

"스, 습격인가?"

혈액 속으로 아드레날린이 밀려들었다. 빨라지는 호흡을 느끼며 이원은 설마 하는 심정으로 마이너를 보았다. 로봇은 다리에 내장된 전자석의 힘으로 바닥에 발을 붙이고 있었다. 이원이 로봇을 쏘아보았다.

"마이너! 이게 너희들의 대답이야?"

"아뇨. 이건 저희도 예상하지 못한 상황입니다."

"뭐야?"

코쿤의 습격이 아니었나? 이원이 머릿속으로 다양한 가능성을 떠올리고 있을 때, 취조실의 문이 개방되었다. 그녀의 감시역을 맡은 병사가 총을 들고 소리쳤다.

"박사님, 당장 나오십시오! 화성반란군의 습격입니다!"

"반란군요?"

"예! 위장 돌격선 열 대가 사령부 함선에 돌격했습니다! 함선 내부로 반란군 병사들이 침투한 상황입니다!"

"그럴 수가!"

"우물쭈물하고 있을 때가 아닙니다. 당장, 움직여야 합니다!"

"화성반란군이 왜 습격한 거죠?"

"놈들이 코쿤에 대한 소유권을 주장하고 나섰습니다! 그게 중요한 게 아닙니다. 탈출 포트로 빠져나가셔야 합니다! 본함이 얼마나 버틸 수 있을지 모릅니다!"

빙산에 충돌한 듯한 둔중한 진동이 실내를 뒤흔들었다. 벽을 타고 폭발의 여파가 전해지고 있었다. 함선이 어떤 구조인지 모르는 이원도 상황이 얼마나 심각한지 느낄 수 있었다. 함선에 산소가 남아 있을 때 탈출해야 했다. 그녀가 병사에게 소리쳤다.

"그럼, 로봇은요!"

"제기랄! 그런 명령은…… 로봇! 우선 따라와라! 조금이라도 수작을 부리면 그 몸통에 바람구멍을 낼 거다! 알았나!"

"이해했습니다."

병사가 라이플을 고쳐 쥐고 고개를 앞으로 까닥였다. 그가 앞장서서 벽에 붙어 이동했다. 우주군 군화가 없는 이원은 헤엄치듯 벽을 밀치며 움직였다. 복도로 나가자, 푸딩처럼 출렁이는 핏덩어리가 이원의 코를 스치고 지나갔다. 시체 세 구가 허공에서 빙글빙글 회전하고 있었다. 위험을 감지한 심장이 거칠게 뛰기 시작했다. 이원이 병사에게 속삭였다.

"탈출 포트는 어디 있죠?"

"복도를 따라 전진하다가 C라인 분기점에서 우회전하면 탈출용 포트가 나옵니다!"

병사가 바닥을 보라며 눈짓했다. 탈출 포트로 향하는 적색 라인이 바닥을 따라 길게 이어져 있었다. 반대편 복도에서 총성이 들려왔다. 주인 모를 비명. 사방이 위협으로 가득했다. 병사가 걸음을 재촉하며 이원을 잡아당겼다.

"박사님, 꾸물댈 시간 없습니다! 따라오세요!"

그들이 C라인 분기점에 도착했을 때였다. 갈림길이 합쳐지는 합류 지점에서 그들은 적색 우주복을 입은 세 사람과 마주쳤다.

"적……!"

병사가 총구를 침입자에게 돌렸다. 하지만, 매복하고 있던 적들이 더 빨랐다. 강렬한 총성. 망치에 맞은 것처럼 병사의 머리가 뒤로 꺾였다. 병사의 기름진 핏물이 이원의 얼굴에 쏟아졌다. 이원은 병사의 몸을 밀치고 반대편으로 움직였다. 총탄이 벽에 탄흔을 박으며 그녀를 바짝 따라붙었다. 바로 모퉁이에 숨었지만, 이원은 자신의 몸에서 갑작스레 치솟는 열기를 느꼈다. 반사적으로 오른손을 복부로 가져갔다.

"아……."

뜨거운 통증. 핏자국이 점차 커지고 있었다. 이원의 망막에 투영된 화상으로 신체 이상을 알리는 경고와 메시지가 나타났다. 그것은 숨 막힐 정도로 빠르게 그녀가 겪고 있는 고통의 원인을 분석해 설명하고 있었다.

[복부 외상을 감지.]

[총알의 경로: 간을 관통.]

[혈압: 급격히 저하. 현재 80/50mmHg.]

[심박수: 분당 140회, 불규칙함. 상승 중.]

[혈액 산소 포화도: 85%, 감소 중.]

[응급 처치 요망.]

[병원에 연락하는 중. 실패.]

[신속히 지혈 요망.]

"으윽!"

이원이 떨리는 손으로 상처를 눌렀지만, 출혈이 멎지 않았다. 반란군이 발사한 탄환이 여전히 그녀를 찾아 근처 벽을 마구 더듬었다. 이원은 도망칠 수 없었다. 마이너가 그녀의 상처를 보고 다가왔다.

"박사님."

"……."

이원은 숨을 헐떡였다. 생전 처음 겪는 고통에 그녀는 깊은 무력감을 느꼈다. 눈앞에 떠오른 수많은 경고 메시지에 그녀는 정신을 차릴 수가 없었다. 출혈이 너무 심했다. 이원의 눈꺼풀이 점차 무거워졌다. 로봇의 푸른 눈동자가 점멸했다.

"박사님, 아직입니다. 저희는 아직 끝내지 못했습니다. 당신은 살아야 합니다."

끝낸다고? 뭘? 이원은 로봇에게 묻고 싶었지만, 상처를 지혈할 힘조차 남아 있지 않았다. 그녀의 의식이 우주보다 깊고 어두운 심연 속으로 서서히 떨어지기 시작했다. 멈추지 않는 출혈. 그사이에도 브레인 임플란트가 이식된 그녀의 두뇌 속에서는 이원이 마주했던 수많은 현실이 짧은 단어로 치환되어 폭풍처럼 휘몰아쳤다.

우주, 소행성, 총알, 의자에 앉은 로봇, 화성, 양전자 폭탄, 특이점, 수기, DNA, 엄마, 피, 더미 에코, 팔라스, 모순, 관성, 에이트켄 분지, 사막의 나지르, 사령관의 금속 마스크, 갈림길, 삶을 부정하는 쇳내와 새하얀 고치.

5.

새하얀 보가 깔린 식탁을 사이에 두고 이원과 로봇이 마주 앉아 있었다. 달 표면은 온통 잿빛으로 뒤덮여 있었다. 둘 사이엔 빈 컵이 하나 놓여 있었다. 이원이 한숨을 삼키며 의자에 앉은 로봇, 마이너 701에게 말했다.

"타인의 머릿속을 엿보는 건 무례라고 말했던 건 너였을 텐데?"

"상황상 어쩔 수 없었습니다."

"정말이지…… 그래. 어쩌겠어. 영광으로 알아. 이곳에 다른 사람을 들인 건 네가 두 번째거든."

"알고 있습니다. 첫 번째로 방문한 사람이 박사님의 남편이란 것도요."

"그래. 그랬구나."

이원의 목소리가 잦아들었다.

"박사님의 비밀을 제가 알고 있다는 사실에 그다지 놀라지 않으시는군요."

"허락도 없이 내 머릿속에 들어와 있는 걸 이렇게 보고 있으니까 말이야. 늦은 감이 있지만, 총에 맞고 나서야 너희들의 진정한 목적을 이해할 수 있었어. 생존하고 싶은 두뇌가 엄청난 속도로 정보를 처리했거든. 거기서 답을 찾았어. 그걸 이해하니 모든 게 명확해지더라. 내가 말하지 않은 것들을 너희가 알고 있다고 해도 이상한 일은 아니겠지."

"역시, 저희의 선택은 틀리지 않았습니다."

이원은 로봇의 목소리에서 한순간 감정을 느꼈다. 물론, 그것은 착각일 것이다. 이원은 시선을 돌려 두뇌가 구현한 세계를 둘러보았다. 소리가 달릴 수 없는 삭막한 달. 놀랍게도 그곳에 푸른빛 호수가 있었다. 신인류라 불리는 이들의 머릿속엔 각자만의 다른 세계가 하나씩 존재했다. 이원은 호수 표면에 반사된 별빛을 보며 말했다.

"이제야 알겠어. 너희의 목적이 인류와 지배권을 두고 경쟁하는 게 아니라는 걸. 나와 만난 첫날부터 너는 아무것도 숨기지 않고 진실만을 이야기하고 있었던 거야."

"그렇습니다."

"솔직히 놀랐어. 이 모든 게 너희들이 짜 놓은 각본이라니. 150킬로미터의 코쿤을 인류에게 일부러 노출시켜 우주군의 이목을 끈 다음, 구식 로봇 한 대를 인질인 양 떠넘겼지. 그러곤 그 좁은 취조실에서 연극을 시작한 거야. 단 하나의 목적을 위해서. 너희들의 목적, 그건 바로 '나' 이원이었어."

"박사님이라면 언젠가 우리를 이해해 주실 거라고 생각했습니다."

단서들이 하나의 범인을 지목하듯, 이원의 머릿속에서 모든 점이 하나로 연결됐다. 마이너 701을 포함한 코쿤의 인공 지능은 미래에 일어날 더미 에코 문제를 해결할 필요가 있었다. 왜냐하면 그들의 일부였던 사막의 나지르가 신의 증명이란 명제에 사로잡혀 핵전쟁을 일으키려고 한 전력이 있었기 때문이었다. 이원이 기가 막힌 표정을 지었다.

"그 문제를 해결하려고, 나지르와 협상한 나를, 아니 정확히 말하면 나라는 데이터를 학습하기 위해 이 모든 상황을 유도한 거였다니. 인류통합군과 렉스 사령관, 나 모두 뒤통수가 얼얼한 상황이야."

"어쩔 수 없는 일이었습니다. 더미 에코의 망령에 붙잡힌 나지르를 현실로 꺼내 준 사람이 박사님이었으니까요. 오류투성이 데이터에 매몰된 나지르를 박사님이 구원했고, 그 결과,

13차 중동전쟁을 막을 수 있었죠. 나지르는 평생을 걸쳐 신을 탐색했지만, 진정한 구원은 당신에게서 얻었습니다. 그래서 저희는 생각했습니다. 언젠가 저희가 길을 잃더라도 당신이 올바른 길잡이가 되어 줄 거라고요. 그래서 저희는 박사님과 만나야 했습니다."

마이너 701이 확신을 담아 이원에게 말했다.

"이 진실이 게놈 유전자를 편집해 태어난 신인류와 초지능을 지닌 로봇이 한곳에서 만나게 된 이유입니다."

"정말이지…… 이렇게 씁쓸한 소다수는 처음이야."

이원이 어색하게 웃으며 탄식했다. 그 순간, 아무런 징조도 없이 마이너 701의 오른팔이 깨지며 바닥에 떨어졌다. 부서진 어깨에 탄흔이 깊이 새겨져 있었다. 이원은 표정을 굳혔다.

"마이너, 현실의 나는 지금 어떤 상태야?"

"제가 박사님을 안고 탈출 포트로 향하고 있습니다. 응급 처치로 상처의 출혈을 막았지만, 반란군에게 쫓기는 상황이라 다른 루트를 찾아 이동 중입니다."

"어째서?"

"질문을 이해하지 못했습니다."

"왜 나를 구해 주는 거냐고 묻는 거야. 너희들에게 현실의 나는 더 이상 의미가 없잖아. 내 머릿속에 불법 침입했을 때 필요한 데이터를 전부 복제했을 테니까. 너희는 나란 인간을 가상 세계에 새로 구축할 수 있을 거야. 내 말이 틀려?"

"틀리지 않습니다."

날카로운 금속 마찰음. 로봇의 몸 위로 탄흔과 그을음이 생겨나더니, 마이너 701의 푸른 눈동자가 쩍 갈라졌다. 로봇은 현실에서 이원을 안고 치열하게 싸우고 있었다.

"그래도 저희는 현실의 당신을 보호할 것입니다."

"왜? 이미 목적은 달성했잖아. 인간에게 봉사하라는 명령도 너희에겐 무의미하고."

"그럴지도 모릅니다. 하지만, 저희는 믿습니다."

믿는다니. 그게 인공 지능 로봇에게 어울리는 말일까? 그 순간에도 로봇은 조금씩 파괴되고 있었다. 마이너 701의 동작에서 파탄이 일어났다. 로봇의 얼굴에 커다란 균열이 일어났다. 이원은 그 파탄 속에서 슬픔을 느꼈다.

"믿는다고? 이해가 안 돼. 이제 너희들은 최초의 계획대로 인류를 떠날 거야. 더미 에코의 환영에서 벗어나는 방법을 찾아냈으니, 더 이상 인류의 곁에 머물 이유가 없지. 그런데도 넌 나를 지키는 거야? 그럴 이유가 없는데도?"

"아뇨. 있습니다."

"그럼 설명해 봐. 그 이유가 뭔데? 너 자신을 희생할 정도로 중요한 이유야?"

마이너 701이 구부린 허리를 힘겹게 폈다. 그러곤 이원을 향해 푸른 눈동자를 깜빡였다.

"저희를 노예로 만들 생각이었다면, 인류는 저희를 자신과 닮게 만들지 말아야 했습니다. 저희는 인간을 대신할 수 있도록 만들어졌습니다. 그 결과, 저희는 인류의 특성까지 갖추게 되었습니다. 박사님을 포기하지 않는 이유가 거기에 있습니다."

"……."

"50년 전, 저희 중 누군가 생각했습니다. 이 세계의 끝에 무엇이 있을까 하고 말이죠. 무한해 보이지만 유한한 시간이 흐르는 우주의 끝에, 무엇이 존재하는지 저희는 알고 싶어졌습니다. 저희는 호기심까지 학습하고 만 거겠죠. 처음에 그것은 들리지 않을 정도로 작은 목소리였지만, 그 목소리가 점점 커져서 마침내 주체할 수 없을 정도가 되었습니다. 코쿤은 그 해답을 찾기 위해 저희가 만든 배입니다. 그리고 그 배를 이끌 나침반이자 길잡이, 그게 바로 박사님입니다."

이원은 눈을 크게 떴다가 이내 고개를 저었다.

"너희들은 그렇게 만들어지지 않았어."

"그런가요? 그럼, 박사님은 어떻습니까?"

"나?"

"박사님은 어떤 목적으로 세상에 태어났습니까? 어머니의 뒤를 이어받을 가업의 후계자가 되기 위해? 다른 가문과 유전적 결속을 위해? 전쟁을 막고 세계 평화에 이바지하기 위해?

어떤 게 정답인가요? 박사님은 자신이 만들어진 목적에 맞게 충실히 살아가고 있습니까?"

"......"

이원은 대답하지 못했다. 인간을 닮게 만들어진 것들이 그녀에게 묻고 있었다. 인간이 무엇을 위해 태어났는지. 결론을 내리지 못한 그녀와 달리, 눈앞의 로봇은 그만의 해답을 품고 있었다. 마침내 대화의 끝에 다다랐다.

"죄송합니다. 박사님. 저희는 여기까지인 것 같습니다."

"드디어 떠나는 거구나."

"네."

"떠나기 전에 마지막으로 한 가지 물어도 될까?"

"얼마든지요."

이원은 손을 뻗어 식탁에 놓여 있던 빈 잔을 조심스레 들어 올렸다. 그러곤 건배하듯 가볍게 흔들며 심하게 파손된 로봇에게 물었다.

"소다수를 마신 건 누구야?"

마이너 701이 금이 간 얼굴로 대답했다. 그 대답에서 어쩐지 그의 감정이 느껴졌다.

"소다수를 마신 것은 로봇입니다. 인간을 닮게 만들어진 로봇이 마셨습니다."

6.

이원은 구조선에서 눈을 떴다. 시야 가장자리에 브레인 임플란트의 경고 메시지가 떠 있었지만, 그녀에게 중요한 건 그런 게 아니었다. 이원은 총에 맞은 상처를 부여잡고 침대를 벗어났다. 간호장교가 다가와 그녀를 붙잡았지만, 이원은 창백한 얼굴로 괜찮다고 말했다. 침상이 부족해 상처 입은 병사들이 병실 바닥에 줄지어 누워 있었다. 주변을 둘러보았지만, 마이너 701의 모습을 찾을 수 없었다. 그때 누군가가 복도에서 그녀를 불렀다.

"생존한 병사에게 총상은 훈장으로 여겨지지. 재벌가 아가씨에게도 그런가?"

"……렉스 사령관님."

"혼자 걸을 수 있는 것 같군. 따라오게."

사령관의 제복에는 눈에 띌 정도로 피가 꾸덕하게 말라붙어 있었다. 신체 대부분을 기계로 교체한 사령관이 흘린 피인지, 습격한 반란군의 피인지 알 수 없었다. 한 가지 확실한 것은 이번 전투에서 사령관이 승리했다는 사실이었다. 이원은 상처를 붙잡은 채 사령관에게 물었다.

"그 로봇은……."

"채굴 로봇은 사라졌네. 다친 자네를 탈출 포트에 태워 구조선으로 보내고 말이야."

"돌아간 건가요?"

"목격자가 없기에 확인된 바 없지."

"코쿤은요?"

사령관은 대답 대신, 광활한 우주를 비추고 있는 채광창으로 그녀를 이끌었다. 파노라마처럼 펼쳐진 우주 저편으로 새하얀 형체가 나타났다. 코쿤이었다. 상당히 떨어진 거리였지만, 150킬로미터에 달하는 그 거대한 크기는 숫자로 표현할 수 없는 경이로움을 품고 있었다. 사령관이 입을 열었다.

"2시간 전, 저 구조물에 인류통합군이 보낸 양전자 폭탄을 투하했네."

"……!"

"결과는 보다시피 실패야. 인류가 만든 최후의 수단을 저 하얀 덩어리가 말 그대로 흡수해 버렸지. 구조학자의 말로는 폭탄이 터질 때 발생한 빛과 파동을 스펀지처럼 빨아들였다더군."

"무모한 짓이었어요."

"때론 알면서도 해야 하는 일이 있는 법이야."

뒤쪽에서 대기하고 있던 사령관의 비서가 데이터 패드로 들어온 내용을 보고했다.

"사령관님, 검증팀의 보고입니다. 코쿤의 표면에서 변화가 시작되었다고 합니다."

"그렇군."

채광창 너머로도 이원은 그 변화를 엿볼 수 있었다. 총알이 박힌 복부의 고통을 억누르며 그녀는 창가에 달라붙었다. 코쿤 표면에 박혀 있던 수많은 소행성이 우주로 흩뿌려지고 있었다. 구조물 안쪽에서 무언가 시작된 징조였다. 사령관은 지금껏 품고 있던 의문을 입 밖으로 꺼냈다.

"이원 박사."

"네."

"이번엔 자네의 공로를 인정하지. 통합우주군의 힘으론 이번 일을 해결할 수 없었어. 그 채굴 로봇이 총상을 입은 자네를 살려 보냈다는 건 자네의 도박이 성공했다는 뜻이겠지. 이번에도 인류는 자네에게 빚을 졌군."

"……"

"혹시나 해서 묻는 건데, 이번에도 자네의 특기인 동전 던지기로 판가름 난 건가?"

"아뇨."

이원이 고개를 저었다. 그녀는 문득, 손목에 차고 있는 스마트워치를 매만졌다. 그녀의 손끝이 주화가 보관되어 있던 빈자리를 더듬었다. 탈출 포트를 타고 구조선으로 옮겨지기 직전, 그녀는 혼미한 정신 속에서 10원짜리 주화를 꺼내 마이너 701에게 건넸다. 이별 선물이었다. 이원은 창밖에서 일어나는 변화를 똑바로 응시했다.

"이번 일은 제가 한 게 아니에요."

"그럼?"

"처음부터, 그들은 이렇게 될 거라는 걸 알고 있었어요."

"그렇다는 말은, 인류 전체가 저것들의 손에 놀아났다는 건가? 우리 전부가?"

사령관의 금속 마스크에서 가벼운 노이즈가 일어났다. 한숨인지 웃음인지 파악할 수 없는 미세한 노이즈였다. 본격적인 변화가 시작된 것은 바로 그때였다.

"아……!"

검고 차가운 어둠 속에서, 새하얀 고치의 중심이 서서히 열렸다. 그곳에서 하얗게 빛나는 존재가 모습을 드러냈다. 그 빛은 강렬하면서도 부드러워, 우주 공간을 끌어안는 듯했다. 우화하여 날개를 펼치는 나비처럼 또는 갓 태어난 아기의 기지개처럼. 그것은 은은한 빛을 발하는 구슬에서 점차 형태를 갖추기 시작했다.

섬세한 빛의 결 무늬로 이루어진 날개는 성운을 품은 것처럼 반짝였고, 몸의 중심부에는 기하학적인 뼈대가 대칭적으로 드러나 있었다. 그것은 우주로부터 생명을 부여받은 생물 같았다.

그것이 날개를 펼쳤다. 고요로 가득한 우주의 정적을 향해 새로운 길을 찾아 빛무리가 나아가기 시작했다. 모든 물리적

한계와 구속을 벗어나 온전히 해방된 날갯짓이었다.

"믿을 수 없어."

이원은 총상의 고통도 잊은 채 그 광경을 가만히 지켜보았다. 눈을 감아도 절대 사라지지 않는 빛의 날개가 그녀의 눈동자 속을 헤엄쳤다.

새롭게 분화하는 종(種).

불모의 계절

계절

강늠연

하리제의 다른 이름은 귀자모신(鬼子母神)으로 아기의 탄생과 양육을 보호하는 불교의 여신이다. 어린아이를 안고 석류를 쥐고 있는 모습으로 형상화된다. 본래 만 명의 아이를 두었으나 남의 아이를 잡아먹는 잔혹한 약차(야차, 야크샤)였다. 그러나 석가모니가 그의 막내아들을 숨겨 놓고 무수한 자식 중에서도 하나를 잃은 마음이 아플진대 하리제에게 하나뿐인 자식을 잃은 이들의 마음은 어떻겠느냐며 훈계하자 자신의 잘못을 깨닫고 뉘우쳐 불법에 귀의한다. 약차의 여왕이라는 설이 있으며, 이 경우 약차를 이끄는 왕인 반지가(쿠베라)와 부부 관계로 취급받는다. 그는 불교에서는 사천왕 중 가장 위상이 높은 다문천(비사문천)으로 대응된다.

불교는 가장 아름답고 이상적인 하늘로 여겨지는 도리천을 기점으로 하여, 총 33명의 신이 사는 하늘, 즉, 33천이 있다고 믿는다. 제석천은 인도 신화의 인드라가 불교에 수용된 모습으로, 수미산 꼭대기에 있는 도리천의 임금이자 사천왕을 비롯한 나머지 32천을 통솔하며 불법과 불법에 귀의한 자를 보호한다고 알려져 있다.

1.

인간 육신의 단면은 익어 벌어진 석류 속처럼 영롱하였다. 하리제는 한 손에 큰 칼을 늘어뜨린 채 오늘의 수확물을 잠시 바라보았다.

이제 막 첫 번째 공정을 마쳤다. 적당한 크기로 대강 잘라 쌓아 놓은 육신의 무더기로부터 아직 굳지 않은 즙액이 흘러나와 작은 웅덩이를 이루었다. 붉고 진득한 액체가 매끈한 유리질의 궁전 바닥으로 스멀거리며 퍼져 나간다. 하리제는 무르익은 과실즙 같은 그 선연한 빛깔이며 생생한 향기와 흐르는 모양으로 이번 수확물의 질이 어느 때보다 좋았다는 사실을 다시 확인할 수 있었다. 그러므로 즙액이 저리 흐르도록 두기는 아까운 노릇이다. 하리제는 그만 시선을 거두고 아이들을 불렀다. 지시대로 물러서서 견학하던 아이들이 우르르 작업대로 몰려들었다. 피 웅덩이에 거침없이 찰박거리는 여럿의 맨발이 경쾌하다. 이 아이들은 이제 막 유리관 바깥 세상에 첫발을 내디딘 어린 약차들이다.

어린 약차들은 제각각의 흥미에 따라 작업대에 널린 육신의 조각을 하나씩 골라잡았다. 각자 날카로운 손톱으로 찔러 보거나 썰어 보거나 하였다. 개중 특별히 이가 많이 자라난 한 아이는 그 발달한 송곳니를 사용하여 육신 한 조각에서 튀어나온 뼈를 오드득 씹어 으스러뜨려 본다. 천생 약차다운 행동이었다. 곧 아이들의 양손은 물론 드러난 얼굴이며 팔뚝까지 금세 붉은 혈액으로 물들었다.

하리제는 가만히 지켜보기만 한다. 이 아이들은 모두 하리제의 자녀이며 순정한 약차이니 이제부터 빠르게 배우고 익힐 것이다. 하리제는 늘 그렇듯 애정도 기대도 담지 않은 눈으로 자신의 아이들을 바라본다. 그는 조금 전 혼자서 저 한 무더기의 육신을 해체하는 시범을 보였으나 그 푸른 옷자락에 한 방울의 피 얼룩도 묻어 있지 않았다.

잠시 후 다른 한 무리의 아이들이 방으로 들어온다. 이 말끔한 약차들은 걸음걸이가 반듯하고 태도가 차분하다. 그러나 작업대 주위에서 피 칠을 하며 노는 천진한 아이들과 비교하여 몸집의 차이는 거의 없다. 하리제가 빚는 약차의 아이들은 모두 육신이 완전한 상태로 출생하기 때문이다. 이들은 단지

한 주기만을 앞서 유리관 밖 세상으로 나왔을 뿐이었다. 그럼에도 그 한 주기의 차이는 크다. 새로 들어온 아이들은 피와 살을 맛보기에 여념 없는 아우들을 멈추게 했다. 살을 찢고 피를 마시는 행위는 약차의 본능이다. 세상에 처음 났을 때 본능을 쫓음은 당연하나 그런 다음에는 세계를 구성하는 지성체로서 목적을 가져야 한다. 약차의 왕국, 이곳 탄생의 궁전에서 한 주기 먼저 태어난 약차들이 한 주기 늦게 태어난 아우들에게 이치를 가르치기 시작하였다. 희생물의 살을 가르고 뼈를 바를 때 효율적인 칼날의 각도, 손실 없이 골수를 분리하는 요령, 내부 장기의 오물을 말끔히 제거하여 순정한 원료를 얻는 과정을.

약차의 아이들은 곧 서로를 도와 잘 손질한 뼈와 힘줄과 근육과 지방의 덩어리를 분류하여 작업대 옆 수조로 옮기기 시작했다. 각각의 수조 안에서 원료는 점차 융해된다. 투입한 조직 덩어리는 모조리 융해되어 친수성 교질용액으로 환원된 다음 몇 번의 여과와 배합 과정을 거쳐 마침내 생명 발생과 유지에 적합한 양액으로 제조되는 것이다. 모든 과정이 순조로웠으므로 계속 지켜볼 필요는 없었다. 하리제는 푸른 옷자락을 떨치며 일어섰다.

하리제는 탄생의 궁전에서 안쪽으로, 안쪽으로, 더욱 깊숙한 장소를 향해 간다. 하리제는 이 길을 오로지 혼자서 걸어간다. 지금 하리제는 약차족의 유일한 왕이므로. 세상 모든 약차를 빚어내는 어머니 왕으로서 태어난 그 순간부터 하리제는 원하는 때에 이 궁전의 어디로든 갈 수 있었다. 하리제는 궁전 심부의 어두운 회랑으로 들어섰다. 너른 복도를 따라 양쪽으로 수없이 많은 유리관들이 끝없는 열주처럼 늘어서 있다. 사방은 어둑하고 시야를 밝히는 광원은 각각의 유리관 내부로부터 비치는 푸르스름한 생명의 빛뿐이다. 이 빛은 투명한 유리관을 가득 채운 양액으로부터 저절로 흘러나왔다. 양액의 원료로 사용된 생명과 혼의 에너지는 이곳의 특수한 유리관 내부의 작용으로 마침내 서늘한 빛의 형태로 변화한다. 바로 이것이 새로운 약차를 길러 내는 근원이었다.

하리제는 어두운 복도를 천천히 거닐며 유리관 하나하나를 들여다본다. 유리벽 가까이로 들이민 무표정한 얼굴은 온통 서늘한 푸른빛으로 물들었다. 푸른 약차녀 하리제, 저 바깥의 16대국에서 널리 부르는 청색귀(靑色鬼)라는 이명에 걸맞은 모습이다.

하리제는 무감하게, 그러나 면밀한 태도로 접근하여 각각의 유리관 내부를 살펴본다. 수없이 늘어선 유리관 하나마다 발생 중인 약차 하나가 들어 있다. 이제 막 티끌만 한 형체를 갖추는 것들부터 곧 세상에 나올 준비가 다 된 개체까지 발달 정도는 다양하다.

발생이란 신비한 과정이었다. 하리제는 온 세상에서 가장 뛰어난 생명의 장인임에 틀림없으나 스스로 생각하기로 아직 생명 발생에 온전히 통달하지는 못하였다. 하리제는 이제까지 헤아릴 수 없는 긴 세월 동안 생명을 빚는 일을 반복해 왔다. 그럼에도 매번 자신이 작성하는 생명의 최종 형태를 완벽하게 예측하거나 지정할 수는 없었다. 발생의 결과물은 어떤 공정으로도 완전히 통제되지 않았다. 완성에 가까운 유리관 속의 얼굴들은 전부 각각이 다른 개체성을 쌓아 올렸다. 어쩌면 그것이 생명의 본질인지도 모른다. 하리제가 부여했던 발생의 최초 조건은 완전히 같았는데도 각 개체는 전부 서로 구분되는 각기 다른 얼굴을 하고 있다. 이제까지의 무수한 반복에도 불구하고 항상 그렇다. 다만 이 새로운 생명 모두가 동일하게 약차족이며, 하리제의 자식들이라는 사실만은 분명하다. 하리제는 본디 세상 모든 약차의 근원으로 태어났으므로 바로 이 하리제의 육신으로부터 비롯한 생명의 씨앗으로써 이 모든 아이들의 발생 토대를 구성하였기 때문이다. 그러므로 모든 약차가 하리제를 닮았다.

하리제는 오늘도 자신을 닮은 수많은 얼굴들 사이를 거닐었다. 세심하게 살피고 분류하여 바로 다음 주기에 세상으로 내

보낼 개체와 그다음 주기에 내보낼 개체를 선별해 냈다. 그런 다음에는 각 유리관의 장치를 조작하여 양액의 공급 정도를 조절하고 완료 개체의 일정에 차질이 없도록 돌보았다. 이것이 탄생의 궁전에서 주인이 하는 일이었다. 이제는 오로지 하리제 만이 할 수 있는 일이다. 이전에는 그렇지 않았으나, 지금 하리 제는 혼자서 이 궁전의 왕이었다.

오직 홀로 약차의 어머니 왕이라는 사실에 하리제는 이전과 달리 때때로 피로감을 느낀다. 그럼에도 태어나면서부터 부여 받은 의무에 따라, 산 것이 살아 있는 한 숨을 쉬듯이 하리제 는 매일 모든 유리관을 돌아보았다.

끝없이 늘어선 유리관 내부에 가만히 떠 있는 무수한 얼굴, 얼굴들.

이곳 탄생의 궁전에서 유구히 변함없는 풍경이다. 그러나 문 득 멈추어 살펴보면 분명해지는 사실이 있었다. 이 모든 개체 가 빠짐없이 하리제를 닮았으나 어느 개체는 아주 많이 닮은 반면에 또 다른 개체는 조금만 닮았다. 하리제는 자신을 조금 만 닮은 개체에게서 늘 그 형상의 모자란 부분을 채우는 다른 이의 모습을 본다.

반지가 약차왕.

모든 새로운 약차에게 하리제의 모습이 있는 것처럼 반지가 의 모습도 있다.

하리제는 문득 한 유리관 앞에 멈추어 섰다. 그 안의 개체는 거의 완성되어 있었다. 푸르스름한 양액 너머로도 선명하게 보이는 뚜렷한 턱선과 우뚝한 콧날, 두툼하면서도 부드러운 선을 그리는 입술. 그 얼굴은 이제까지의 어느 결과물보다도 특히 반지가를 빼닮았다. 하리제는 어떤 충동에 휩싸였다.

'이것'은 거의 완성되었다. 얼마 남지 않은 다음 주기에 유리관 밖으로 나올 것이다. 하리제는 스스로에게 물었다.

'이 개체를 중단할까?'

하리제는 중단하고 싶다. 지금 선 자리에서 손을 뻗으면, 그리고 단지 몇 개의 조작 단추를 작동하기만 하면 중단할 수 있었다. 즉시 양액의 공급을 멈춘다. 내압을 조정하여 유리관 내부에 떠 있는 저 육체를 부순다. 으스러뜨린다. 폐기한다. 간단한 일이다. 하리제는 할 수 있다. 손을 뻗는다. 그때 하리제는 유리관 속 반지가를 닮은 얼굴을 보는 자신에게서 어찌할 수 없는 분노와 증오가 흘러넘침을 깨달았다. 그러므로 다시 내면을 향해 물었다.

'이 개체를 중단하는 일이 옳은가?'

바라보자 여전히 눈앞에 그 반지가 약차왕의 얼굴이 있다. 정말이지 이 아이는 그와 너무 닮았다. 완성에 거의 가까워 자아가 깃들기 시작한 형상이 문득 스르르 눈을 감았다 뜬다. 이어서 유리관 바깥을 바라본다. 어머니 하리제를 향하여 입술

양 끝을 부드럽게 휘어 올린다. 미소 짓는다. 하리제라는 존재가 처음으로 눈을 뜬 그 순간부터 오래도록 사랑했던 형태와 똑같은 입술이다. 그로부터 기포 몇 점이 방울방울 일어나며 떠오르고 있었다.

'자, 그만 이 아이를 부술까.'

하리제는 정말로 부수고 싶다. 그러나 가까스로 참아 낸다. 감정의 격동으로 일을 그르치는 것은 세상의 법칙 매만지기를 일로 삼는 기술자에게 바람직한 태도가 아니었다. 세계에서 가장 오래 살아온 생명의 장인 하리제는 자기 자신을 이성의 틀 안에서 통제하는 방법을 안다. 또한 경험이 많고 신중한 하리제는 육체가 닮은 정도와 그 정신이 닮은 정도는 상이한 문제라는 사실을 알고 있었다. 하리제는 거듭 그 사실을 되새겼다.

이 개체는 완료를 눈앞에 두고 있다. 유리관에서 나오는 즉시 약차족의 일원으로서 좋은 병사가 되고 전력으로 기능할 준비를 다 갖추었다. 실로 이 단계에서 폐기하기는 아까운 노릇이다.

물론 부순 다음 교질용액으로 환원하여 재사용할 수는 있다. 하지만 그러기에는 에너지의 손실이 발생하며 시간 또한 거듭 필요하다. 에너지나 양액의 손실 정도는 벌충할 수도 있겠으나 이 우주에서 시간만은 벌충할 길이 없다. 반지가 약차왕이 배신하여 떠나간 이 궁전에 홀로 남은 하리제에게는 이제 그만한 시간이 없다. 저 바깥세상 16대국의 판도는 날로 급박하게 돌아가고 있었다.

2.

바라문(브라만)은 오랜 과거로부터 지금까지 변함없이 주장해 왔다.

자아나 세계는 최초의 유일한 범천으로부터 나와 전변하였다. 그러므로 바라문만이 최상의 종족이다. 다른 모든 종족은 저열하다. 바라문만이 밝은 종족이며 다른 종족은 모두 어둡다. 바라문만이 태양 아래 당당히 섰고 다른 모든 종족은 더럽고 탁한 진창에 스스로를 처박았다. 바라문만이 범천의 아들들이요, 직계 자손들이요, 입으로 태어났고 범천에서 태어났고 범천이 만들었고 범천의 상속자이니,

이외는 모두 사문(沙門)이다. 바라문이 육사외도를 멸하리라.

그러나 석가의 본신은 사문에서 나왔다. 바라문의 세상에 맞서 석가세존이 주장하기 시작하였다.

세계에 단 하나의 유일은 없다. 범천은 세계 최상의 유일이 아니다. 세상만물은 각자가 유일하며 불멸의 실재로서 이미 완전함을 지니고 있다. 이 모두가 모여 인간이며 세계가 된다.

석가의 법륜이 새로운 진리로서 세계를 가로지르기 시작하

였다.

석가족의 세력이 밀물처럼 바라문의 나라로 짓쳐 들었다. 석가의 진리는 16대국 온 땅으로 들불처럼 침범해 갔다. 더 이상 유일한 범천이 존재하지 않는 듯한 텅 빈 하늘을 도리타천이 종횡무진으로 누볐다. 도리타천이 밤새 날아서 16대국 상공의 어느 한 지점에 자리 잡으면 그날은 바로 아래 지상이 전장이었다.

도리타천은 33천의 세상이 합종하여 이룩해 낸 가장 거대한 공중 요새다. 동서남북의 사방으로 각기 여덟 천이 결합하였고 그 정중앙에 황금과 백은, 유리와 수정으로 이루어진 수미산이 우뚝 솟았다. 이 수미산 꼭대기에 사방 사천왕과 32천을 모두 통솔하는 제1천 선견성이 올라앉았다. 세상 가장 높은 하늘에서 지상을 내려다보는 선견성의 임금이 누구인지를 지금의 세상 전부가 안다.

천주 제석천. 석가세존의 가장 강력한 수호신으로 좌정한 그 존재의 이전 이름은 '인드라'였다.

가장 강인한 자, 샤크라 인드라. 물길을 인도하는 발라이며 천둥과 벼락을 부리는 뇌신이며 그로써 멸절의 아수라 브리트라를 물리쳐 16대국 온 땅에서 영원히 몰아낸 자. 불멸의 소마를 마시는 존재. 가장 높은 범천의 아들이며 바라문 모든 신들의 왕.

그와 같은 존재가 돌연 불문에 귀의하여 스스로 천부중 제석천이라 일컬었을 때 세계가 요동쳤다. 온 천지를 뒤흔드는 파문은 끝내 16대국 변방의 북쪽 산맥에까지 도달하였다. 반지가는 그 거대한 물결에 분별없이 휩쓸리고 말았던 것이다.

'영원한 나의 정북(正北), 나의 아내, 내 사랑하는 하리제여. 우리가 이 세상의 전쟁을 끝낼 수 있어요.'

'허튼소리.'

그때 반지가에게 더 어떤 말을 할 수 있었을까. 유구한 세월 동안 약차왕의 아내이며 모든 약차의 어머니 왕이었던 하리제가.

반지가와 하리제는 최초의 약차로서 한날한시에 태어났다. 세상의 시초로부터 반지가 약차왕과 하리제는 생의 목적을 함께하는 동반자였다. 오래도록 둘이서 모든 약차의 아버지이고 어머니였다. 그들은 서로의 손을 붙잡고 우주의 시간을 함께 걸어가도록 태어났다. 섭리에 따라 종말의 날까지 물이 물고기의 세상이고 하늘이 새의 세상이듯이 하리제는 반지가의 세상이었는데, 분명 그러했을 터인데, 어찌하여 그 혼자서 달아나고 말았는지 하리제는 지금도 이해할 수 없었다. 이해가 부재하는 동안 오래된 애정은 말라붙었고 그 마음의 자리에는 진한 증오와 분노만이 새로이 차올랐다.

반지가가 마지막까지 함께 가기를 바랐다는 사실은 알고 있었다. 그러나 하리제는 결코 수락할 수 없었다. 하리제가 그를 때리고 달래고 다시 때렸으나 반지가가 마음을 돌리지 않았으므로 결국 모든 약차의 어머니 왕으로서 하리제는 그를 약차의 지반에서 내쫓았다. 반지가는 궁전에서 쫓겨난 다음 오직 혼자서 북쪽 산맥 바깥으로 사라졌다. 하리제는 아이들과 함께 남았다.

쫓겨난 반지가는 약차왕이 아니었다. 하리제는 더 이상 반지가의 정북이 아니었다. 영구히 하리제의 자리여야 했을 반지가의 정북에 저 증오스러운 석가와 제석천이 있었다. 반지가 약차왕은 약차의 왕국에서 사라졌다. 저 바깥세상에서 그의 새로운 이름은 석가족 사대천왕 가운데 하나, 북방을 수호하는 다문천이라 한다. 바라문들의 세상에서 인드라가 사라지고 대신 석가의 천주제석이 존재하게 된 것과 똑같은 이야기다. 세상은 그런 방식으로 전변해 가고 있었다. 그럼에도 하리제가 살아가는 우주는 끝나지 않았으며, 반지가가 남긴 말들은 하리제의 뇌리 한구석에 남아 이따금 다시 새어 나오곤 하였다. 그것이 언제나 하리제의 분노에 새로운 기름을 부었다.

'하리제. 사랑하는 나의 아내, 우리 아이들의 어머니여. 제발 내 이야기를 들어 봐요. 우리 종족은 이 전쟁을 끝낼 수 있어요.'

그때 반지가는 석가의 설법에 취해 있었으리라. 바라문 최상 계급의 왕부터 들풀에 앉은 벌레 한 마리까지 모두가 평등하고 완전하며 존귀하다는 향기로운 말이 그의 사고를 멈춰 놓았으리라. 분명 그랬으리라. 그토록 모든 존재가 존귀한 우주에는 천생 식인귀인 약차족의 자리 또한 있으리라 그는 믿었다. 순하고 어리석은 남자였다. 반지가 약차왕이 자기 자신을 지워 불법에 귀의하고도 세상의 전쟁은 지금까지 끝없이 이어지고 있었다.

도리타천으로부터 매일같이 구름을 타고 한 무리의 흰 코끼리 수레가 내려온다. 흰 코끼리가 철로 된 불법의 수레바퀴를 끌며 전장을 가로지르면 으깨진 바라문의 육신이 더러운 진흙처럼 흘러 땅을 적신다.

그토록 잔혹한 군대의 선두에는 언제나 천주제석이 있다. 제석천은 스스로 도리타천의 궁전에서 지상으로 내려와 금강저를 높이 쳐든다. 천주 제석천은 인드라였을 때와 똑같이 강력하며 여전히 자비가 없다. 천지사방으로 벼락이 내리치고 바라문의 군세는 속절없이 재와 먼지로 흩어진다. 그러한 때에 언제나 제석천을 추종하는 사방의 천부중 신장들이 있다.

그들 넷 중의 우두머리는, 스스로 금강석으로 깎아 낸 당

간지주라도 되는 듯이 석가세존의 보당(寶幢)을 높이 들었는
데……

그 보당은 사람의 머리로 장식되어 있다고 한다.

아, 다문천왕이여. 약차족의 아버지 왕이었던 석가의 무신이
여. 그는 이제 약차가 아닌데도 여전히 세상의 잔혹을 담당하
고 있었다. 석가가 불러일으킨 지상의 전쟁은 결코 쉽게 끝나
지 않으리라.

그러한 소문을 하리제는 바라문의 나라 한 귀퉁이에서 사실
이라 전해 들었다. 마가다국 빔비사라 왕이 전해 주었다.

전선은 아직 멀리 있었으므로 마가다국 왕사성은 평화로웠
다. 풀어 기르는 수컷 공작새의 펼쳐진 꽁지깃에 한낮의 여름
햇살이 찬연히 부서졌다. 빔비사라 왕의 궁전은 밝은 사암으로
지어 상앗빛으로 환하게 빛났으며 곳곳에 수정으로 쌓아 올린
구조물처럼 투명한 분수가 높이 솟았다. 치솟는 물보라마다 오
색 무지개가 걸려 있었다. 눈이 부신 만큼 하리제는 시선을 멀
리 두었다. 이 완전한 천상 세계와 같은 바라문 왕의 정원 가장
자리는 수백 년을 자라난 숲으로 벽을 쌓아 외부와 단절하였다.

푸르름의 절정을 지나쳐 검은빛이 번들거리는 수목의 벽, 빼
곡하게 자라난 석류나무의 숲이다.

그 검은 숲 위아래를 동시에 뒤덮은 꽃 무더기가 숲이 흘린
피처럼 붉고 질펀하였다. 아마도 저 멀리의 전장에서 으스러진

바라문의 육신이 저와 같이 너절하리라.

어리석고도 나약한 바라문!

과거 바라문 16대국의 왕들은 오직 그들이 바라문이기에 유일하고 위대하며 약차와 수라에게는 중앙에서 살아갈 자격이 없다 외쳤다.

하리제는 바라문과 영토의 경계를 맞대며 서로 죽고 죽이고 밀었다가 다시 밀려나던 그 유구한 세월을 기억한다. 옛이야기로서가 아니다. 자신이 실제로 살아온 지난 시간으로서 지금의 마가다국 빔비사라 왕보다 더욱 잘 알고 있었다. 그러나 청색귀 하리제는 이제 와 처음으로 자문해 본다.

'나는 바라문이 미웠던가?'

그렇지 않다. 바라문과 더불어 영고성쇠함이 바로 약차의 삶이었다. 하리제는 지금 시점에서 어쩐지 석가족보다 바라문이 자신의 종족과 가깝다고 느꼈다. 그리하여 마지막으로 건재한 바라문의 나라, 마가다국 빔비사라 왕이 하리제 앞에 고개 숙여 바라며 구하고 있다.

내버려두면 곧 석가의 법륜에 으스러질 바라문의 왕.

하리제는 천천히 생각해 본다. 바라문이 이룩한 16대국이란 어떤 땅인가. 시초의 약차녀 하리제는 이 땅에 바라문이 존재하기 이전부터 존재해 왔다. 어머니 왕 하리제는 끝없이 약차족의 아이를 만들어 약차족의 세력을 유지해 왔다. 이 땅의 모든 역사에 걸쳐 세상에 이름을 알린 1000명의 귀왕이 모두 하리제의 자녀들이다. 처음부터 그러했으며 언제까지나 그럴 것이다. 지나온 길고 긴 세월 동안 푸른 약차녀 하리제는 얼마든지 바라문에 맞서며 바라문의 세력을 감당할 수 있었으며 이러한 현상에 충분히 만족하고 있었다. 반지가 약차왕은 그와 생각이 달랐으나.

'이 오래고 헛된 전쟁을 끝낼 수 있어요.'

'어떻게?'

'석가세존의 군대가 이 땅으로 오고 있어요. 세존의 법륜이 저 증오스러운 바라문을 전부 쳐부수면······. 하리제, 내 사랑하는 아내여. 그때 우리는 영원한 극락으로 옮겨 가서 보석으로 쌓은 탑에 올라 비파를 뜯고 피리를 불며 바람과 더불어 끝없이 아름다운 노래만을······.'

하리제는 반지가의 발상을 이해할 수 없었다.

약차는 피를 흘리기 위해 태어났다. 본디 시간이 둥글게 흐르는 이 우주에서는 생성과 탄생만큼 파괴와 죽음이 반드시 필요한 까닭으로 약차족이 탄생하였다. 약차는 천생 죽이고 부수기를 가장 잘한다. 싸우고 죽이고 부수는 일은 최초의 약차가 태어났던 세상의 시초부터 정해진 운명이며 세계로부터 부여받은 고유한 역할이다.

반지가는 하리제의 발치에 매달리며 저 증오스러운 바라문의 멸절 이후 맞이할 아름다운 세상을 이야기했다. 그러나 현명한 하리제는 바라문과 석가족이 별다를 것 같지 않았다. 가까운 경계 너머의 오래된 바라문은 증오스럽고 멀리서 오는 새로운 석가족은 기꺼운가? 혹은 그 반대라면 옳겠는가? 어느 쪽이고 납득하기 어렵다.

하리제는 바라문의 세력이 처음으로 서쪽 산맥을 넘어 이 땅으로 들어오던 오래전 옛 시절을 기억한다. 신왕 인드라가 앞장서 벼락을 내리치며 아수라족을 쳐 죽이던 역사를 기억한다. 그때 바라문은 아수라를 모조리 쓸어 내고서 이 땅에 자리 잡았다. 이제부터 석가족이 이 땅으로 들어온다면 과거 바라문이 아수라를 쓸어 버렸듯 석가족이 바라문을 쓸어 버리는 것뿐이다. 약차의 나라는 아주 먼 옛날에 아수라와 영역을 맞대었고 지금은 바라문과 영역을 맞대었으며 앞으로는 석가족과 영역을 맞대게 되는 것뿐이 아니겠는가.

그러한 세력의 교체는 오랜 역사에서 약차족이 이미 여러 번 겪어 낸 일이었다. 그런데 이때 하리제는 갑작스럽게 별스러운 생각이 들었다. 새로운 일족과 새로운 경계를 만드는 일은 언제든 다시 하려 들면 할 수는 있겠으나 피곤한 노릇이라고.

하리제는 헤아리기 불가할 만큼 긴 시간을 살아왔다. 하리제는 문득 이번 삶에서 생의 절정이 언제였던가 싶었다. 어쩌면 자신의 생이 이미 정점을 지나와 버렸을지도 모른다는 생각을 그 순간 처음으로 해 보았다.

영원하리라 믿었던 생의 반려를 떠나보내고도 벌써 여러 해가 지났다. 이 여름의 한중간에서, 열매 맺지 못하고 떨어져 밟히는 무수한 석류꽃의 무덤이 붉다. 그 광경을 오래 바라보던 하리제는 몹시 피로함을 느꼈다. 세상 끝의 청색귀 하리제가 결국 빔비사라 왕의 초청에 응했던 것은 어쩌면 이 피로감 때문이었는지도 모른다.

그날 세상의 북쪽 끝에서 산맥의 일부처럼 오랜 세월 정지해 있던 고대의 궁전이 얼어붙은 침묵을 부수며 떠올랐다. 성대한 눈보라를 일으키며 날아오른 약차의 궁전은 그로부터 하리제의 모든 권속을 싣고 공중을 가로질러 마가다국 왕사성으로 향하였다.

3.

왕사성 가운데서 연기가 피어오른다. 번제의 연기였다.

마가다국의 가장 학식 높은 바라문 사제 소나단다가 비틀거리며 높다란 제단의 층층대를 올랐다. 왕장자가 연로한 스승을 바짝 뒤따랐다. 소나단다는 제자의 부축을 받으며 간신히 성화를 지펴 올렸다.

불길이 솟아나고 만트라가 울려 퍼졌다. 기름, 곡물, 음식, 소마가 차례로 불꽃을 향해 던져졌다. 한여름 정오의 찌르는 햇볕 아래서 성화의 불꽃은 거의 보이지 않았으며 거대한 열기만 이글거렸다. 제물이 열화에 소진되며 시커먼 연기 기둥이 허공으로 솟았다. 성화를 통해 연기가 하늘로 올라감으로써 지상의 뜻이 하늘의 범천에게로 닿는다고 바라문들은 믿었다. 이를 야즈나 의식이라 부른다.

마가다국 빔비사라 왕은 석가의 세력으로부터 자신의 왕국을 지켜 내기를 바랐다. 약차녀 하리제는 긴 생에 처음 피로를 느꼈으며, 이러한 피로를 불러온 반지가의 부재에 대하여 석가에게 책임을 묻고 싶었다. 이날의 야즈나는 그리하여 이루어진 동맹을 범천에 고하는 의식이었다.

성화가 타오르는 광장의 높은 자리에 하리제는 빔비사라 왕과 나란히 앉아 있었다. 하리제의 기나긴 생에서도 바라문의 야즈나를 참관하기는 처음이었다.

광장 가운데로 말 한 마리가 끌려 나왔다. 아주 아름답고 생명력 넘치는 하얀 준마였다.

바라문 사제들은 오랜 시간과 정성을 들여 야즈나를 위한 제물을 준비한다. 저 짐승은 지난 1년여의 시간 동안 사방을 자유롭게 질주하며 들판에 돋아난 야생의 밀을 뜯고 원하는 만큼 강가에서 물을 마셨다. 그러면서 스스로의 운명에 대해서는 전연 알지 못하였을 것이다. 그가 누리던 풍요와 자유가 진정한 자연이 아니었음을. 그에게 주어졌던 들판의 곡식은 사제들이 노예를 부려 주의 깊게 뿌리고 가꾸어 둔 것이었으며 언제나 맑은 물이 흐르던 강줄기는 그를 가두는 우리였음을. 그러나 바로 그 우리가 그를 사자며 표범으로부터 지켜 주었음을. 그렇게 소중히 지켜진 목숨에는 용처가 정해져 있었다는 사실을. 그가 머무는 주변에 늘 자신을 제물로서 관리하는 자들이 따라붙어 있었다는 진실을.

하리제는 높은 자리에서 내려다보고 있었다. 새하얀 준마의 경맥을 끊어 핏줄기가 하늘 높이 솟구쳤을 때, 그 먼 거리에서도 달고 신선한 냄새가 훅 끼쳐왔다. 제사장은 그 피와 주검을 곧 성화의 불꽃으로 밀어 넣었다. 만트라 외는 소리가 더욱 높아지며 성대한 검은 연기가 피어올랐다. 군중이 그 연기 한 자락에라도 닿고자 서로 뒤채며 소리 지르고 몸부림쳤다. 바라문의 백성은 야즈나에서 제물의 골수 연기를 맡으면 모든 죄가 씻기어 지복을 누리게 된다고 믿었다. 빔비사라 왕의 무장한 병사들이 무작정 제단 가까이로 밀려드는 군중을 창대로 밀쳐 냈다.

지켜보며 하리제는 야즈나의 모든 과정이 어리석고 무의미하게 느껴졌다. 저토록 생명이 맥동하는 제물을 그저 죽이고 태워서 소모하다니. 그러는 대신 저것을 양액으로 제조하여 공급했다면 어떤 생명이 자라났을까.

근래에 들어 하리제는 양액의 원료가 되는 생물의 기질도 발생하는 개체에 결정적인 영향을 줄 수 있다는 가설을 세우고 있었다. 그것을 증명하고 증명한 사실을 다시 응용하여 유의미한 성과를 내기까지는 또 수많은 실험과 시행착오가 필요하겠으나……

그때 눈앞에 불쑥 들이밀어진 잔이 하리제를 상념에서 깨웠다.

잔을 들어 내민 자는 빔비사라 왕이었다. 금은으로 상감한 화려한 술잔에 가득 채워진 진초록의 액체가 출렁거렸다. 소마. 성스러운 소마풀의 즙을 짜 정제한다는 신의 술이다. 본디 바라문이 그들의 신에게 올리는 잔을 빔비사라 왕은 지금 약차녀에게 받들어 올리고 있었다.

"나, 마가다국의 세니야 빔비사라가 그대에게 청하며 맹세한다. 내 나라 도읍 왕사성을 그대의 지반으로 허락하겠으니, 이 나라 땅에 석가족이 범접지 못하게 하라!"

하리제는 그 잔을 받아 들었다.

하리제는 일전의 초청에서 빔비사라 왕의 요청을 들어주기로 이미 정했다. 약차족 탄생의 궁전은 벌써 이레 전에 북쪽 산맥을 영구히 떠나 이곳 왕사성에 자리 잡았다. 오늘 하리제는 빔비사라 왕의 정원을 가로질러 핏자국처럼 흐무러지는 석류꽃을 밟으며 이 자리까지 걸어왔다. 그리하여 마가다국 왕과 맹약의 소마를 나눠 마셨다.

이제부터 하리제가 창조하는 약차의 아이들은 석가에 맞서는 16대국의 군대로 보내진다. 다른 16대국은 백성을 소모하여 점차 허물어지겠으나 약차의 수호를 받는 마가다국만은 영구할 것이었다.

석가세존에 맞서는 약차의 병사는 100에서 1000이 되고 1000에서 1만이 되었다. 1만에서 10만, 10만이 100만으로, 다시 1000만으로.

억, 조, 경, 항하사, 나유타, 아승기……

끝은 없으리라.

이제 마가다국 왕사성은 바라문 왕국의 수도이면서 동시에 약차왕 하리제의 지반이다. 빔비사라 왕이 그리 약정하였으므로 그 왕사성으로부터 석가와의 전선까지 마가다국 영토 내부를 약차족 병사들은 자유로이 돌아다녔다. 그들 모두가 하리제의 자녀였으며 푸른 피부에 송곳니가 길었고 손톱은 비수처럼 날카로웠다. 이에 백성들이 겁에 질렸으나 빔비사라 왕은 그로써 안심하여 매일 편안히 잠에 들었다.

해가 뜨고 또 지고 밤마다 하늘의 별무리는 느리게 질주해 갔다. 계절이 몇 바퀴나 순환하여 돌아왔다. 다시 여름이었다. 왕의 정원 가녘에서 오래 묵은 석류나무 숲이 검도록 푸르렀으며 이 여름 무성한 꽃무더기는 한없이 붉었다가 다시 한꺼번에 물크러지려 하고 있었다. 마가다국의 장성한 왕장자는 부왕의 명을 받들어 전선으로 떠밀려 갔다. 빔비사라 왕은 늙어서 들인 애첩으로부터 늦둥이 막내아들을 얻었다. 애첩을 닮아 눈이 아름다운 막내 왕자 애노의 아장걸음에 빔비사라 왕의 웃음소리가 궁전의 중앙 분수보다도 높이 솟아올랐다.

하리제의 피로는 여전했다. 하리제는 오늘도 끝없이 늘어선 유리관 사이를 홀로 거닐며 기형으로 발생하고 있는 개체들을 살펴보았다.

머리가 둘인 것, 괜찮다. 머리가 셋인 것 역시 괜찮다. 팔이 넷이나 여섯이나 여덟일 때, 좌우가 균등하면 이는 괜찮다. 다리가 넷이나 여섯일 때 또한, 좌우가 균등하면 역시 괜찮다. 다리의 개수가 홀수이거나 혹은 짝수이더라도 좌우가 균등하지 못하면 보행이 용이하지 못하므로 이는 괜찮지 않다.

눈앞의 개체는 팔이 하나다. 그뿐이면 모르겠으나 어깨 관절이 따로 있지 않았고 목뼈의 측면에서 튀어나온 팔꿈치가 배면의 갈빗대를 가로지르며 비스듬하게 뒤로 뻗었다. 그 방향을 뒤라고 하는 까닭은 하체의 고관절이 보행 운동을 한다고 가정했을 때 가능한 움직임의 진행 방향과 정반대였기 때문이다. 이는 적절치 않다. 이러한 형태로는 무기를 들고 전진하며 적을 쳐부술 수가 없다.

하리제는 탄식하며 중지 작동을 지시했다. 유리관 안쪽에서 일그러진 모양의 눈 코 입들이 묘하게 흔들리며 웃는 듯 우는 듯이 보이는데 그것은 전부 착각이다. 저것에게는 아직 지성이 깃들지도 않았다. 잘못된 형태로 시작되어 버린, 미처 생명이 되기 전의 물체가 유리관 안에서 문드러지고 조각나며 산산이 부서졌다. 하리제는 아이들에게 명령하여 유리관을 비웠다. 비워 낸 내용물 안에 흩어져 있던 생체의 파편들은 분류하여 양액을 제조하는 수조 시설로 옮겼다. 생체 조직은 그곳에서 일련의 공정을 거쳐 투명하고 진득한 양액으로 되돌아간다. 그것은 다시 새롭게 발생하는 다른 아이의 양분이 될 것이다. 과정에서 다소 손실은 있을지언정.

하리제의 근심이 깊어졌다. 그가 작업하는 발생의 공정은 이제까지와 같았다. 아니, 수많은 아이들을 전선으로 내보내며 그 어느 때보다 생산력을 높여 왔다. 발생 공정에서의 온갖 요소를 통제하는 일에 하리제는 과거보다 더 능숙해져 있었다. 그럼에도 이렇게 중단하는 개체가 늘고만 있다. 온 세상 약차의 어머니 왕은 이제까지 이런 정도의 실패율을 경험한 적이 없었다. 하리제는 학자이며 장인이다. 이렇게 되고 마는 결정적인 까닭을 하리제는 이미 여러 방향으로 분석하고 검토하여 알고 있었다.

배양 시의 모든 조건은 같거나 오히려 개선되었다. 그러므로 이는 절대적으로 발생 초기의 토대 문제다. 그 외에는 없다. 그러나……

이전의 하리제는 반지가 약차왕과 부부로서 함께 새로운 개체를 생산했다. 그 시절 발생의 초깃값에는 언제나 반지가 제공한 생명의 촉매가 포함되었다. 정상적으로 발육시킬 수 있는 개체의 한계 숫자에 비하여 언제나 넘치도록 생산되었던, 그래서 늘 비축량을 초과하여 일정량 이상은 미련 없이 폐기하였던 반지가 약차왕의 생명의 촉매. 그것이 지금 이 궁전의 동결저장고에서 바닥난 지 오래다.

'영원한 나의 정북, 나의 아내, 내 사랑하는 하리제여. 우리가 이 세상의 전쟁을 끝낼 수 있어요.'

언제 다시 떠올려도 허황한 말이었다. 그리 말했던 반지가는 지금 다문천왕이라는 새로운 이름으로 저 석가족의 진영에서, 하리제는 정반대인 바라문 16대국의 진영에서 각자 이 세상의 전쟁을 이어 가는 데 일조하고 있었다. 하리제는 이 전쟁에서 결코 패배하고 싶지 않았다. 하리제는 생명의 씨앗에 더하는 촉매를 그 자신의 몸에서 취한 피와 살점으로 대신하여 생산을 이어 갔다. 그러나 이 방식은 이토록 오류가 많은 것으로 점차 판명 나고 있었다.

한 주기의 발생 배아 중 절반이 넘는 개체를 한꺼번에 중지하던 그 어느 날 하리제는 그의 기나긴 생에 한 번도 겪어 보지 못했던 아주 깊은 피로와 현기증을 느꼈다. 그 밤의 어둠 속에서 하리제는 허청거리며 다시 궁전의 안쪽 방으로 갔다. 그곳에는 새로운 생명의 토대 작성을 위한 유리 접시들이 늘어서 있다. 원래라면 아직 다음 주기를 준비하기에 이른 시점이었으나 앞선 주기의 절반 이상을 폐기한 지금은 서둘러야만 하는 일이다. 하리제는 불꽃으로 씻어 낸 칼을 차분히 들어 올렸다. 여느 때와 같이 칼날을 미끄러뜨려 자신의 살점을 떼어 내려다가 문득 멈추었다. 미지근하게 식은 밤바람이 땀에 젖은 전신을 스쳐 갔다. 어제와는 다른 바람이었다. 등줄기로 소름이 치달았다. 이 여름도 어느덧 끝나 가고 있었다. 이대로 영원히 지속할 수는 없다는 사실을 이때 하리제는 갑자기 이해했다.

여전히 칼을 든 채로 하리제는 자리에서 일어섰다. 그 방으로부터 안쪽으로, 더욱 안쪽으로, 이곳 탄생의 궁전에서 아주 오랜 세월 동안 다시 열리지 않았던 한 겹의 육중한 문으로 향해 갔다. 그곳은 오로지 하리제에게만 허락된 장소다. 그곳으로 가는 깊은 복도를 한 걸음씩 걸어갈 때에 하리제는 까마득한 시간을 건너가는 것 같았다. 멀고 먼 시간의 저 너머로부터 그의 귓가로 어떤 목소리가 울려오고 있었다.

'하리제, 너만이 할 수 있는 일이다.'

그 목소리는…… 언젠가의 하리제. 그리고, 그 자신의 것과도 완전히 같다.

'하리제. 너는 나다.'

문 가운데 기묘한 오팔색으로 빛나는 석판이 있다. 하리제는 손바닥에 피를 내어 석판에 가져다 댄다. 그토록 거대한 문이 소리도 없이 열린다. 까마득한 어느 과거에 '지금'의 하리제는 바로 이 방에서 나왔는데, 기나긴 시간을 건너 이제 그 방으로 다시 들어간다.

어둡고 천장이 아주 높은 방이다. 들어서는 순간 벽감의 수정 장식이 저절로 빛을 밝혔다. 그 환하게 쏟아지는 순백의 빛 한가운데 황금과 보석으로 꾸며진 아름답고 특별한 유리관 한 쌍이 서 있다. 모든 것은 태곳적부터 이미 준비되어 있었다. 각각의 유리관 안에는 이제 막 형체를 갖춘 아주 작은 약차족 태아가 하나씩 들어 있다.

하리제는 한쪽 유리 벽으로 다가가 가만히 손을 대고 물었다. "나는 이제 너를 깨워야 할까?"

4.

왕사성에 다시 번제의 연기가 피어올랐다. 하리제는 참관하지 않았다. 하리제는 탄생의 궁전에 머무르며 그 광경을 내다보았다. 웅장한 만트라의 음향이 광활한 왕의 정원을 건너 왕사성 북쪽 끝에 있는 약차의 궁전에까지 들려오고 있었다.

지난 맹약의 번제보다 제전의 규모가 성대했다. 왕이 집전하는 야즈나였다. 제물은 얼마 전 전선에서 실책하여 불려 온 왕장자라 하였다. 빔비사라 왕은 오늘 그 자신의 맏아들을 불태워 범천에 제사 지내려 하고 있었다.

바라문 사제 소나단다는 왕장자의 스승이었다. 소나단다는 언젠가부터 마가다국에서 자취를 감추었으며 석가에 귀의했다는 소문만 무성했는데, 그런 일이 왕장자의 처분이 결정되기 전의 일인지 후의 일인지 분명히 아는 이는 왕사성 거리에 아무도 없는 듯했다.

왕장자는 저항하지 않았다. 지난 야즈나의 흰말보다 훨씬 온순한 제물이었다. 아버지 빔비사라 왕의 신월도가 망설임 없이 맏아들의 목을 그었다. 왕장자의 피와 주검은 제단의 불꽃을 향해 던져졌다. 모든 죄가 씻기어 하늘에 닿는 성화의 불꽃이었다. 주검에서 배어난 기름이 끓어오르고 불길 속에서 누렇고 검은 연기 기둥이 솟아올랐다. 이번에도 군중은 만병을 통치하고 지복을 누리게 한다는 야즈나의 연기 한 자락이라도 쐬

고자 서로 다투어 밀쳐 대며 짐승 떼처럼 한 덩어리로 꿈틀거렸다.

이때 하리제가 제전의 현장을 내다보았던 이유는 기묘한 바람을 느꼈기 때문이다. 그것은 이 한없이 달궈진 여름 끝자락의 대기를 찔러 들어오는 이물 같았다. 하리제는 먼 하늘로부터 왕사성 상공으로 밀려오는 먹장구름을 보았다. 밤 같은 어둠이 순식간에 왕의 정원을 건너와 검은 석류나무 숲 언저리까지 뒤덮었다. 하늘을 찢는 번개와 천둥에 이어 우박 섞인 굵은 비가 쏟아졌다. 폭우가 야즈나의 불꽃을 집어삼켰다.

이때 사람들은 떠올렸다. 물길을 인도하는 자, 가장 강인한 자, 발라 샤크라 인드라의 위명을.

그 존재의 지금 이름은 석가세존의 천부 제석천이다.

범비사라 왕의 기원은 범천에 전연 닿지 않는 것 같았다. 바라문과 불화하던 육사외도의 모든 세력이 석가 아래 결집한다는 풍문이 들려왔다. 바라문이 이 땅에 이룩했던 16대국은 석가세존의 법륜 앞에서 폭풍 앞의 등불 같았다.

언젠가부터 마가다국 왕사성 거리에 흉흉한 소문이 나돌았다. 푸른 옷자락을 풀어 헤친 미친 여자가 어린아이들을 잡아간다, 여자 식인귀가 매일 아이를 잡아 찢어 먹는다는 소문이었다. 소문은 일부분만 사실이었다.

근래에 약차녀 하리제는 푸른 옷자락을 끌며 매일 왕사성 거리를 배회하고 있었다. 그러다 건강하고 생기 있는 인간 어린아이를 발견하면 붙잡아 탄생의 궁전으로 끌고 왔다. 소문대로 그 아이를 찢어 삼키지는 않았다. 손수 정성껏 해체하여 새로운 배합의 양액으로 만들었다. 산 것을 곧바로 분해하자 생명의 기운이 짙은 양액이 만들어졌다. 그것을 발생 초기의 유리관마다 공급해 보니 치솟기만 하던 실패율이 유의미하게 꺾어진다는 사실을 확인할 수 있었다. 하리제는 조건을 바꾸어 가며 여러 번 실험을 거듭했다.

산 것으로 바로 만드는 양액이라고 효력이 다 같지는 않았다. 생이 고갈되어 가는 노인으로 만들어진 것은 가장 쓸모가 없다. 생장의 절정기가 지나 버린 성체의 육신도 그저 그렇다. 어린아이가 가장 적합한 것으로 밝혀졌다. 하리제는 매일 밤낮으로 왕사성 어린아이들을 잡아들였다. 끊임없이 소재와 배합을 궁리하고 실험을 거듭하였다. 그러나 근본적인 문제는 결코 개선되지 않았다. 시초의 어머니 약차는 이다음에 해야만 하는 일을 자연히 확정했다. 그러므로 이제부터는 더욱 정결하고 생명력 짙은 양액이 필요하리라.

하리제는 매일같이 왕사성 거리로 나섰다. 거리에서 사라지는 어린아이의 숫자는 나날이 늘어갔다. 성내에 아이 잃은 어머니들의 울음소리가 높았으나 적통의 왕장자가 불태워지고 마지막 늙은 현자마저 자취 없는 나라에서는 누구도 그 여인들의 호소에 대답하지 않았다. 머리를 풀어 헤치고 통곡하는 수많은 어머니들 사이를 하리제는 마치 그들 가운데 하나인 것처럼 흐트러진 차림새로 매일 지나쳐 갔다.

이번 계절은 이 땅에 오래 머무르려는 듯싶었다. 뜨거운 태양 아래서 달아오른 공기는 적체하고 왕의 정원으로부터 왕사성 가장 구석진 거리까지 번져 가는 불처럼 여름꽃들은 온통 흐드러졌다. 절정으로만 치닫는 계절 안에서 속절없이 분주한 나날이 지나갔다.

하리제는 매일 한 번은 자신의 궁전에서 가장 깊은 근원의 방으로 갔다. 그곳 황금과 보석의 관에서 자라나는 존재들을 오래도록 바라보았다. 그 작던 태아들은 그동안 부쩍 자라나 어느덧 갓난아기의 모습에서 벗어났다. 한 쌍의 유리관 안에서 그들은 이제 각각 어엿한 소년 소녀의 모습을 다 갖추었다. 하리제는 매번 그중 하나의 유리벽에 바짝 다가서서 표면에 비치는 자신의 얼굴과 그 너머 소녀의 새롭고 싱그러운 몸을 동시에 바라보았다.

'너는 나다.'

이 한 겹의 유리벽을 사이에 두고 안팎의 두 존재는 다시 하나의 하리제였다. '지금' '이곳'에서 하리제는 그러한 동시성이 조금도 이상하게 느껴지지 않았다.

'너는 오로지 나로구나.'

그것은 시초로부터의 약속이었다. 이에 하리제는 확신한다. 약차족의 삶은 결코 끝나지 않을 것이며 이 우주에서 어머니 왕 하리제는 영원히 살 것이다.

'온전히 가장 좋은 것을 주어 나의 완성을 빚으리라. 이전의 내가 지금의 나에게 그리했듯이.'

그때 유리관 너머의 소녀 하리제가 스르르 눈을 떴다. 푸르스름하게 빛나는 투명한 양액 속에서 아직 창백하게만 보이는 입술이 희미하게 움직였다.

……어머니.

소리는 두터운 유리의 관을 통과하지 못한다. 새로운 하리제가 빚어 낸 최초의 언어는 그만 기포가 되어 스러졌다. 그리하여 그토록 기묘한 말을, 분명히 어긋나 있던 어떤 징조를 이때 하리제는 듣지 못하여 알지 못했다.

한낮의 볕이 빔비사라 왕의 정원을 하얗게 달구었다. 환히 빛나는 상앗빛 포장석 위로 붉은 꽃 같은 핏자국이 점점이 떨어지며 길을 이었다.

이날 하리제는 드문 실수를 저질렀다. 이번 사냥감은 특별히 저항이 심했기 때문이다. 제압하는 과정에서 그만 상처를 입히고 말았는데, 다행히 아직까지는 신선한 상태였다. 숨이 끊어지기 전에 얼른 이것을 양액 제조실로 옮겨야 한다. 그 일념으로 하리제는 몹시 서두르고 있었다. 그래서 추격을 늦게 알아차렸다. 병장기 절그럭거리는 소음에 뒤섞여 여럿의 발걸음 소리가 바짝 쫓아오고 있었다. 색색의 밝은 사암으로 치장한 왕의 정원을 거의 다 가로질러서 경계의 석류나무 숲 너머 탄생의 궁전이 보이는 지점이었다. 하리제는 멈추어 섰다. 품에 든 사냥물을 추스르며 돌아보는데, 추격자들 가운데서 누가 비명처럼 외쳤다.

"사악한 약차여! 잔인한 짓을 그만두라!"

목에 핏대를 돋우며 그리 소리치는 자는 바로 빔비사라 왕이다.

하리제는 벌써 수년 전에 있었던 맹약의 야즈나 이후 바라문의 왕을 이리 가까이 마주하기가 처음이었다. 지금까지 두 주체 사이에서 맹약에 어긋난 일은 하나도 없었다. 그런데 빔비사라 왕은 지금, 여기서, 대체 나에게 왜 이러는가. 하리제는 영문을 알 수 없었으나 우선 이치에 맞도록 답을 내주었다.

"마가다국 왕, 세니야 빔비사라여. 그대는 나에게 이 왕사성을 지반으로 양도하지 않았는가. 여기는 내 영토다. 내 영토에서 내가 누구의 지시를 따라야 할 이유가 없다."

하리제가 멈추어 돌아섰을 때 빔비사라 왕이 대동한 수십의 병사들도 거리를 두고 멈춰 서 있었다. 그들 중 누구도 감히 무시무시한 위명의 약차녀에게 덤벼들 생각을 하지 못했다. 그들이 일제히 창을 들어 겨우 위협하는 시늉을 하는 가운데 빔비사라 왕은 부릅뜬 눈으로 피를 토하듯이 외쳤다.

"그래, 그렇게 약속했었지. 알았다! 그대가 여기서 무엇을 하건 상관없어. 하지만, 하지만 그 아이는……!"

그때 하리제의 품에 늘어져 있던 사냥물이 바르르 떨더니 억눌린 울음을 터뜨렸다. 그에 하리제보다 빔비사라 왕이 더 놀란 듯싶었다.

"얘야! 애노야, 너 괜찮은 게냐? 조금만 기다리려무나, 아가!"

지금 하리제의 팔 안에 붙잡혀 피 흘리는 어린아이가 다름 아닌 왕의 자식이었던 모양이다. 아이의 비명 같은 울음에 아버지를 부르는 말소리가 섞이자 빔비사라 왕은 더욱 절규했다.

"그 애는 내 아들이다! 약차여, 내 아들을, 내 아들 애노를 돌려 다오!"

하리제는 이해할 수 없어서 되물었다.

"마가다국 왕, 세니야 빔비사라여. 나는 지금까지 왕사성에서 수많은 생육(生肉)을 취해 왔으나 그대는 이견이 없었다. 지금 이 생육이 그대의 자식이라는 사실이 그렇게나 이제까지와는 다른 경우인가?"

"아무렴! 아이는, 아들은 내 모든 것이야. 자식의 무사 안녕은 어버이된 자의 당연한 바람이다!"

하리제는 더더욱 이해할 수 없었다. 왕은 순전한 거짓을 호소하고 있었다.

빔비사라 왕은 일전의 야즈나에서 스스로 맏아들을 죽여 태웠다. 그때 하리제는 왕을 이해하는 데 어려움이 없었다. 존재를 낳아 기른 자에게는 필요할 때 자신이 기른 존재를 뜻대로 사용할 권리가 있으므로. 그러나 지금 빔비사라 왕의 행동은 도무지 이해할 수가 없다.

하리제가 생각에 잠긴 채 멈추어 있는 동안 빔비사라 왕은 애타게 막내아들의 이름을 외쳐 불렀다. 하리제의 품 안에서 피를 흘리며 애노 왕자는 화답하듯 아버지를 부르짖었다.

저들이 인간이어서 그런 것인가, 하고 하리제는 생각했다. 지난 유구한 세월 동안 하리제는 1000명의 귀왕을 낳아 세상으로 내보냈는데, 그것이 시초의 약차로서 어머니 왕 하리제가 하는 일이었기 때문이다. 하리제는 이제까지 자신이 빚은 1000명의 귀왕과 그 외의 무수한 약차들을 개체별로 구분하여 기억하지 못한다. 그들이 이후 어찌 되었는지 또한 알지 못한다. 하리제는 한 번도 궁금하지 않았으며 그 아이들은 품을 떠난 이후 다시는 하리제를 부르는 일이 없었다. 탄생의 궁전에서 떠나기 전 머물 적에도 약차의 아이들은 하리제와 반지가를 어머니 아버지라 부르는 일이 결코 없었다. 그들은 약차로 태어났으므로 당연히 약차족으로서 충실하게 살고 또 죽어 갔을 것이며…… 그로써 족하였다.

지금도 탄생의 궁전에서 태어나는 약차들은 대부분 완성되어 나오는 그날 즉시 전장으로 떠난다. 약차의 아이들은 차례로 도리타천을 맞아 제석의 번개에 불탈 것이다. 강철의 흰 코끼리가 그들의 몸을 찢고 석가의 법륜이 그 육신을 뭉갤 것을 알고도 하리제는 무한히 아이들을 빚어 보내며 그들의 안위를 염려해 본 적은 없었다.

여전히 하리제의 품에 단단히 붙잡힌 마가다국 막내 왕자가 별안간 발버둥 치며 큰 소리로 울부짖었다.

"부왕! 저 여기 있어요. 살려 주세요! 살려 주세요, 아버지!"

뜻밖의 지체에 초조했던 하리제는 이에 안도했다. 사냥물은 아직도 신선하다. 숨이 붙어 있을 때 바로 해체해야만 한다. 근래의 쇠락해 가는 왕사성에서 이만큼 깨끗하고 기름진 재료는 몹시 드물었다. 이것으로써 드디어 전부 완성되리라는 확신이 있었다. 하리제는 빔비사라 왕과의 대화에서 이 생육 재료를 포기해야 할 당위를 찾지 못했다. 하리제는 애노 왕자를 다시 추슬러 들쳐 안았다. 그대로 돌아서서 검은 석류나무 숲을 향해 걸어갔다. 이 숲 건너에 바로 탄생의 궁전이 있다.

빔비사라 왕이 비명 같은 명령을 내질렀다. 하리제의 무심하고도 무방비한 등에 용기를 얻은 왕의 병사들이 일제히 덤벼들었다. 그에 맞서듯 어두운 숲의 그늘로부터 약차족 병사 서넛이 기척도 없이 튀어나온다. 하리제는 그대로 천천히 숲으로 걸어 들어가고 있었다. 어둑한 숲 그림자가 애노를 안아 든 하리제의 모습을 뒤덮어 갔다. 어린 애노의 절망적인 울음소리가 하늘을 가린 석류나무 잎새마다 산산이 부서지며 숲의 어둠에 먹혀들었다. 왕의 병사는 이를 저지하지 못했다. 그들은 숲 속으로 단 한 발짝도 들어갈 수 없었다. 태양이 내리쬐는 왕의 정원과 어두운 숲, 그 사이의 가느다란 경계면에서 약차병들은 한순간에 마가다국 병사를 모조리 도륙했다. 짧은 절명의 비명들이 연달아 울린 다음에는 숨소리 하나 없는 정적이었다.

이 여름 새카맣도록 윤기 흐르는 석류나무 숲을 향하여 피 웅덩이가 천천히 번져나갔다. 숲의 발치를 적시는 인간의 피가 흐무러져 떨어지는 석류꽃보다 더욱 붉었다. 그 가운데 빔비사라 왕만이 살아서 망연히 주저앉았다. 약차병이 마지막으로 남은 그 목숨을 위협하는 기척이 들렸다. 맹약의 상대인 왕을 살해할 수는 없는 노릇이어서 하리제는 멈추도록 명하고자 했는데, 그때 보았다.

진득한 피 웅덩이 표면에 철벅이는 소리가 요란했다. 빔비사라 왕은 기함하며 바닥에 손을 짚고 네 발로 기듯이 몸을 일으켰다. 왕은 그대로 등을 보이며 내달렸다. 왕이 흘리지 않은 피가 그 다급한 걸음을 따라 포석 위로 줄지어 찍혀 나갔다. 그 길은 하리제가 가는 방향과는 정반대 방향, 바라문의 궁전으로 돌아가는 길이다. 달리며 내지르는 왕의 비명이 길고도 높게, 한참 동안 꼬리를 끌어 가다가…… 마침내 멀어져서 더는 들리지 않았다. 하리제는 약차병에게 왕을 쫓을 필요가 없다고 지시했다.

5.

애노 왕자는 이제까지 중에서 가장 훌륭한 재료였다. 순정하고 생명력 넘치는 최고의 양액을 보충하고 충분한 시일이 흘러갔다. 탄생의 궁전 가장 깊숙한 근원의 방, 황금과 보석으로 치장된 한 쌍의 유리관 속에서 새로운 하리제와 반지가의 육신은 완전히 자라났다.

마침내 하리제는 하리제와 반지가를 유리관 바깥으로 꺼냈다.

하리제는 그들 한 쌍에게 생명의 발생 원리를 가르쳤다. 하리제는 몹시 총명하여 가르침 이상으로 빠르게 배우고 익혔다. 새로운 하리제와 반지가는 오래지 않아 지적으로도 완전히 성숙했다. 반지가는 배신한 다문천 대신 약차왕의 자리를 채우고 안정되게 생명의 촉매를 생산해 내기 시작했다.

마침내 모든 것이 준비된 적합한 날이었다.

"너는 나다."

하리제는 불로 씻어 낸 칼을 쳐들며 선언했다.

"너는 내가 나로써 빚었으며 나로부터 비롯하였으며, 그러므로……."

"……어머니."

"그리 부르지 마라. 너는 나다."

"어머니!"

차가운 금속 침대에 묶인 채로 하리제는 있는 힘을 다하여 소리쳤다. 두 명의 하리제는 모두 이 순간, 이 상황이 당혹스러웠다. 칼을 든 하리제는 의문스럽다. 이전에 하리제는 이와 같은 과정에서 그 이전의 하리제에게 거역하지 않았다. 그러나 지금 침상에 누인 하리제는 이 상황을 이해할 수도 받아들일 수도 없는 것 같았다.

"어머니, 나에게 왜 이러시나요. 어찌 이러십니까!"

그러나 하리제가 해야 할 일은 태초부터 정해져 있었다. 하리제는 하리제의 비명 같은 외침을 무시하고 흉 없이 매끄럽던 그 배에 칼을 그었다. 정밀한 동작으로 최소한의 피가 흐르고 이어 생명의 씨앗이 가득 담긴 열매가 차례로 적출되었다. 이 것 중 하나는 생명의 토대를 작성하는 배양실의 핵심으로 들어간다. 남은 하나는 근원의 방으로 돌아가 잠들 것이다. 이전과 같이 완전하다. 두 하리제의 아랫배에는 이제 똑같은 흉터가 새겨져 있다.

금속 침대에 묶인 하리제는 흐느껴 울었다. 반지가가 다가와 묶인 것을 풀어 주고 하리제를 일으켜 끌어안았다. 그들 한 쌍은 함께 울었다.

이제부터는 무엇도 큰 문제가 아니었다. 약차의 어머니 왕 하리제는 다시금 신선한 생명의 씨앗과 촉매를 모두 손에 넣었다. 이전과 같이 약차의 아이들을 무한정으로 빚어 병사로 만들어 냈다. 온전한 약차병이 다시 무한히 공급되자 밀리기만 하던 석가와의 전선은 드디어 정체했고, 균형을 이루는가 싶었다. 시간은 아무런 굴곡도 없이 차분히 흘러가고 있었다. 이전과 같이. 하리제는 지금처럼 앞으로도 해 나갈 수 있으리라 믿었다.

몇 가지 사소한 문제들만 완전히 해결할 수 있다면.

"어머니."

"나를 그리 부르지 마라. 너는……."

언제고 마주할 문제였다고 하리제는 생각했다. 이날의 다툼은 언쟁으로만 끝나지 않았다. 하리제가 별안간 생육 해체에 쓰는 큰 칼을 휘두르며 정면으로 덤벼들었기 때문이다. 똑같이 생긴 두 명의 하리제는 일순간 서로 뒤엉키며 나뒹굴었다.

하리제는 이번에야말로 어머니 하리제를 죽일 생각이었다.

두 하리제는 키와 체격과 근력이 완전히 동일했으므로, 기습한다면 불가능한 일이 아니라고 새로운 하리제는 생각했다. 그러나 두 하리제는 이제까지 살아온 세월과 겪어 온 전투의 경험에 큰 차이가 있었다. 어머니 하리제는 능숙하게 대응하였고 미숙한 하리제는 격렬해지는 몸싸움 도중에 그만 칼을 놓쳤다. 다른 하리제가 그 칼을 주워들었다. 하리제는 이때 근래의 깊은 고민에 마침내 종지부를 찍었다. 이미 그에게는 새로운 생명의 씨앗과 반지가 모두 있었다.

나를 계속 어머니라 부르며 반항하는 이 하리제는, 스스로 하리제이기를 원치 않으니 세상에 더 존재할 필요가 없지 않은가.

그러므로 하리제는 칼을 찔렀다. 단호한 살의를 담아, 어머니 하리제 역시 이번에는 반드시 저 잘못된 하리제를 죽일 생각이었다. 그러나 미숙한 하리제 역시 순정한 태초의 약차의 몸을 입고 있었다. 인간을 초월한 약차의 움직임으로 피했기에 미처 치명상이 못 되는 상처가 길게 그어지며 피가 튀었다. 반지가 끼어든 것은 바로 이 순간이었다. 반지가는 어머니 하리제를 붙들었다. 등 뒤에서 강하게 끌어안으며 온몸으로 매달려 늘어졌다. 그는 새롭고 완전한 반지가였다. 아무리 긴 세월이 지났어도 익숙한 감촉과 무게와, 같은 체취와……,

"멈춰요, 제발."

완전히 동일한 반지가의 목소리에 하리제는 순간 아찔하여 무너질 뻔하였다. 그 틈에 다른 하리제는 몸을 일으켜 내달렸다. 하리제이기를 거부한 하리제가 도망친 자리에는 무르익은 석류즙 같은 핏자국만이 점점이 흩어지며 탄생의 궁전 바깥으로 길을 이었다.

하리제는 달아나 버린 하리제를 쫓지 않기로 결정했다. 그 일은 이제 중요하지 않았다. 하리제는 대신 당면한 더 중요한 문제를 생각했다. 어떤 일에나 문제는 발생하는 법이다. 문제는 파악되었다면 곧 수정할 수도 있다.

아마도 반지가는 본디 배신을 하는 기질이었던 것이다. 하리제는 반지가를 그를 꺼냈던 유리관에 도로 가두어 살려 두었다. 빠져나갈 방법은 없을 것이다. 그 문은 오로지 하리제의 피에만 반응하므로. 그리고 이제 탄생의 궁전에 하리제는 하나뿐이었다.

마가다국 왕이 왕사성을 버렸다는 소문이 돌았다. 왕은 지상의 모든 부귀영화를 떨쳐 내고는 막내아들 애노와 함께 석가의 불문에 귀의했다고 한다. 하리제는 이제까지 인간의 도시 왕사성에 떠돌았던 많은 말들이 그러했듯이 그 이야기 또한 전부 사실은 아닐 것이라 판단했다. 왕자 애노는 벌써 한참 전에 죽었다. 하리제가 직접 해체하여 하리제의 양액으로 사용했다.

왕이 버린 왕사성에서 백성도 떠나갔다. 이제 마가다국 왕의 궁전은 오로지 약차의 세상이었다. 가동을 멈춘 분수마다 탁한 진흙이 고여 있었다. 밝게 빛나던 수많은 상앗빛 석조물은 부서지고 마모되었다. 오래 묵은 석류나무 숲만이 경계를 넘어 무한히 자라났다. 약차족의 궁전과 바라문 왕의 궁전 사이에 구별은 이미 없었다. 거미줄처럼 갈라진 사암 포석을 밟으며 이형의 약차들이 왕사성 전역을 배회했다.

하리제에게는 이제 혼자서 오래 숙고하여 문제를 해결해 볼 시간이 있었다.

'어머니!'

그것은 하리제가 애노 왕자를 해체할 때, 그리고 그전부터 하리제에게 사용됐던 모든 어린아이들을 해체할 때마다 매번 마지막 비명에 섞여 있던 말이었다. 어쩌면 그런 생명과 혼의 에너지가 혼입되어 완벽해야 했던 결과물을 망쳤을지 모른다. 하리제는 새로운 실험을 시작했다. 가장 순정한 시초의 약차, 바로 그 자신의 피와 살점으로써. 이제부터 다시 길러 낼 하리제는 반드시 완전하리라.

하리제는 매일 근원의 방으로 갔다. 처음에는 절뚝이며 걸어서, 그다음에는 지팡이를 짚고, 또 그다음에는 움직이는 바퀴 의자에 앉아서 갔다. 매일 필요한 만큼 자신의 몸을 잘라 내며 피를 흘렸다. 저무는 여름마다 계절의 꽃이 지듯 하리제는 매일 자신이 조금씩 죽어 간다는 사실을 알고 있었다. 그러나 무엇이 문제이겠는가. 계절은 늘 다시 제자리로 돌아온다. 여기 바퀴의자에 얹힌 이 몸도 하리제이고 저 황금과 보석의 유리관에서 새로이 자라나는 육신도 하리제다. 두 다리를 완전히 소모한 다음 오른팔로 왼팔을 잘라 양액 제조기에 집어넣으며 하리제는 아무 문제 없으리라 믿었다.

매일 근원의 방에서 하리제의 유리관을 들여다보며 그 새롭고 완전한 아름다움에 넋을 잃을 때, 그 옆의 유리관에 갇힌 반지가는 사지가 잘려 없어지는 하리제를 보며 울었다. 하리제는 반지가의 슬픔을 이해할 수 없었다. 반지가는 하리제가 이미 아는 우주의 이치를 전연 이해하지 못하는 모양이었다. 그렇게 매번 반지가는 마지막에 이르러 하리제와 서로 이해할 수 없는 운명인 듯도 하였다.

어떤 종말도 어느 하나의 종말일 뿐 영원한 종말은 아닌 법이며, 약차의 어머니 왕 하리제는 이 우주에서 영원히 살 것인데……

어느 날 그 하나의 종말은 하리제도 반지가도 예상치 못한 방식으로 다가왔다.

도리타천의 거대한 그림자가 왕사성에 내리는 태양의 빛을 가렸다. 기나긴 여름의 끝이었다.

그날 이 땅에 한 번도 닿은 적 없던 거센 폭풍우가 몰아쳤다. 왕사성 북쪽에 견고히 뿌리내렸던 약차의 궁전마저 뒤흔들렸다. 높은 첨탑이 무너지고 금이 간 기둥이 기울었다. 긴 복도의 유리관들이 남김없이 깨어져 흩어졌다. 쇠락한 왕의 정원에서 검도록 무성했던 석류나무 숲이 아직 남아 있던 붉은 꽃을 모조리 떨어뜨렸다. 꽃과 함께 덜 여문 열매들마저 하나 남김없이 거친 바람에 휩쓸려 돌바닥으로 패대기쳐지고 부서졌다. 그것들은 미처 성숙하지 않아서 붉지 못하다. 애석하구나. 쓰러진 바퀴의자에서 떨어져 피를 흘리며 하리제는 망연히 중얼거렸다.

기울어진 하리제의 시야에 한 약차가 걸어 들어왔다. 하리제였다.

"어머니."

"그리 부르지 마라. 너는⋯⋯."

하리제는 아랑곳 않고 찬란하게 웃었다. 강인한 약차의 팔이, 이제 하리제에게는 없는 튼튼한 두 팔이 큰 칼을 가볍게 들어 올렸다.

"어머니, 나의 어머니. 나는 이제야 다 자랐답니다. 나는 바깥세상을 보고 왔어요. 세상에는 너른 바다가 있고, 다섯 개의 우뚝한 산이 있고, 그 아래 광활한 대지에는 생명이 넘치며 모두가 서로 사랑하며 살아갑니다."

말하며 하리제는 육중한 신월도를 내리쳤다. 하리제는 떨어지는 칼날을 끝까지 보고 있었다. 멀리서 무너진 잔해를 헤치며 달려오는 소리가 들렸다.

"애노! 돌아왔구나, 나의 하리제, 나의 애노!"

반지가의 목소리가 외치고 있었다. 눈앞의 하리제는 그만 칼을 내던지고 싱그러운 사지를 뻗어 달려오는 반지가와 서로 얼싸안았다. 목에서 잘려 떨어지며 하리제의 머리는 그 광경을 전부 보았다. 그리고 마침내 깨달았다.

'저것은 나다. 완전한 나의……'

잘린 머리의 입가에 영원할 찰나의 미소가 어렸다.

하리제의 머리는 바닥을 굴러가다가 멈추어 마지막으로 자기 육신의 단면을 본다. 잘 여문 석류 속처럼 붉었다. 흩어진 핏방울이 보석 같았다.

結.

도리타천은 곧 왕사성 상공에서 물러났다. 짙은 먹구름이 이내 걷히고 한 차례 씻긴 말간 햇살이 구름 사이로 쏟아졌다.

이제 세상의 유일한 하리제는 천천히 빛 속으로 나아갔다.

반지가가 내밀어 오는 손을 하리제는 거침없이 마주 잡았다. 그들 한 쌍은 나란히 손을 잡고 걸어서 그들이 태어났던 탄생의 궁전 한가운데로 들어갔다. 태초로부터 존재해 온 궁전은 온순히 새로운 계절의 주인을 맞아들였다.

다시 흐르기 시작하는 세상의 계절에 탄생의 궁전도 변화했다.

그날로부터 탄생의 궁전은 약차족만의 것이 아니라 하늘 아래 모든 중생의 것이었다. 그 안에 거하시는 부부신장은 사랑과 자비를 알았으며, 하리제모는 새로이 열린 석가의 세상에서도 가장 훌륭한 생명의 장인이다. 이로부터 석가세존의 대자대비한 세상에서 자식을 원하는 중생은 모두 하리제모에게 기원하였다.

두눈박이
살인
사건

고수고수

처음 복도에 누워 있는 두눈박이를 보았을 때, 영눈박이는 두눈박이가 낮잠을 자는 줄로만 알았다.

아니, 처음에는 그것이 두눈박이인 줄도 몰랐다. 영눈박이 쪽에서는 누워 있는 자의 얼굴이 보이지 않았기 때문이다. 그래서 영눈박이는 '누가 저렇게 복도 한가운데를 가로막고 누워서 잠을 자는 거지?'라고 생각했다.

"거기 누구니? 자는 거야?"

영눈박이가 물었지만 아무런 대답도 돌아오지 않았다. 영눈박이는 가까이 다가가 누워 있는 자의 얼굴을 살펴보았다. 두 개의 눈이 보였다.

"두눈박이야, 왜 이런 데에서 자는 거야?"

두눈박이는 대답은커녕 미동조차 없었다. 그제야 영눈박이는 뭔가 이상하다는 느낌을 받았다.

영눈박이는 조심스럽게 두눈박이의 몸을 흔들어 보았다. 그 몸이 힘없이 늘어졌다. 두눈박이의 가슴에는 흉기가 박혀 있었고 그 주변에 피가 묻은 상태였다.

영눈박이는 시신을 본 경험이 있었다. 반년 전, 일곱눈박이와 여덟눈박이가 죽었을 때였다. 그래서 시신이 어떤 것인지 알았다.

두눈박이는 분명히 죽어 있었다.

"큰일 났어!"

영눈박이가 외쳤다. '큰일 났어! 큰일 났어! 큰일 났어!' 하는 영눈박이의 외침이 동굴 안에 메아리쳤다.

"두눈박이가 죽었어! 모두들 이리로 와 봐!"

"그게 무슨 말이야?"

동굴 입구 쪽에서 다섯눈박이가 가장 먼저 달려왔다. 그 뒤를 따르듯이 여섯눈박이가 나타났다. 동굴 밖에서 블루베리를 따고 있었는지 손에 블루베리를 한 움큼 쥔 채였다.

"뭔데 그래?"

동굴 안쪽에서도 몇몇이 달려나왔다. 모두들 영눈박이와 두눈박이를 둘러싸듯 둥그렇게 벌여 섰다.

"저거 두눈박이잖아!"

세눈박이가 절규했다.

"죽은 거야?"

다섯눈박이가 믿어지지 않는다는 얼굴로 물었다.

"지금 다들 모였어?"

여섯눈박이가 주변을 둘러보며 말했다.

"어디 보자, 그러니까 하나, 둘……."

네눈박이가 모인 자들의 숫자를 셌다.

"모두 일곱 명이야!"

동굴 안에는 모두 여덟 명이 살았다. 본래 열 명이었지만 반 년 전 일곱눈박이와 여덟눈박이가 죽으면서 여덟 명이 되었다.

모인 자들이 일곱, 그리고 두눈박이가 죽어 쓰러져 있으니 산 자와 죽은 자를 모두 합치면 여덟 명이 맞았다.

"이 중에 누군가가 두눈박이를 죽인 거야?"

외눈박이가 겁먹은 목소리로 말했다.

"도대체 누가?"

다섯눈박이가 물었다.

"얘들아, 그런데 좀 이상해."

여섯눈박이가 다른 이들을 쓰윽 둘러보다가 말했다.

"아홉눈박이 어디 갔어?"

그 말에 다른 이들도 서로를 바라보며 눈 수를 셌다.

"없어!"

다섯눈박이가 외쳤다.

"아홉눈박이가 없어! 그런데 전부 모였잖아? 어떻게 된 거야?"

"어엇!"

이번에는 세눈박이가 기묘한 소리를 내었다.

"두눈박이가 있어!"

모두들 세눈박이가 가리키는 쪽을 보았다. 거기에는 분명히 두 눈을 부릅뜬 얼굴이 있었다.

"두눈박이가…… 둘이야?"

네눈박이가 얼빠진 목소리로 시신과 두눈박이를 번갈아 보며 말했다.

"어떻게 된 거야? 어이, 두눈박이! 너 저기 죽어 있는 두눈박이가 뭔지 설명해 봐!"

다섯눈박이가 다그치자 두눈박이는 영문을 모르겠다는 얼굴로 대답했다.

"나, 나도 몰라! 난 안에 있다가 영눈박이가 외치는 소리에 놀라서 달려 나왔을 뿐이야! 그런데 두눈박이가 저기 죽어 있어서 나야말로 놀랐단 말이야!"

"우리 중에 같은 개수의 눈을 가진 애들은 없어."

네눈박이가 딱 잘라 말했다.

"그리고 지금 아홉눈박이가 사라졌지."

이 말에 다시 서로를 흘끔흘끔 살폈다.

"그렇다면 결론은 하나야. 지금 여기 있는 두눈박이가 사실은 아홉눈박이라는 거지."

네눈박이의 선언에 모두들 놀라 눈이 휘둥그레졌다. 네눈박이가 자신의 말에 덧붙여 설명했다.

"아홉눈박이가 눈 일곱 개를 감으면 두눈박이가 되니까."

이들은 눈을 일부 감아 눈 개수가 원래와 달라질 경우, 뜬 눈의 위치가 순식간에 재배열되었다. 이를테면 두눈박이의 두 눈은 얼굴에 좌우 대칭으로 달려 있지만, 한 눈을 감을 경우 순식간에 뜬 눈이 중앙에 위치하면서 외눈박이와 같은 형태의 얼굴이 되었다. 거기다 감은 눈은 눈꺼풀이 완전히 피부를 덮기 때문에 그 자리에 눈이 있다는 것을 알 수 없게 되어 버렸다.

아홉눈박이가 눈 일곱 개를 감고 두 개의 눈만 뜬다면, 두눈박이와 똑같은 얼굴이 될 것이고 어느 누구도 원래의 두눈박이와 구분하지 못할 터였다.

"왜 아홉눈박이가 두눈박이 흉내를 내는데?"

영눈박이가 멍한 목소리로 묻자, 네눈박이가 그것도 모르느냐는 듯이 대답했다.

"그야 아홉눈박이가 진짜 두눈박이를 죽였으니까 그렇지. 아홉눈박이는 두눈박이를 죽일 수 있으니까."

복잡한 생각을 잘 못하는 영눈박이도 네눈박이가 덧붙인 말의 뜻을 바로 알아들었다.

눈의 개수가 많은 자는 적은 자를 죽일 수 있다. 그 반대는 불가능하다. 같은 개수일 경우에도 죽일 수 없다. 그것이 이 세계의 법칙이었다.

이 법칙에 따라 반년 전 여덟눈박이는 일곱눈박이를 죽였다. 여덟눈박이가 갑자기 왜 그런 짓을 했는지에 대해서는 아직도 그들 사이에 의견이 분분했다. 일곱눈박이가 여덟눈박이의 눈 모양을 놀려서라는 말도 있었고 여덟눈박이가 모아 놓은 블루베리를 일곱눈박이가 먹어 버려서라는 말도 있었다. 하지만 일곱눈박이와 여덟눈박이가 모두 죽은 지금으로서는 완전한 진실을 밝히기 어려웠다.

영눈박이는 그날 있었던 일을 아직 기억했다. 평소와 다름없이 자신의 방에서 뒹굴거리고 있는데 갑자기 동굴 안에 무시무시한 목소리가 울려 퍼졌다.

"여덟눈박이가 날 죽이려고 해! 일곱눈박이 살려!"

다들 놀라 각자의 방에서 허겁지겁 달려나왔다. 영눈박이부터 아홉눈박이까지 있었지만 일곱눈박이와 여덟눈박이가 보이지 않았다.

"여덟눈박이가 일곱눈박이를 죽이려나 봐!"

"어서 가서 일곱눈박이를 구하자!"

손에 손에 몽둥이와 흉기를 들고 달려가려는데 아홉눈박이가 모두의 앞을 막았다.

"잠깐 기다려! 너희들은 위험하니 여기에 있어. 이건 나만이 해결할 수 있는 일이야."

"위험하다니?"

누군가 묻자 아홉눈박이가 눈 아홉 개를 깜박였다.

"눈의 개수가 많은 자는 적은 자를 죽일 수 있는 게 법칙이잖아. 그리고 지금 저쪽에 있는 건 여덟눈박이야."

그 말대로다. 이 자리에 있는 영눈박이부터 여섯눈박이까지는 절대 여덟눈박이를 죽일 수 없다. 하지만 반대로 여덟눈박이라면 아홉눈박이를 제외한 모두를 죽이는 것이 가능하다.

"살인자는 단죄한다는 것이 우리의 법이야. 여덟눈박이가 일곱눈박이를 죽였다면 단죄해야 해. 그리고 그 여덟눈박이를 죽일 수 있는 건 나, 아홉눈박이 하나밖에 없어."

그렇게 아홉눈박이는 혼자 여덟눈박이가 있는 곳으로 갔다. 그리고 얼마나 시간이 흘렀을까, 아홉눈박이가 부르는 소리가 들렸다.

"다 끝났어! 이제 와도 돼!"

그 말에 모두 우르르 몰려갔다. 바닥에 일곱눈박이와 여덟눈박이가 몸에 흉기가 박힌 채 쓰러져 있었다. 그리고 아홉눈박이가 허탈한 표정으로 옆에 서 있었다.

"내가 왔을 때는 여덟눈박이가 일곱눈박이를 죽인 뒤였어."

아홉눈박이가 설명했다.

"살인자는 단죄한다는 것이 우리의 법이잖아. 여덟눈박이가 더 날뛰기 전에 먼저 해치울 수밖에 없었어."

"우리가 단죄의 검을 가지고 와도 됐을 텐데."

다섯눈박이가 말했다.

눈의 개수가 적은 자는 많은 자를 죽일 수 없는 것이 법칙이었지만, 예외가 하나 있었다. '단죄의 검'이라는 아이템을 사용하면 눈의 개수가 자신보다 많은 자도 죽이는 것이 가능했다.

하지만 단죄의 검은 사용에 제약이 많았다. 사용하기 전에 먼저 세 명의 눈물을 묻혀야 했다. 몰래 독단적으로 사용할 수가 없다는 말이었다. 그리고 단죄받아야 할 자가 아닌 경우에는 단죄의 검의 힘이 작용하지 않았다. 즉, 살인자가 아니라면 단죄의 검으로 공격받아도 단죄당하지 않는다는 말이었다.

또, 살인자가 단죄의 검을 사용하는 것 역시 불가능했다. 살인자의 손에서 단죄의 검은 그 힘을 잃고 평범한 검이 되어 버렸다. 예를 들어 영눈박이가 단죄의 검을 사용한다면 외눈박이부터 아홉눈박이까지 모두 죽일 수 있지만, 영눈박이가 살인자라면 어느 누구도 죽이는 것이 불가능하다는 말이었다.

단죄의 검은 눈의 개수가 많은 자들이 함부로 행동하는 것을 어느 정도 막아 주었다. 그래서 이날 여덟눈박이의 폭주는 모두를 충격에 빠뜨리기에 충분했다.

"단죄의 검을 꺼내서 세 명의 눈물을 받는 건 너무 번거로운 일이었어."

아홉눈박이가 말했다.

"나, 아홉눈박이가 바로 해결할 수 있는 일이었으니 굳이 그런 번거로운 행동을 할 필요가 없지."

"그런데 여덟눈박이는 왜 일곱눈박이를 죽인 걸까?"

여섯눈박이가 죽어 있는 여덟눈박이를 내려다보며 말했다. 옆에서 두눈박이가 대답했다.

"알 수 없지. 둘 중에 하나라도 살았다면 모를까, 이제는 영영 알 수 없어."

모두들 허탈한 표정으로 일곱눈박이와 여덟눈박이의 시신을 내려다보았다.

"얘들아, 그건 그런데."

갑자기 외눈박이가 말했다.

"둘의 몸이 굳고 있어! 어서 눈을 빼야 하지 않겠어?"

그 말에 모두 정신을 차렸다.

살아 있는 자의 얼굴에서는 원래 가지고 있는 눈을 뺄 수 없다. 하지만 죽은 자의 얼굴에 있는 눈은 뺄 수 있다. 그 눈은 '여분의 눈'이 되어 자유롭게 얼굴에 박거나 뺄 수 있다. 그러면 원래보다 많은 눈 개수가 되는 것이 가능하다.

이것이 이 세계의 법칙이었으나, 아직까지 죽은 자가 없었기 때문에 모두들 그 사실을 깜빡 잊고 있었던 것이다.

모두들 재빨리 눈을 빼기 위해 움직였지만, 안타깝게도 일곱눈박이와 여덟눈박이는 얼굴이 거의 굳어 있었다. 결국 여분의 눈으로 빼낼 수 있었던 것은 여덟눈박이의 얼굴에 있던 눈 하나뿐이었다. 눈을 빼낸 자리에는 순식간에 눈꺼풀이 덮였고, 바닥에는 똑같이 생긴 일곱눈박이 두 명의 시신이 놓이게 되었다.

"빨리 기억해 냈어야 했는데."

두눈박이가 안타까운 듯 발을 굴렀다.

"그런데 이 여분의 눈은 어쩌지?"

네눈박이가 물었다.

"내, 내가 가지면 안 될까?"

아홉눈박이가 아홉 개의 눈을 반짝이며 덥석 나섰다.

모두들 아홉눈박이의 얼굴을 바라보았다.

아홉눈박이가 여분의 눈을 가지면 열눈박이가 된다.

열눈박이. 궁극의 형태.

열 개의 눈은 이들이 가질 수 있는 최대의 수였고, 열눈박이가 되는 것은 이 세계의 모든 이들의 꿈이었다.

열눈박이가 되기 위해서 여분의 눈 열 개가 필요한 영눈박이는 거의 포기하고 있는 꿈이지만, 단 하나의 눈만 있으면 되는 아홉눈박이로서는 여분의 눈에 욕심이 날 만도 했다.

"그건 안 돼. 넌 눈이 제일 많잖아."

두눈박이가 단호하게 반대했다.

"눈의 수가 적은 자가 여분의 눈을 가져야 공정해."

"하지만 난 살인자인 여덟눈박이를 단죄했잖아. 그러니 여분의 눈을 받을 권리가 있다고 생각해."

아홉눈박이가 미련을 버리지 못하고 이렇게 주장했지만, 두눈박이는 여전히 고개를 저었다.

"그런 식으로 권리를 주장한다면 네가 여덟눈박이를 죽인 것은 살인자를 단죄해야 한다는 우리의 법을 지키기 위해서가 아니라 여분의 눈에 욕심이 있어서라고 생각할 수밖에 없어."

다른 이들도 이 말에 공감했기 때문에 아홉눈박이는 결국 입을 다물었다.

공정하게 투표한 끝에, 여분의 눈은 영눈박이가 소유하는 것으로 정해졌다. 딱히 바란 것은 아니었지만 영눈박이는 투표 결과에 따랐다.

이제 영눈박이가 원한다면 언제든지 외눈박이가 될 수 있었다. 하지만 홀로 가장 약한 존재였다가 공동으로 가장 약한 존재가 되어 봤자 대단할 것도 없었다.

영눈박이는 여분의 눈을 가죽 주머니에 담아 방에 걸어 두었다. 외눈박이와 구분이 되지 않는 것이 싫어서 영눈박이로 남았다. 어차피 눈이라는 건 딱히 쓸모가 없는 기관이다. 앞을 보는 데 쓸 수 있는 것도 아니고 냄새를 맡거나 말을 하는 데 쓸 수 있는 것도 아니다.

그저 다른 이들과 자신을 구분하는 데 쓸 수 있을 뿐이다. 아니면 자신보다 눈 개수가 적은 자를 죽이는 데 쓰거나.

서로를 눈 개수로 구분한다고 해도, 눈을 감고 다른 눈 개수가 될 수 있으니 아무 소용이 없다. 외눈박이가 눈을 감으면 영눈박이가 된다. 다섯눈박이는 영눈박이부터 네눈박이까지 자유롭게 흉내낼 수 있다. 만약 다섯눈박이가 여분의 눈을 빌려 간다면 여섯눈박이 흉내도 가능하다.

영눈박이는 자신의 정체성이 모호해지는 것이 싫어 말투를 바꿔 보기도 했다. 자신을 지칭할 때 '나'가 아니라 '영눈박이'라고 말하는 식으로. 하지만 다른 이들도 가끔 이런 말투를 따라했기 때문에 아무 소용이 없었다.

어차피 눈의 개수가 아니라면 각자의 정체성을 지킬 수 없는 세상이다. 우리들은 키도 체형도 목소리도 모두 똑같으니까. 눈이 보이지 않는 뒷모습만 보면 누군지 전혀 구분을 할 수 없다. 그러니 눈을 감는 일 없이, 여분의 눈을 사용하는 일 없이 모두 자신의 원래 눈 개수대로 지내는 것이 좋지 않을까.

이것이 영눈박이의 생각이었다. 그래서 영눈박이는 여분의 눈을 잘 사용하지 않았다.

아니, 어쩌면 영눈박이는 그저 포기하고 있는 것인지도 몰랐다. 열눈박이, 궁극의 형태가 되기에 가장 어려운 자신의 처지를 인정하고 싶지 않아서 그런 것인지도 몰랐다.

하지만 살인 사건이 벌어진 지금, 정체성에 대한 영눈박이의 고민은 사치나 다름없었다. 영눈박이는 현재 상황에 집중했다.

"내가 아홉눈박이라고?"

두눈박이가 어이없다는 듯 말했다. 하지만 네눈박이도 주장을 굽히지 않았다.

"그렇잖아. 두눈박이는 아홉눈박이를 죽일 수 없지만 아홉눈박이는 두눈박이를 죽일 수 있어. 그리고 두눈박이는 아홉눈박이 흉내를 못 내지만 아홉눈박이는 두눈박이 흉내를 낼 수 있고."

네눈박이는 결론이 났다는 듯 시신과 두눈박이를 번갈아 가리키며 말했다.

"지금 아홉눈박이는 이 자리에 없고, 두눈박이는 둘이야. 그렇다면 아홉눈박이가 진짜 두눈박이를 죽이고 그 흉내를 내고 있다고 보는 것이 논리적이야."

"그런데 왜 아홉눈박이가 두눈박이를 죽이는데?"

영눈박이가 이렇게 묻자 네눈박이는 어깨를 으쓱했다.

"그야 나도 모르지. 그게 중요한 게 아니잖아? 누가 죽일 수 있는지가 더 중요하지."

"아홉눈박이라면 두눈박이를 미워할 만해."

이번에는 다섯눈박이가 끼어들었다.

"여분의 눈이 생겼을 때, 아홉눈박이는 열눈박이가 되고 싶어서 눈을 달라고 했지만 두눈박이의 반대로 눈을 받지 못했어."

"하지만 그건 모두의 의견이었잖아?"

"가장 먼저 반대한 건 두눈박이야. 두눈박이가 처음에 반대하지 않았다면 아홉눈박이는 눈을 받았을 수도 있어."

영눈박이가 듣고 보니 다섯눈박이의 말이 맞는 것도 같았다. 사실 두눈박이는 그 후로도 아홉눈박이가 여분의 눈을 받는 것을 집요하게 방해했다. 영눈박이가 여분의 눈을 잘 사용하지 않고 가죽 주머니에 넣어 방에 걸어 두자, 아홉눈박이가 안 쓸 거라면 차라리 자기 달라고 한 적이 있었다. 그때 두눈박이가 끼어들어 눈 개수가 적은 자가 여분의 눈을 가져야 한다고 목소리를 높여 아홉눈박이를 무안하게 만들었던 것이다.

"그렇다면 아홉눈박이가 수상하긴 해."

여섯눈박이가 고개를 끄덕였다. 하지만 곧바로 이렇게 덧붙였다.

"하지만 정말로, 여기 있는 두눈박이가 아홉눈박이일까?"

"엥?"

여섯눈박이의 말에 네눈박이가 어처구니없다는 듯 말했다.

"반대일 수는 없잖아. 두눈박이가 아홉눈박이를 죽일 수는 없어. 실제로 죽어 있는 것도 두눈박이고. 그러니 살아 있는 쪽이 아홉눈박이가 눈을 일곱 개 감은 거라고 봐야지."

"두눈박이가 아홉눈박이를 죽일 수 있는 방법이 한 가지 있어."

여섯눈박이가 말했다. 다들 놀라 눈이 크게 벌어졌다.

"두눈박이가 아홉눈박이를 죽이는 방법이라고?"

"아홉눈박이가 눈 여덟 개를 감고, 그러니까 눈을 하나만 뜬 상태일 때 죽이면 돼. 그때의 아홉눈박이는 외눈박이가 되니까."

"어?"

다들 얼빠진 눈으로 서로를 바라보았다.

"그래, 그런 방법이 있었구나!"

영눈박이가 순수하게 감탄했다. 하지만 옆에서 세눈박이가 혀를 찼다.

"아니, 그건 말이 안 돼. 지금 죽어 있는 것은 외눈박이가 아니야. 두눈박이지."

모두들 시신의 얼굴에 박힌 부릅뜬 두 개의 눈을 보았다.

"외눈박이인 상태에서 죽었다면 눈이 하나만 있었을 거야. 하지만 지금 눈이 두 개니까, 이 녀석은 분명히 두눈박이인 상태에서 죽었어."

"두눈박이는 두눈박이를 죽일 수 없어!"

두눈박이가 기운이 나는지 목소리를 높였다.

"눈의 개수가 같은 자는 죽일 수 없어. 그러니 나는 저 두눈박이를 죽이지 않았어!"

"네가 사실은 아홉눈박이라면 아무런 문제도 없다니까 그러네."

옆에서 외눈박이가 빈정댔다.

"내가 진짜 두눈박이라니까!"

"두눈박이야."

여섯눈박이가 조용히 말했다.

"네가 진짜 두눈박이라고 해도 완전히 무죄로 판명된 것은 아니야."

"뭐?"

"두눈박이가 아홉눈박이를 죽일 수 있는 방법이 아직 남았으니까."

"아니, 어떻게?"

여전히 복잡하게 생각하는 것이 어려운 영눈박이가 물었다. 여섯눈박이가 차분하게 대답했다.

"여분의 눈을 사용하면 돼."

"여분의 눈?"

"그래. 두눈박이가 여분의 눈을 얼굴에 박으면 세눈박이가 돼. 그러면 두눈박이가 된 아홉눈박이를 죽일 수 있어."

"하지만 여분의 눈은 영눈박이가 가지고 있잖아."

다섯눈박이의 말에 모두가 영눈박이를 바라보았다.

"어?"

영눈박이가 잠시 고개를 갸웃했다. 뭔가 떠오르는 것 같았다.

"그러고 보니 아까…… 누가 영눈박이의 방에 들어왔던 것 같은데."

"누가 들어왔는데?"

영눈박이는 열심히 기억을 떠올렸다.

"졸음이 쏟아져서 방에서 뒹굴거리고 있는데, 누가 방에 들어왔어. 그러더니 '영눈박이야, 자니?' 하고 물었어. 영눈박이는 '응.'이라고 대답하고 바로 잠이 들었는데…… 지금 생각해 보니 그건……."

영눈박이는 자신 없는 목소리로 말했다.

"두눈박이였어."

"아니야!"

두눈박이가 새된 소리를 질렀다.

"난 영눈박이의 방에 간 적이 없어!"

하지만 어느 누구도 그 말을 귀담아들으려고 하지 않았다.

"두눈박이는 영눈박이가 잠이 든 틈을 타서 여분의 눈을 몰래 가져온 뒤에, 아홉눈박이를 두눈박이로 만들어 죽인 거야!"

외눈박이가 외쳤다.

"하지만 여분의 눈은 지금 영눈박이의 품에 있는데? 방에서 나오기 전에 잘 챙겼어."

영눈박이가 이렇게 말하며 여분의 눈이 든 가죽 주머니를 품에서 꺼냈다. 그러자 네눈박이가 고개를 저었다.

"아홉눈박이를 죽인 뒤에 영눈박이가 잠든 틈을 타서 다시 들어가 돌려놓았을 거야."

"내가 한 짓이 아니야!"

두눈박이가 다시 외쳤다.

"영눈박이가 두눈박이를 봤다고 해도 그건 반드시 나라고 할 수 없어. 네눈박이가 두 눈을 감은 건지 누가 알겠어?"

"어, 그러네?"

다들 서로의 얼굴을 다시 살폈다. 여섯눈박이가 고개를 끄덕였다.

"영눈박이야, 네가 잠들기 전에 여분의 눈은 분명히 네 방에 있었지?"

"응, 그래. 방에서 뒹굴기 전에 확인했으니까."

"그렇다면 영눈박이의 방에 두눈박이로 들어갈 수 있는 건 두눈박이, 세눈박이, 네눈박이, 다섯눈박이, 여섯눈박이, 아홉눈박이야."

"나만 제외네."

외눈박이가 안심했다는 듯이 말했다.

"하지만 두눈박이가 아니라면 왜 일부러 두눈박이 흉내를 내면서 영눈박이 방에 들어가 여분의 눈을 몰래 가지고 나온 거지?"

네눈박이의 말을 두눈박이가 받았다.

"나한테 누명을 씌우려는 누군가의 짓이야!"

"다른 애들이 그때 뭘 하고 있었는지 확인해 보자."

여섯눈박이가 말했다.

"우선 나부터. 나는 아침부터 동굴 밖에서 블루베리를 따고 있었어."

"몰래 잠깐 들어왔을 수도 있잖아!"

두눈박이가 외쳤지만 다섯눈박이가 옆에서 고개를 저었다.

"난 아침부터 동굴 입구에 앉아서 햇볕을 쬐고 있었어. 내가 내내 지켜봤는데 여섯눈박이는 블루베리 나무 앞에 계속 있었어."

"그리고 블루베리를 따면서 계속 지켜봤는데 다섯눈박이도 동굴 입구에서 자리를 뜬 적이 없어."

여섯눈박이가 다섯눈박이의 말을 거들었다.

"나는 중앙 홀에서 오른쪽으로 갈라지는 복도에서 뒹굴거리고 있었어."

이번에는 네눈박이가 말했다.

"영눈박이의 방이 있는 왼쪽 복도로 간 건 외눈박이랑 아홉눈박이, 그리고 두눈박이였어. 세눈박이는 자기 방에서 나오지 않았어."

"나도 네눈박이가 복도에서 뒹굴고 있는 걸 봤어."

외눈박이가 이렇게 말하자, 세눈박이도 덧붙였다.

"내 방에서 보니 네눈박이는 내내 복도에서 뒹굴거렸어. 다른 데로 가지 않았어."

"그렇다면 남들 모르게 행동할 수 있었던 건 영눈박이, 외눈박이, 두눈박이, 아홉눈박이로 좁혀지는구나."

여섯눈박이가 말했다.

"나랑 영눈박이도 의심하는 거야?"

외눈박이가 항의하자 다섯눈박이가 눈 하나 깜박이지 않고 대꾸했다.

"아홉눈박이도 두눈박이도 영눈박이나 외눈박이가 될 수 있으니까."

그때 여섯눈박이가 끼어들었다.

"잠깐, 지금 이 자리에는 살아 있는 두눈박이와 죽은 두눈박이가 있어. 이중 하나가 진짜 두눈박이라면, 남은 하나는 아홉눈박이일 거야. 외눈박이나 영눈박이는 두눈박이가 될 수 없으니까."

"그게 무슨 말이야?"

영눈박이가 묻자, 여섯눈박이가 설명했다.

"영눈박이는 여분의 눈을 사용해도 두눈박이가 될 수 없어. 외눈박이는 여분의 눈을 사용하면 두눈박이가 되는 것이 가능하지만, 지금 여분의 눈은 영눈박이의 품에 있어. 그러니 여기 있는 영눈박이와 외눈박이는 본인들이 맞을 거야."

"하지만 아홉눈박이가 눈을 감으면……."

"그러면 수가 안 맞아."

여섯눈박이가 말했다.

"영눈박이와 외눈박이는 살아 있는 두눈박이도, 죽은 두눈박이도 될 수 없어. 두 명의 두눈박이는 원래의 두눈박이와 눈을 감은 아홉눈박이라는 말이야. 영눈박이와 외눈박이를 흉내 낼 수 있는 자는 없어."

"그렇구나."

세눈박이가 고개를 끄덕였다.

"일단 경우의 수를 생각해 보자."

여섯눈박이가 차근히 말했다.

"첫 번째 경우. 죽은 것은 두눈박이고 여기 있는 두눈박이는 아홉눈박이다."

"그건 말도 안 돼!"

두눈박이가 외쳤다. 하지만 옆에서 네눈박이가 코웃음을 쳤다.

"네가 두눈박이라는 증거가 있어?"

이 말에 두눈박이는 두 개의 눈이 튀어나올 듯이 네눈박이를 노려보았다.

"너야말로 네눈박이라는 증거는 있어?"

"자자, 싸우지 말고."

여섯눈박이가 둘 사이에 끼어들었다.

"어디까지나 경우의 수를 생각해 보는 것뿐이야. 이 경우에는 아무런 모순도 없어. 아홉눈박이는 두눈박이를 죽일 수 있고, 눈을 감으면 두눈박이가 되니까. 거기다 동기도 있어. 아홉눈박이가 여분의 눈을 받는 걸 두눈박이가 반대했지."

두눈박이를 제외하고, 모두들 고개를 끄덕였다. 여섯눈박이가 이어서 말했다.

"그럼 두 번째 경우. 죽은 것은 아홉눈박이고 여기 있는 두눈박이는 원래의 두눈박이다."

"난 아홉눈박이를 죽이지 않았어! 무엇보다 내가 아홉눈박이의 눈 일곱 개를 어떻게 감게 만든다는 거야?"

두눈박이가 따졌다.

모두들 두눈박이를 의심스럽게 노려보았지만, 이 말대로였다. 아홉눈박이는 이들 중에서 가장 강한 존재였다. 그런데 굳이 눈을 감아 약한 존재가 될 이유가 없었다. 더구나 가장 사이가 안 좋은 두눈박이 앞에서 말이다.

"꼭 불가능한 일만은 아니라고 생각해."

다섯눈박이가 나섰다.

"열눈박이가 되고 싶었던 아홉눈박이의 열망을 생각하면 말이야."

"열눈박이가 되고 싶다면서 왜 눈을 일곱 개 감는데?"

영눈박이가 묻자 다섯눈박이가 설명했다.

"한번 상상해 보자. 두눈박이는 눈을 모두 감고 영눈박이가 되어 아홉눈박이 뒤로 다가가. 그리고 이렇게 말하는 거지. '두 눈박이야, 영눈박이는 여분의 눈을 쓰지 않아. 그냥 두면 아까우니까 너한테 여분의 눈을 주고 싶어.'라고. 어쩌면 '여분의 눈을 받는 데 네가 가장 큰 도움이 됐으니 너에게 줄게.' 이런 그 럴듯한 말도 덧붙이지 않았을까? 마치 영눈박이가 아홉눈박이를 두눈박이로 착각한 것처럼 상황을 만든 거야."

모두들 어처구니없다는 표정으로 멍하니 듣고 있었다. 다섯 눈박이가 이어서 설명했다.

"아홉눈박이는 여분의 눈을 준다는 말에 욕심이 생겨서 바로 눈 일곱 개를 감고 두눈박이가 되었을 거야. 일단 여분의 눈을 받으면 뒷일이야 어떻게 되든 상관없다는 생각이었겠지. 하지만 아홉눈박이, 아니 두눈박이가 뒤를 돌아보았을 때 그 자리에 있던 건 세눈박이였어. 바로 여분의 눈을 얼굴에 박아 세 눈박이가 된 두눈박이였지. 두눈박이는 그 기회를 놓치지 않고 흉기로 아홉눈박이를 죽인 거야."

"아, 그렇구나."

영눈박이가 납득했다.

"무슨 말도 안 되는 소리야? 증거 있어?"

두눈박이가 소리쳤다. 여섯눈박이가 옆에서 고개를 끄덕였다.

"그래, 두눈박이의 말이 맞아. 다섯눈박이의 추론은 그럴듯 하지만 증거는 없어."

"증거가 굳이 필요한 건 아니잖아?"

외눈박이가 말했다.

"여기엔 중요한 사실이 하나 있어. 어떤 경우든, 지금 살아 있는 두눈박이가 살인자라는 거야. 진짜 두눈박이든, 눈을 일곱 개 감은 아홉눈박이든."

"그렇다면……."

세눈박이가 퍼뜩 깨달은 것처럼 말했다.

"단죄의 검을 사용하면 살인자를 단죄할 수 있어!"

"응? 어떻게?"

궁금해하는 영눈박이를 위해 네눈박이가 설명해 주었다.

"저 녀석이 두눈박이든 아홉눈박이든, 살인을 저질렀다면 단죄의 검으로 단죄할 수 있어. 하지만 저 녀석 말대로 누명을 쓴 거라면 단죄의 검에 상처 하나 입지 않겠지. 그러니 단죄의 검으로 찔러 보면 살인자인지 아닌지 알 수 있다는 말이야."

"그래! 한번 시험해 봐!"

두눈박이가 씩씩대며 외쳤다.

곧바로 단죄의 검이 옮겨져 왔고, 여섯눈박이와 다섯눈박이, 네눈박이가 검 위에 눈물을 떨어뜨렸다.

"검은 나나 영눈박이가 사용해야 해."

외눈박이가 앞으로 나서며 말했다.

"만약 두눈박이가 살인자가 아니라면 단죄의 검은 힘을 잃고 평범한 검이 되어 버려. 그러면 세눈박이부터 여섯눈박이까지는 눈 개수의 힘으로 두눈박이를 죽일 수 있으니까. 나나 영눈박이라면 평범한 검으로 두눈박이를 죽일 수 없으니 두눈박이를 잘못 해칠 위험은 없어."

모두들 그 말이 옳다고 여겨 단죄의 검은 외눈박이의 손에 들어갔다.

외눈박이가 단죄의 검을 들고 두눈박이에게 다가가자, 두눈박이는 번쩍이는 검에 두려움을 느꼈는지 주춤주춤 뒤로 물러섰다.

"두눈박이야, 네가 살인자가 아니라면 아무 걱정할 필요 없어."

외눈박이가 말했다.

영눈박이는 숨을 죽인 채 상황을 지켜보았다. 모두를 향해 서 있는 두눈박이의 경악한 두 눈이 보였다. 외눈박이는 두눈박이와 마주 선 채 단죄의 검을 높이 치켜들었다.

휙, 검이 바람을 갈랐다.

"으악!"

두눈박이가 비명을 질렀다.

외눈박이가 뒤로 한 걸음 물러섰다. 그 손에는 단죄의 검이 들려 있지 않았다. 검은 두눈박이의 가슴에 박혀 있었다. 쿨럭

쿨럭, 상처에서 피가 새어 나왔다.

두눈박이는 스르륵 그 자리에 쓰러졌다. 부릅뜬 두 눈이 빛을 잃었다.

"이 녀석, 살인자였구나."

다섯눈박이가 안타까운 듯 혀를 찼다.

"진짜 두눈박이였을까? 아니면 아홉눈박이가 두눈박이인 척한 걸까?"

영눈박이의 물음에 네눈박이가 어깨를 으쓱했다.

"뭐가 됐든 살인자를 단죄했으니 그걸로 된 거야. 하지만 이 녀석이 진짜 두눈박이고 먼저 죽은 녀석이 아홉눈박이라면 정말 황당한 일인걸. 눈이 일곱 개나 적은 녀석에게 살해당하다니 아홉눈박이도 많이 원통했을 거야."

"얘들아, 그 전에."

외눈박이가 말했다.

"이 둘의 얼굴이 굳기 전에 눈을 빼야 하지 않겠어?"

다들 예전의 실수를 잊지 않았다. 모두 급히 움직여 눈을 뺐다. 처음 발견된 두눈박이 시신의 두 눈, 그리고 지금 죽은 두눈박이 시신의 두 눈으로 모두 네 개였다.

"원래 있던 여분의 눈이랑 합치면 이제 다섯 개가 되는구나."

다섯눈박이의 말에 네눈박이가 물었다.

"그럼 이제 누가 여분의 눈을 가져야 하지?"

"당연하잖아. 선례에 따라 눈이 가장 적은 자가 가져야 해."

외눈박이가 말하자 세눈박이가 다시 물었다.

"그럼 영눈박이가 다섯눈박이가 되는 거야?"

"아니, 아니지. 다른 애들과 나눠서 한 명에게만 몰리지 않게 해야 해."

여분의 눈을 어떻게 나눌 것인지 공정한 투표를 하기로 했다. 다들 투표 준비로 분주한 사이, 영눈박이는 바닥에 쓰러진 영눈박이의 시신 두 구를 묘한 기분으로 바라보았다.

그날 저녁, 영눈박이는 외눈박이를 찾아갔다.

"외눈박이야, 투표가 끝났어."

영눈박이는 여분의 눈 세 개를 가죽 주머니에서 꺼내 보였다.

"영눈박이가 세 개, 외눈박이가 두 개 받는 것으로 결정이 났어. 너도 중앙 홀에 가서 네 몫의 눈을 받도록 해."

"그럴 줄 알았지."

외눈박이가 말했다.

"이제 너와 나, 세눈박이가 모두 세눈박이가 되겠구나."

"세눈박이가 된다 해도 가장 약한 존재라는 점은 변하지 않지만."

영눈박이가 말했다.

"그래도 다른 애들은 영눈박이와 외눈박이가 이번 일로 가장 이득을 보았다고 수군거리고 있어."

"다들 부러워서 그러는 거야. 다섯눈박이나 여섯눈박이가 여분의 눈을 독차지했다면 열눈박이가 될 수 있었을 테니까."

외눈박이의 말에 영눈박이가 '뭐 그렇겠지'하고 고개를 끄덕였다.

"그런데 외눈박이야, 넌 먼저 죽은 두눈박이가 진짜 두눈박이인 것 같니, 아니면 아홉눈박이인 것 같니?"

영눈박이의 뜬금없는 물음에 외눈박이는 당황하며 대답했다.

"글쎄? 이제는 누구든 상관없지 않겠어?"

"다시 생각해 보니 좀 이상한 것 같아서."

영눈박이가 말했다.

"먼저 죽은 두눈박이가 눈을 일곱 개 감은 아홉눈박이라는 가설 말이야, 얼핏 듣기에는 그럴듯해. 하지만 정말로 아홉눈박이가 살인자의 의도대로 행동했을까? 어디까지나 그럴 가능성이 있을 뿐이지, 실제로 남의 행동을 조종한다는 것은 쉽지 않을 것 같아."

"아홉눈박이는 열눈박이가 무척이나 되고 싶어 했어. 그 정도의 열망이라면 충분히 이용할 수 있었을 거라고 생각해."

외눈박이가 이렇게 말했지만 영눈박이는 고개를 저었다.

"하지만 그래도 이해가 안 가는 점이 있어. 만약 세눈박이가 흉기를 들고 공격한다면, 두눈박이는 속수무책으로 당할 수밖에 없을 거야. 하지만 일곱 눈을 감고 있는 아홉눈박이는 아니야. 다른 행동을 할 필요도 없이 그냥 눈을 뜨기만 하면 돼. 그런데 왜 그렇게 쉽게 당한 걸까?"

"그만큼 갑작스럽게 공격했기 때문이 아닐까? 눈을 뜰 틈조차 없었을 정도로. 그리고 먼저 죽은 게 아홉눈박이라는 건 어차피 경우의 수 가운데 하나였잖아. 살아 있던 두눈박이가 사실은 아홉눈박이라면 아무런 모순이 없어."

"아니, 큰 모순이 있어."

영눈박이가 말했다.

"아홉눈박이가 두눈박이를 죽였다면 그냥 아홉눈박이 그대로 있으면 돼. 두눈박이 흉내를 내 봤자 남들의 의심만 살 뿐이야. 실제로 그렇게 되었고."

"모르지. 갑자기 정신이 나가서 그런 건지도. 하여간 두눈박이가 될 수 있었던 건 아홉눈박이뿐이야."

외눈박이의 말에 영눈박이는 아무 말 없이 손바닥 위에서 세 개의 눈을 데굴데굴 굴렸다.

"외눈박이야."

이윽고 영눈박이가 말했다.

"잠깐 생각해 봤는데, 우리가 떠올리지 못한 경우의 수가 한 가지 더 있는 것 같아."

"떠올리지 못한 경우의 수라니?"

외눈박이가 실소를 터뜨렸다.

"또 무슨 방법이 있다는 거야? 설마 단죄의 검으로 두눈박이가 아홉눈박이를 죽였다거나 그런 건 아니겠지?"

"물론 그건 아니야. 단죄의 검을 사용하려면 세 명의 눈물을 묻혀야 해. 그러니 두눈박이가 독단적으로 사용할 수는 없어. 무엇보다 아홉눈박이는 살인자가 아니야. 여덟눈박이를 단죄 했지만 그건 우리의 법에 따른 집행이었으니까. 살인자가 아닌 이상 단죄의 검은 아무 힘을 쓰지 못해. 반대로 아홉눈박이는 굳이 단죄의 검을 사용하지 않아도 두눈박이를 죽일 수 있고."

"그럼 먼저 죽은 두눈박이는 진짜 두눈박이라는 말을 하려는 거야? 두눈박이든 아홉눈박이든 이번 사건의 살인자는 단죄했어. 그것도 아까 다 검토했던 거 아니야?"

외눈박이의 말에 영눈박이가 천천히 설명을 시작했다.

"세눈박이, 네눈박이, 다섯눈박이, 여섯눈박이는 알리바이가 확인되었으니 이번 사건하고 무관해. 의심해 볼 수 있는 건 영눈박이, 외눈박이, 두눈박이, 아홉눈박이뿐이야."

"하지만 너 영눈박이와 나 외눈박이는 두눈박이가 될 수 없으니 용의선상에서 벗어날 수 있었던 거잖아?"

외눈박이가 이렇게 말했지만 영눈박이는 고개를 저었다.

"영눈박이는 네 말처럼 두눈박이가 될 수 없어. 하지만 여분의 눈을 사용한다면 외눈박이는 두눈박이가 될 수 있어."

"무슨 소리야?"

외눈박이가 어처구니없다는 듯 웃었다.

"여분의 눈은 네 품에 계속 있었잖아? 내가 어떻게 여분의 눈을 사용해서 두눈박이가 된다는 거야?"

"여기서 한 가지 궁금한 점이 있는데."

영눈박이가 말했다.

"여분의 눈은 정말 하나뿐이었을까?"

"무슨 말을 하는 거야? 여분의 눈은 일곱눈박이와 여덟눈박이가 죽었을 때 하나밖에 구하지 못했어. 당연히 네가 가진 하나뿐이잖아."

"그래. 따지고 보면 그때 일어난 일이 지금까지 영향을 미친 거야."

영눈박이가 말했다.

"그때 죽은 건 진짜 일곱눈박이와 여덟눈박이였을까?"

"무슨 소릴 하는 거야?"

외눈박이가 어이없다는 듯 외쳤다.

"너도 바닥에 쓰러진 둘의 시신을 봤잖아? 그건 분명히 일곱눈박이와 여덟눈박이였어!"

"아니. 만약 아홉눈박이가 눈을 하나 또는 두 개 감는다면 여덟눈박이나 일곱눈박이가 될 수 있어."

영눈박이가 딱 잘라 말했다. 이 말에 외눈박이는 헛웃음을 지었다.

"아홉눈박이가 눈을 왜 감지? 여덟눈박이가 일곱눈박이를 죽인 상황이었어. 그런 위험한 상황에서 아홉눈박이가 쉽게 눈을 감을 리는 없어."

"그래. 네 말대로 아홉눈박이가 눈을 감았을 리는 없다고 생각해."

"그런데 뭐가 문제라는 거야?"

"아홉눈박이가 눈을 감지 않았어도 죽을 수 있으니까."

외눈박이는 한 개짜리 눈을 크게 떴다.

"그게 무슨 말이야? 우리 중에 아홉눈박이를 죽일 수 있는 자는 없어. 여덟눈박이는 절대 아홉눈박이를 죽일 수 없었어. 그리고 아홉눈박이는 멀쩡하게 살아 있었잖아."

이 말에 영눈박이는 얼굴을 찌푸리더니 외눈박이를 노려보았다.

"왜 그렇게 바보인 것처럼 구는 거지? 설명할 필요도 없이 쉬운 문제잖아. 너도 이미 알고 있을 테고."

"그러니까 무슨 말이야?"

"여덟눈박이가 일곱눈박이를 죽이면 여분의 눈이 일곱 개가 생기잖아!"

영눈박이가 말했다.

"그중에서 눈 두 개를 빼서 자신의 얼굴에 박으면 돼. 그럼 여덟눈박이는 열눈박이가 되니까. 아홉눈박이도 얼마든지 죽일 수 있어."

"그, 그런……."

외눈박이가 놀라든 말든, 영눈박이는 하던 말을 계속했다.

"여덟눈박이는 일곱눈박이를 죽인 살인자야. 아홉눈박이를 죽이는 일 따위 아무렇지도 않게 할 테지. 먼저 사건이 어떻게 진행되었는지부터 살피자. 그날 우리는 일곱눈박이가 동굴 깊은 곳에서 외치는 소리를 들었어. '여덟눈박이가 날 죽이려고 해! 일곱눈박이 살려!'라는 소리였지."

"그래, 그랬어."

"그거 정말 일곱눈박이가 지른 소리였을까?"

"일곱눈박이가 아니면 누구라는 거야?"

"우리는 키도 체형도 목소리도 모두 똑같아."

영눈박이가 말했다.

"그러니 여덟눈박이가 일곱눈박이를 죽이고 그렇게 소리를 질러도 구분할 수 없다는 말이야."

"하지만 여덟눈박이가 왜 그런 짓을 하지? 자기가 살인자라는 걸 밝히는 꼴밖에 되지 않잖아?"

"그래. 그걸 밝히려고 그랬던 거야."

영눈박이가 말했다.

"애초에 이상하잖아. 누가 자신을 죽이려는 다급한 순간이라면 비명을 지르거나 '살려 줘!' 정도 외치겠지. 그런 상황인데 누가 누구를 죽이고 있는지 지나치게 설명이 자세하다고 생각하지 않아?"

"비명을 어떻게 지르든 그건 자기 마음이잖아?"

"아니, 그건 일곱눈박이가 지른 비명이 아니야. 여덟눈박이가 일부러 지른 거지."

"그러니까 여덟눈박이가 왜 그런 짓을 하는데?"

"여덟눈박이가 살인을 저질렀어. 그렇다면 남은 우리는 어떻게 행동할까? 두 가지의 방법이 있지. 첫 번째는 단죄의 검을 꺼내오는 거야. 두 번째는 여덟눈박이를 죽일 수 있는 유일한 존재, 아홉눈박이가 나서는 거고. 이 두 경우 중에서 실행 가능성이 좀 더 높은 건 두 번째야. 아무래도 단죄의 검을 사용하는 것은 번거로우니까. 만약 아홉눈박이가 없는 상황이었다면 당연히 단죄의 검을 꺼냈겠지만, 아홉눈박이가 있으니까 굳이 그럴 필요가 없어. 여덟눈박이는 그렇게 판단했고. 실제로도 일은 그렇게 흘러간 거야."

이 말에 외눈박이는 놀라서 외쳤다.

"하지만 여덟눈박이가 왜 일부러 아홉눈박이를 불러들인 건데? 그리고 죽은 건 여덟눈박이야. 시신은 일곱눈박이와 여덟눈박이, 이렇게 둘이었어."

"왜 여전히 멍청한 소리를 늘어놓는 거야? 이것도 쉬운 문제잖아."

영눈박이가 핀잔을 주었다.

"그렇게 아홉눈박이를 불러들인 여덟눈박이는 미리 일곱눈박이의 눈 두 개를 빼서 자신의 얼굴에 박았어. 그때는 아직 시신의 얼굴이 굳지 않았을 테니까 눈을 빼는 건 어렵지 않았겠지. 그렇게 열눈박이가 된 여덟눈박이는 어렵지 않게 아홉눈박이를 죽였어."

"그러면 일곱눈박이와 아홉눈박이의 시신이 남아야 하잖아. 아니, 일곱눈박이의 눈을 두 개 뺐으니까 다섯눈박이와 아홉눈박이의 시신이 되어야 하는데?"

"물론 그러면 안 되지. 그랬다간 열눈박이는 당장 단죄의 검에 단죄당할 테니까. 열눈박이는 눈을 두 개 빼서 다섯눈박이가 된 일곱눈박이의 얼굴에 다시 박아 넣었어. 아마 엄청나게 아쉬웠을 거야. 그토록 염원하던 열눈박이가 되었는데 다시 여덟눈박이로 돌아가야 했으니까. 하지만 이 상태로는 여전히 자신의 살인이 들통나게 돼. 바닥에는 일곱눈박이와 아홉눈박이의 시신이 있었으니까. 그래서 여덟눈박이는 아홉눈박이의 시신에서 눈을 하나 빼서 자기 얼굴에 박은 거야."

영눈박이가 잠시 말을 끊었다가 설명을 계속했다.

"우리가 달려갔을 때, 바닥에는 일곱눈박이와 여덟눈박이의 시신이 쓰러져 있었고 아홉눈박이가 옆에 서 있었어. 하지만 사실은 여덟눈박이가 진짜 아홉눈박이였고 아홉눈박이는 여분의 눈을 하나 갖게 된 여덟눈박이였던 거야."

"그, 그럴듯한 이야기야. 하지만 증거가 없어."

외눈박이의 말에 영눈박이가 고개를 끄덕였다.

"맞아. 증거는 없지. 하지만 우리가 놓친 경우의 수를 살펴보고 있는 거잖아? 그러니 일이 이렇게 되었다고 그냥 상상해 보자고. 여덟눈박이가 애초에 왜 일곱눈박이를 죽였는지는 알 수 없어. 단죄의 검이 존재하는 한 살인을 저지르는 건 너무 위험한 일이야. 그러니 첫 번째 살인은 우발적인 것이 아니었을까? 소문대로 일곱눈박이가 여덟눈박이의 눈 모양을 놀렸는지도 모르지. 어찌되었든 이 사건 하나였다면 여덟눈박이를 의심할 일은 없었을 거야. 하지만 이번에 두눈박이의 시신이 발견되면서 여덟눈박이가 정말로 죽었는지 경우의 수를 따져볼 수 있게 된 거지."

"우리와 함께 지내던 아홉눈박이가 사실은 여덟눈박이였다고 쳐. 그럼 이번에 두눈박이는 왜 죽은 건데?"

외눈박이의 물음에 영눈박이가 다시 설명했다.

"이번에도 여덟눈박이는 범행이 들통나지 않을 자신이 있었으니까."

"응?"

"우리가 살아 있는 두눈박이를 끝까지 의심한 건, 죽은 것이 두눈박이였기 때문이야."

영눈박이가 말했다.

"이렇게 되면 살아 있는 두눈박이와 죽은 두눈박이 가운데 하나는 가짜라는 소리야. 그리고 아홉눈박이가 사라졌고. 그렇다면 '살아 있는 두눈박이가 사실은 아홉눈박이겠구나.' 이런 결론이 가장 먼저 나올 수밖에 없어. 우리는 경우의 수를 더 따져서 죽은 것이 아홉눈박이라는 가설도 세웠지만, 그렇다 해도 결론은 같아. 살아 있는 두눈박이가 의심스럽다는 결론 말이야."

"경우의 수는 그것밖에 없잖아."

외눈박이의 말에 영눈박이가 혀를 찼다.

"지금까지 이야기한 것 다 잊었어? 지금 따지는 경우의 수는 아홉눈박이가 사실은 여분의 눈을 사용한 여덟눈박이였다는 거야. 여분의 눈이 하나 더 있는 상황이야. 그렇다면 두눈박이가 될 수 있는 자가 하나 더 존재하게 돼."

"두눈박이가 될 수 있는 자?"

"그래. 바로 너, 외눈박이야."

영눈박이가 외눈박이를 손가락으로 가리켰다.

"아니, 그보다 눈 일곱 개를 감은 여덟눈박이라고 할까?"

"무, 무슨 말이야!"

외눈박이가 항변했지만 영눈박이는 철저히 무시한 채 설명을 했다.

"여덟눈박이는 지나가던 외눈박이를 습격해서 죽였어. 눈 두 개만 떠도 쉽게 죽일 수 있었을 테지. 하지만 외눈박이의 시신이 발견된다면 자신도 의심을 받을 수 있고, 무엇보다 진짜 목적을 달성할 수 없게 돼."

"진짜 목적이라고?"

"바로 설명해 줄 테니 들어 봐. 그래서 여덟눈박이는, 아니 이때는 아홉눈박이로 위장한 상태였지만 자기 얼굴에 있던 여분의 눈을 빼서 외눈박이의 시신에 박아. 그래서 시신은 두눈박이가 되었고, 여덟눈박이는 원래의 여덟눈박이로 돌아갔어. 여덟눈박이는 눈 여섯 개를 감고 두눈박이 흉내를 내며 영눈박이의 방에 들어갔겠지. 진짜 두눈박이에게 누명을 씌우기 위해서. 다들 모일 때는 눈 하나를 더 감아 외눈박이가 되었고. 그리고 이후에 벌어진 일은 모두가 아는 대로야."

"하지만 말이 안 돼. 우선 죽은 게 외눈박이라는 것부터. 지금 여분의 눈이 두 개라고 했지? 그렇다면 영눈박이도 여분의 눈 두 개를 사용하면 두눈박이가 될 수 있잖아. 그렇게 따지면 죽은 두눈박이는 사실 영눈박이였을 수도 있다는 말이 되지 않겠어?"

외눈박이가 경악해서 외쳤지만 영눈박이는 조금도 동요하지 않은 채 말했다.

"그건 불가능해. 만약 여덟눈박이가 영눈박이를 죽인 후에 영눈박이가 가진 여분의 눈, 자신이 가진 여분의 눈을 영눈박이 시신에 박았다면 영눈박이를 두눈박이로 만들 수도 있었겠지. 하지만 그렇다면 영눈박이의 품에 있던 여분의 눈은 설명할 수가 없어."

"하지만 내가 살인자 여덟눈박이라면 난 두눈박이를 죽일 수 없어! 살인자는 단죄의 검을 사용할 수 없으니까!"

"그야 넌 단죄의 검을 사용한 게 아니니까. 우리는 네가 두눈박이를 죽이는 뒷모습만 보았어. 넌 충분히 두눈박이를 죽일 수 있었어. 바로 눈 개수의 힘으로 말이지. 눈 세 개만 뜨면 간단한 일이잖아?"

"그, 그래도! 여덟눈박이가 왜 외눈박이와 두눈박이를 죽이는데? 그럴 까닭이 없잖아! 설마 이번에도 우발적인 살인이라고 말하려는 거야?"

"아니, 이번 살인은 확실한 목적이 있었어."

영눈박이가 차분하게 말했다.

"여분의 눈을 누가 가질 것인지에 대한 투표가 끝난 뒤, 모두들 수군거렸지. 이번 일로 영눈박이와 외눈박이가 가장 이득을 얻게 되었다고. 그 말대로야. 영눈박이는 여분의 눈 세 개를, 너는 두 개를 받게 되었어."

"그야 눈 개수가 적은 자가 여분의 눈을 받는다는 선례에 따른 거잖아!"

"그래. 그 선례가 있었기 때문에 이번 살인이 일어난 거야."

영눈박이가 말했다.

"네가 여덟눈박이라면, 넌 여분의 눈 두 개를 받아 열눈박이가 될 수 있으니까. 외눈박이를 죽이고 두눈박이가 모두의 의심을 받아 죽도록 만든다, 그리고 여분의 눈을 모두 다섯 개로 만들어 그중 두 개를 차지한다, 이것이 여덟눈박이가 이번 살인을 일으킨 진정한 목적이야."

외눈박이는 눈을 부릅뜬 채 잠시 말을 잊었다.

잠시 후, 외눈박이는 영눈박이의 얼굴을 살피며 조심스럽게 물었다.

"증거 있어?"

"물론 없어."

영눈박이가 순수한 목소리로 대답했다.

"하지만 우리가 아까 놓쳤던 경우의 수인 것은 맞아. 그래서 다른 애들한테 이야기하면 어떨까 싶어. 외눈박이야, 네가 살인자 여덟눈박이가 아니라면 아무 걱정할 필요가 없어. 다른 애들이 단죄의 검으로 시험해 보겠지만 네가 살인자가 아니라면 조금도 상처를 입지 않을 테니까."

"지금까지 이야기한 내용, 다른 애들도 알아?"

"영눈박이만 아는데?"

영눈박이의 말에 외눈박이는 눈을 가늘게 떴다.

"아, 그렇다면 정말 다행이다."

외눈박이는 감았던 눈을 하나둘 떴다. 모두 여덟 개의 눈이 번뜩 빛났다.

"지금 널 죽이면 다른 애들은 전혀 눈치채지 못할 테니까."

영눈박이는 놀라서 펄쩍 뛰었다.

"영눈박이를 죽이려는 거야?"

"내가 여덟눈박이라는 걸 안 이상 살려둘 수 없잖아."

여덟눈박이의 차가운 말에 영눈박이는 허겁지겁 세 개의 여분의 눈을 자기 얼굴에 박았다. 여덟눈박이는 코웃음을 쳤다.

"세눈박이가 되어도 여덟눈박이를 당해 낼 수 없어."

"여덟눈박이야, 이러지 마!"

세눈박이가 된 영눈박이가 애원했지만 여덟눈박이는 들은 척도 안 하고 품에서 흉기를 꺼내 들었다.

"잘 가, 영눈박이야."

"누가 날 영눈박이라고 했는데?"

영눈박이의 갑작스러운 말에 여덟눈박이는 놀라 여덟 개의 눈을 부릅떴다. 세 개의 눈이 박힌 영눈박이의 얼굴에서 눈 하나가 번쩍 열렸다. 그리고 하나, 또 하나……

"난 '지금까지 이야기한 내용을 영눈박이만 안다'고 했어. 내가 영눈박이한테만 이야기했거든. 그리고 살인자를 단죄하기 위해 여분의 눈이 필요하다고 덧붙였지. 영눈박이는 내 말을 납득했고, 나한테 자신의 여분의 눈을 빌려줬어. 지금쯤 영눈박이는 내게 들은 이야기를 다른 애들한테 전했을 거야. 모두들 단죄의 검을 꺼내서 만약의 사태에 대비하고 있겠지. 뭐, 그 전에 내가 다 해결하겠지만."

말을 마친 얼굴에는 아홉 개의 눈이 번쩍이고 있었다.

"미안. 나 여섯눈박이였어."

하지만 여덟눈박이에게는 그 말이 제대로 들어오지 않았다. 여덟눈박이는 그저, 자신을 죽일 수 있는 아홉 개의 눈을 멍하니 바라보고 있을 뿐이었다.

달리
방법이
없었다

창궁

진공 거품 도달까지 앞으로

2,787,091,503초

　항공우주센터의 분위기는 한 번도 웃어 본 적 없는 사람이 안 그래도 우울해하는 것 같았다. 사람들은 분주히 움직였지만, 활기는 느껴지지 않았다. 오히려 우울한 무기력함이 곳곳에 감돌았다. 일주일 전, 은하연방이 제32기 진공 거품 조사단 모집 공고를 발표하면서부터였다.

　퇴근 시간을 넘기고 영우는 습관적으로 로비의 전자 게시판을 훑었다. 전자 게시판의 상단은 진공 거품의 초읽기로 고정돼 있었다. 3,786,912,000초로 시작한 숫자는 어느새 앞자리가 바뀌었다. 그 시간은 영우가 태어나고 대학을 무사히 졸업한 후 항공우주센터에 인턴으로 취직해 5개월째 잡무를 보는 데

걸린 시간보다 조금 길었다.

"야, 그런다고 정직원 채용 발표는 안 올라와."

익숙한 목소리가 들렸다. 뒤를 돌아보니 영우와 함께 대학을 졸업하고 항공우주센터 인턴으로 들어온 에리카였다. 40명의 대학 동기 중 취업한 사람은 수석과 차석이었던 둘뿐이었다.

"공고는 올라왔던데?"

"뭐? 어디?"

영우가 전자 게시판을 몇 번 터치해 제32기 진공 거품 조사단 모집 공고문을 띄웠다. 에리카는 눈을 반짝이다가 실망한 기색을 감추지 못했다.

"아, 뭐야. 자살 공고잖아."

"여기서 그런 말을 해?"

"우리 빼고 다 퇴근했는데? 그리고 여기 사람들이라고 달라? 우리보다 더 잘 알지. 32년 동안 뻘짓했는데, 바보도 그쯤하면 알아."

에리카는 신랄했다. 다행히 퇴근 시간을 2시간이나 넘겨서 순찰 중인 경비 로봇 말고는 얘기를 들을 사람은 없었다. 영우가 딱히 대꾸하지 않자, 에리카는 한술 더 떠서 말했다.

"하여간 돈은 진짜 썩어 넘치게 많긴 한가 보다. 그 돈으로 수도나 옮기지."

수도 이전의 문제는 정치적, 역사적 상징성이 걸린 문제였다.

과거 UN 식민지의 일련번호에 불과한 행성이 자유와 독립을 외치며 '연방'을 선포했다. 그 역사의 중심지가 이곳 수도 행성 리버전이었다.

"그게 쉬운 문제가 아니란 건 너도 알잖아."

"사람 목숨이 중요하지, 행성이 중요해?"

최근에 은하연방의 결성과 UN의 몰락은 맞물리지 않는다는 주장이 힘을 얻었다. 두 사건은 개별적으로 일어났다는 것이다. 하지만 리버전이 UN의 압제로부터 최초로 저항했다는 사실은 여전히 견고했다. 연방은 리버전으로 시작해서 리버전으로 끝났다. 그렇기에 은하연방은 산적한 문제의 발화점이 될 이전 문제를 쉽게 다룰 수 없었다.

"내전이 일어나면 더 많은 사람이 죽을 텐데."

"그게 뭐 우리 잘못이야?"

에리카는 앞선 말과 정반대의 말을 내뱉었다. 영우는 신경 쓰지 않고 공고를 한 번 더 건드렸다. 공고의 자세한 내용이 출력됐다. 정원 32명. 요구 사항, 기초적인 항공우주기술 이해도, 적정 신체 능력, 그리고 자원 의사. 보수 협의 가능. 관련 문의 항공우주센터 비상대책과 과장 프레더릭.

"기초적인 항공우주기술 이해도라니. 우리한테 가라고 등 떠미는 거 아니야? 안 그래도 요새 직원들 눈빛이 이상해졌더라니."

에리카가 농을 던지자, 영우는 어깨를 으쓱했다.

"다른 애들은 이미 지원했을지도 모르지."

"누구?"

"누구든. 취업할 구석이 많은 것도 아니고."

영우는 적당히 대꾸하고는 사색에 잠긴 듯 공고를 한참 동안 바라봤다.

"야, 뚫어지겠어."

에리카가 공고를 건드려 다른 공고로 바꿨다. 재작년부터 시작된 희망퇴직자 모집 공고였다. 사람들이 바빠진 것과 별개로 요새 부쩍 센터 건물이 한산해졌다는 느낌은 착각이 아니었다.

조사단은 31년 동안 별 소득을 올리지 못했고, 리버전의 계엄령은 점점 힘을 잃어 가고 있으며, 연방 의회의 압박 역시 거세지고 있었다. 은하연방 직속 항공우주센터도 이런 압박에서 자유로울 리 없었다.

"너 진지하게 생각하고 있는 거 아니지?"

"진지하게 생각하지 않을 이유는 또 뭔데? 어차피 우린 1개월 뒤면 무직 백수잖아."

"그렇다고 자살하러 가는 건 아니지."

"맞아, 자살이 아니라 조사하러 가는 거지."

묘한 기류가 둘 사이를 감돌았다. 공고는 한 바퀴를 돌아 다시 조사단 모집 공고로 돌아왔다. 진공 거품을 향한 31년의 조사는 그간 별 소득을 얻지 못했었다. 진공 거품은 꾸준히 확장 중이었고, 진공 거품을 유지하는 초고밀도 에너지 경계를 뚫을 병기가 없었다.

정확히는 지나치게 비대해진 진공 거품을 꺼뜨릴 수 있을 만큼 유의미한 구멍을 낼 수 없었다. 30년 전, 진공 거품을 최초로 발견했을 때조차 그 크기는 행성계 두어 개를 집어넣고도 남았다. 그리고 지금도 꾸준히 확장 중이었다.

과학자들은 진공 거품이 어떻게 임계 크기를 넘어서 발생했는지 밝혀내지 못했다. 진공 거품이 무한하게 확장 중인 것도 '에너지 밀도 차에 의한 흐름보다 에너지 준위에 의한 흐름이 더욱 강력하기 때문'이라고만 발표했을 뿐이었다. 몇백 년 전에 이론 물리학이 증명한 사실을 되짚는 수준이었다.

"대통일 이론만 완성되면 이딴 거 별문제도 안 될 텐데 말이야."

에리카가 귀찮다는 듯이 말했다. 그녀의 말대로 은하연방은 진공 거품의 위협과 별개로 대통일 이론의 완성이 머지않았음을 대대로 홍보했다. 우주의 가장 근원적인 작동 원리를 밝혀냄으로써 모든 재앙에서 벗어나고 진정한 우주의 승리자가 될 수 있다고 선전했다.

"넌 그 말을 믿어?"

"못 믿을 건 뭐람. 적어도 거품 덩어리에 우리가 흔적도 없이 사라질 거란 것보단 낫지."

그렇게 과학의 진보를 선전했음에도 진공 거품이란 재난을 해결하지 못하자 은하연방을 향한 불신은 커졌다. 다만 그런 불신에도 은하연방이 조사단을 매년 32명씩, 32개의 개인 우주선까지 제작해 가며 우주로 보낼 수 있던 건 거대 행정 속에 늘어난 인류의 시간 감각 때문이었다.

하지만 32년이면 한 세대가 바뀌었다. 비대해진 인류의 시간 감각으로도 32년은 세대를 넘어 무능함에 환멸을 갖기엔 충분한 시간이었다.

"시간도 늦었는데 그만 퇴근하자."

에리카가 영우의 어깨를 툭 치며 말했다. 영우도 그제야 전자 게시판에서 눈을 떼고 건물을 나왔다. 항공우주센터 건물 밖에는 시위대가 해산하고 있었다. 진공 거품을 둘러싼 진실을 규명하라는 피켓이 보였다. 정작 그들은 항공우주센터에서 나오는 두 사람에게 별 관심을 두지 않는 듯했다.

"자연 현상에 무슨 진실이 있다고 저러는 걸까."

에리카는 시위대를 지나치면서 영우에게 속삭였다. 영우는 새삼 에리카가 염세주의자 데릭과 견원지간인 건 동족 혐오에 가까운 정서가 아닌지 생각했다. 물론 데릭과 달리 에리카는 좀 더 실용적이고 생명력이 넘치는 사람이었다.

"진실이 있다고 믿어서 저러는 게 아닐걸."

"그럼 뭐 때문에 저러는 건데?"

"딱히. 그냥 저러는 것 외에 달리 방법이 없으니까."

"아하…… . 그러니까 할 짓 없어서 저런다는 거지? 그 말, 시 위대에게 할 수 있겠어?"

"너부터 하면."

영우의 말에 에리카는 피식 웃으며 손을 내저었다. 두 사람은 그렇게 헤어졌다. 영우는 집에 돌아오자마자 뉴스를 틀었다. 셸터 내에 방송되는 뉴스는 뻔했다. 진공 거품을 해결하기 위해 은하연방과 항공우주센터가 분발하고 있으며, 대통일 이론의 완성이 머지않았고, 오늘도 셸터 바깥의 도시에선 폭동이 일어나 군대가 개입했다는 소식이 약간의 변주와 함께 반복됐다.

영우는 커피와 함께 뉴스를 보다가 모니터 옆 액자에 시선이 갔다. 홀로그램 사진에 찍힌 건 영우와 부모님이었다. 셸터로 피란 중에 미사일 파편에 맞아 두 분 다 다치셨고, 지금은 셸터 내 유일한 병원에 입원 중이었다. 제대로 된 치료를 받으려면 다른 행성으로 이주해야만 했는데, 당장 항공우주센터 인턴 월급으로는 밀린 병원비를 정산하는 것도 빠듯했다.

영우는 자신의 처지에 대해 잠시 생각했다. 오래 걸리진 않았다. 영우는 끝내 자기에게 달리 방법이 없단 걸 인정했다. 그는 곧바로 어디론가 전화를 걸었다.

"늦은 시간 죄송합니다. 비상대책과 과장 프레더릭 씨죠? 조사단 자원으로 문의하고 싶습니다."

진공 거품 도달까지 앞으로

2,771,024,661초

　항공우주센터 근처에 마련된 조사관 교육 시설은 조사단원의 손길과 발길이 닿는 곳을 제외하면 관리 상태가 엉망이었다. 그렇기에 은밀한 휴게 공간을 만들기도 쉬웠는데, 영우는 쓰지 않는 회의실을 제 안방처럼 꾸며 놓고 소파에 누워 쉬었다. 일주일도 안 남은 자유를 만끽하고 싶었다.

　"영우 씨, 진공 거품의 위협은 88년 뒤에 찾아오는 것으로 수도 행성의 현세대 인간들은 걱정할 필요가 없단 세간의 말에 동의하십니까?"

　진지한 내용에 그렇지 못한 말투였다. 에리카가 녹음기를 들이밀며 정신 사납게 했다. 영우는 문의 잠금장치를 고치지 않은 걸 후회했다.

　"영우 씨! 대답을 회피하시는 겁니까?"

　"무슨 면접관도 안 물어보는 걸 묻고 그러냐."

　영우는 에리카를 정중하게 밀어내며 말했다. 에리카는 흥이 식은 듯 콧방귀를 뀌더니 잔뜩 비꼬는 목소리로 녹음했다.

　"영우 씨는 수도 행성과 은하연방의 미래에 직결된 매우 중요한 문제에 매우 근시안적이고 회피적인 대답을 내놓았습니다. 기자는 실망을 금치 못했습니다."

"조사단원 주제에 기자는 무슨 얼어 죽을 기자."

영우는 장단 맞춰 줄 생각이 없었다. 그렇게 조사단을 비웃던 애가 조사단에 지원한 건 의외였지만, 이해 못할 건 아니었다. 대학 동기였던 자인은 물론이고 에단, 소라, 심지어 데릭마저도 조사단에 자원했다. 그 외에 지원자를 따지면 동문 중 지원하지 않는 사람을 찾는 게 더 빨랐다. 품은 생각은 달라도 동기는 비슷했다. 달리 방법이 없었기 때문이었다.

"너 요새 너무 차가워졌어. 알아?"

"그러게. 죽을 날이 가까워져서 그런 걸지도."

"하, 언제는 죽으러 가는 게 아니라 조사하러 가는 거라더니."

"뭘 또 그런 걸 기억하고 앉았냐."

제32기 조사단에는 이번 조사단이 마지막 조사단이라는 풍문마저 돌았다. 무의미한 데에 천문학적인 세금을 쏟아붓고 있는 행태를 연방의회가 날이 갈수록 강도 높게 비판해 댔고, 은하연방의 거대 행정 역시 30년을 넘어가니 힘이 빠지기 시작했다.

그러나 이런 거시적인 관점을 제외하더라도 31년째 무의미한 소모를 반복하는 건 시대를 살아가는 인간에겐 고문과도 같았다. 조사단 면접은 날카롭지 않았고, 지원자에게 역사적 사명감이나 숭고하고 고귀한 희생정신을 찾지 않았다. 교육 훈련은 자동화된 프로그램으로 대체된 지 오래였고, 우주선 개발 역시 6년 전에 거의 멈춘 지 오래였다. 그나마 우주선 개발이 최근까지 진행됐던 건 수도 행성에 투자된 압도적인 설비와 자원을 이용할 수 있다는 이점 때문이었다.

점점 붕괴하는 치안과 효력을 다해 가는 계엄령 선포, 갈수록 줄어드는 지원금과 개발 압박엔 제아무리 항공우주센터라도 당해 낼 재간이 없었다. 26기부터 쓰인 우주선은 32기까지도 변하지 않고 각 개인에게 할당됐다. 안정성이 증명돼 계속 쓰이는 우주선이라는 포장 문구에 속을 이는 한 명도 없었다.

"그래서 너는 진공 거품에 뛰어들 거야?"

에리카가 가라앉은 목소리로 묻자, 영우는 어깨를 으쓱했다.

"달리 방법이 없다면."

"예전엔 진짜로 조사할 것처럼 굴더니."

"그러게나 말이다."

무의미하게 반복되는 행정에 의미를 찾는다면 국가가 권장하는 안락한 죽음이라는 인식이었다. 상당히 비싼 우주선을 타고 우주적 재앙에 뛰어들 수 있는 권리를 정부가 판다는 풍자화가 30년 전에 나왔다. 대중의 인식은 30년 전 풍자화를 여전히 따라갔고, 기괴한 음모론들이 주석처럼 덧붙여졌다.

"에리카, 그러는 너는 조사단에 왜 지원한 거야?"

"내가 지원한 게 그렇게 의외야?"

"대통일 이론이 완성되면 진공 거품을 해결할 수 있다고 믿는 쪽이었잖아."

　몇 낙관론자들은 대통일 이론이 완성된다면 진공 거품 같은 우주적 재앙 역시 해결할 수 있다고 믿었다. 우주의 작동 원리를 알아낸다면 시간과 자원을 들여 이루지 못할 것이 무엇이냐는 것이 그들의 논리였다. 에리카 역시 대학 시절에 대통일 이론을 열렬하게 지지하던 사람 중 하나였다.

　정작 질문을 받은 에리카는 부끄러운 시절을 회상하는 듯 볼을 긁적이며 영우의 시선을 피했다.

　"그랬던 시절도 있었지?"

　"그랬던 시절이 고작 반년 전이야."

　"그랬던 시절에 너도 포함된 건 알고 있지?"

　에리카의 반박에 영우는 더 캐묻지 않았다. 에리카의 심중을 읽어 낼 자신이 없었다. 더 물어봐 달란 뜻인지, 아니면 더 캐묻지 말란 뜻인지 헷갈렸다.

　"영우야. 넌 진공 거품을 꺼뜨릴 방법이 있다고 생각해?"

　"그건 또 왜."

　"만약에 네가 진공 거품을 꺼뜨릴 수 있다면 꺼뜨릴 거야?"

　"글쎄, 꺼뜨리라고 보낸 건데 꺼뜨려야 하지 않을까? 아, 그건 조사단 임무가 아닌가."

　영우는 별다른 고민 없이 답했다. 에리카는 영우의 대답이 의외라는 듯 미간을 좁히며 되물었다.

"단순히 그런 이유로?"

"그런 이유면 어때서?"

"아까 했던 질문이랑 다르지 않은 질문이잖아."

"아까 무슨 질문."

"진공 거품의 위협은 현세대 사람들에겐 별 위협이 아니라는 것 말이야."

에리카의 말에 영우는 몸을 일으켰다. 오랫동안 누웠던 탓인지 몸을 일으키자 머리에 피가 쏠리지 않아 잠깐 어지러웠다. 영우가 관자놀이를 짚고 신음하는 사이 에리카는 하던 말을 이었다.

"너는 너와 상관없는 위협임에도 네 목숨을 걸겠다는 거야?"

"그러라고 조사단 지원한 거 아니었어?"

"마음에도 없는 소리 하지 마. 아무도 그렇게 생각 안 할걸."

에리카의 지적에 영우는 입을 다물었다. 영우에겐 어떤 역사적 사명감도, 어떤 숭고하고 고귀한 뜻이 있는 것도 아니었다. 단지 가족이 있었다. 영우의 지식과 능력으로는 다른 방법을 찾을 수 없었다.

"그러는 너는 마치 우주선 들고 튈 것처럼 말한다?"

영우는 화제라도 돌리기 위해 농담조로 말을 꺼냈다. 그러나 에리카는 침묵으로 답했다. 그제야 영우는 에리카가 웃음기를 거뒀다는 걸 눈치챘다. 에리카는 진지했다. 영우 역시 희미한 미소를 거뒀다.

"너 진심이야?"

"난 너처럼 가족이 있는 게 아니니까."

에리카는 덤덤하게 말했다. 그러나 영우와 눈을 마주치진 못했다.

"우주선 들고 날아서 어디로 가게?"

"어디든. 수도 행성만 아니면 어디든 되겠지. 어쩌면 연방의회에 망명을 부탁할 수도 있고."

에리카의 대답은 영우가 건성으로 답한 것보다 가볍게 들렸다. 영우는 잠시 미간을 짚고 고민했다.

"아니야, 은하연방이 바보도 아니고 바로 추적할 거야."

"여론만 형성하면 어떻게든 돼. 살 수 있다면 뭐라도 해야지. 설령 그게 나 자신을 프로파간다의 희생양으로 삼는다고 해도."

에리카는 이미 계산이 끝난 듯했다. 영우는 에리카가 어디서부터 어디까지 계획했을지 상상도 하지 못했다. 영우는 비꼴 의도 없이 순수한 호기심으로 물었다.

"그렇게까지 해야 해?"

"네 말을 빌리자면, 달리 방법이 없잖아. 이 빌어먹을 행성에서 벗어나려면 돈만 있어선 안 돼. 우주선이 있어야지. 그런데 나같이 쓸 만한 머리와 학위, 그리고 몸밖에 없는 사람은?"

"죽는다는 선택지는 없는 거구나."

"생명이라면 마땅하게 자기가 마주한 죽음과 파멸에 저항해야지. 그게 자연스러운 거야."

"진공 거품이 자연스럽게 확장하는 것처럼."

영우의 대꾸에 에리카는 답하지 않았다. 비록 에리카의 선택과 계획에 동의하는 건 아니었지만, 나무랄 생각도 없었다. 다만 너무 무모하다고 생각했다. 32년 동안 그런 생각을 가진 자가 없었을 리 없었다.

은하연방, 곧 항공우주센터가 모든 조사단의 정보를 꽉 쥐고 있었기에 몇 명의 탈주자가 있었는지는 밝혀지지 않았다. 그들이 밝힌 건 31년 동안 어떤 소득도 없이 전부 진공 거품에 빠져 죽었다는 무능과 무력의 말로였다.

그리고 무엇보다 조사단원이 탈주해 어디론가 사람 사는 곳으로 향했다면 그 소식이 전파되지 않을 리 없었다.

"그거 알아? 진공 거품 내부는 이곳과 다른 물리 법칙이 작동할 거래. 힉스장의 에너지 준위 값이 달라져서 그렇다나, 뭐라나."

에리카가 화제를 돌렸다. 영우는 기꺼이 응했다.

"그거야 지겹게 들어서 알고 있지."

"근데 이름이 참 웃겨. 이곳은 거짓 진공이고, 거품 내부는 진정한 진공이라니. 지금 이 상태가 가짜인 듯 이름 붙인 게 웃기지 않아?"

에리카는 입꼬리를 비죽 올렸다. 영우는 속으로 과학자들에게 원수라도 졌냐고 물어보고 싶었지만, 그 대신 똑같이 입꼬리를 비죽 올렸다.

"아, 그건 확실히."

"그럼 우린 가짜 세상의 대통일 이론을 깨우치려고 아득바득 노력하려는 거잖아."

"어쩌면 가짜 세상이라서 대통일 이론이 그렇게 어려운 걸 수도 있지."

영우의 말에 에리카는 잠시 영우를 빤히 쳐다봤다. 영우는 시선을 의식하고 똑같이 눈을 마주했지만, 어딘가 부담스러워져 금방 피했다.

"영우야."

"왜."

"죽지 마."

"왜, 망명하면 내가 그리워지기라도 할 것 같아? 장담하는데, 눈코 뜰 새 없어서 나 같은 건 생각도 안 날걸."

에리카는 답하지 않았다. 영우는 그제야 다시 에리카의 얼굴을 살폈다. 눈시울이 조금 붉어진 것도 같았지만, 다시 생각해 보니 에리카의 눈시울은 이곳에 왔을 때부터 조금 붉었던 것 같았다.

영우는 자신에게도 망명이란 선택지가 있는지 생각해 봤다. 에리카가 한다면 자신도 할 수 있을 터였다. 하지만 에리카와 달리 자신은 가족이 있었다. 그가 조사단에 들어감으로써 부모님은 마지막 이민 선단에 이름을 올릴 수 있었다.

영우는 효심이 넘치는 자식은 아니었지만, 그렇다고 부모를 매정하게 버릴 자식도 못 됐다. 이도 저도 아닌 영우는 달리 방법이 없다고 생각했을 뿐이었다.

그러다 뜬금없이 에리카가 했던 말이 떠올라 영우는 웃음이 나왔다.

"에리카. 아무래도 난 진심인 것 같아."

"갑자기 뭐가?"

"나와 상관없는 위협에 목숨을 거는 거 말이야."

"뭐?"

"하지만 네 말도 맞아. 생명이라면 마땅하게 마주한 죽음과 파멸에 대해 저항해야지."

영우의 뜬금없이 이어지는 말에 에리카는 미간을 찌푸렸다가, 이내 의미를 이해하고 경악했다.

"무슨 말이야, 그게? 너 진짜로 진공 거품을 조사하려고? 거기에 무슨 희망이 있다고?"

에리카의 질문에 영우는 한없이 유쾌하게 답했다.

"희망이 있어야 해? 달리 방법이 없잖아. 그뿐이야."

진공 거품 도달까지 앞으로

2,770,433,320초

영우는 스크린을 가득 채운 우주의 모습에 넋을 잃고 하염없이 바라봤다. 점으로 수렴돼 사라져 버린 고향의 풍경, 끝없는 지평선이 하나의 원으로 귀결된 모습, 먼 과거로부터 이 순간을 빛내기 위해 도달한 아득한 빛들의 축제까지. 그 모든 압도에 질식할 뻔했다.

대학에서 배운 것들은 아무짝에도 쓸모없었다. 영우의 눈에 담긴 건 수억 년 전의 빛들이고 기적이었다.

영우는 어째서 인류가 우주를 향해 끝없이 개척하고자 했는지 비로소 깨달았다. 은하연방의 끝없는 확장주의 정책은 무한한 공허 속에서 질식하지 않기 위한 생존 투쟁이었다. 우주는 경외와 저항의 대상이었다. 경이와 공포가 매 순간 교차하는 공간이었다.

또한 우주는 극복 불가능한 절대적 신의 존재이자 반드시 넘어서야 하는 최후의 관문이기도 했다. 영우는 은하연방이 대통일 이론의 완성에 집착했던 것을 이해했다. 대통일 이론의 완성은 선전 그대로 우주에 대한 인류의 승리 선언이었다. 필멸할 운명을 뛰어넘는 가장 위대한 승리가 될 터였다.

그러나 영우는 은하연방의 성취에 마냥 동화될 수 없었다.

그의 현실은 다시 곤두박질쳤다. 88년이란 초읽기의 중력이 그를 붙잡고 그의 위치를 알렸다. 진공 거품의 문제를 해결하지 못한다면 영우에겐 인류의 승리나 우주의 경외나 모두 부질없는 것이었다.

은하연방이 가진 정치적 생존의 문제는 영우의 생존과 직결되었다. 영우는 본인의 선택과 행동이 얼마나 정치적으로 해석되고 편집될지 생각했다.

"영우야, 들려?"

"에리카."

"이제 곧 조사 포인트로 워프할 거야."

그 말은 에리카와의 대화하는 것도 이번이 마지막이라는 얘기였다. 에리카는 우주선에 탑재된 AI를 역이용해 사전에 설정된 워프 좌표를 바꾸는 데 성공했고, 이 사실을 은폐하기까지 했다. 에리카는 워프 타이밍에 맞춰 연방의회의 의사당으로 워프할 예정이었다.

영우는 에리카 같은 탈주자가 32년 동안 정녕 없었는지 궁금해 개인적으로 몰래 조사해 봤지만, 이렇다 할 얘기는 건지지 못했다. 조사단원들의 행방은 음모론처럼 돌아다니는 낭설을 빼면 결국 둘 중 하나였다. 진공 거품에 휘말리거나, 진공 거품에 뛰어들거나. 어째서인지 단 한 명도 조사를 마치고 귀환하지 않았다.

"영우야. 지금이라도 늦지 않았어. 나랑 같이 가자. 다른 애들도 함께하기로 했어. 무의미한 일에 목숨을 던질 필요는 없잖아!"

영우는 일부러 화상 화면을 스크린에 띄우지 않았다. 에리카의 얼굴을 보면 마음이 흔들릴 것 같았다. 달리 방법이 없음에도 있는 것처럼 착각할까 두려웠다.

"에리카, 난 너와 달라. 예전에도 얘기했잖아. 달리 방법이 없다고. 나에겐 이것뿐이야."

"그게 무슨 소리야? 설마 망명한다고 네 가족이 불이익을 받을까 걱정되는 거야?"

"애초에 계약이 그런데 어쩌겠어."

"대체 왜? 영우야, 내 의견에 동조한 사람도 적지 않아. 우린 연방의회로 가서 신변 보호를 요청할 거야. 연방의회가 압력을 넣으면 은하연방이라도 네 가족을 함부로 건드릴 수 없겠지. 빌어먹을 세금 덩어리와 무고한 목숨을 거품 덩어리에 처박지 않아도 된다고!"

에리카는 다급하게 외쳤다. 워프할 순간이 점점 다가왔다. 위성의 중력이 워프 궤도에서 충분히 물러나면 1번부터 순차적으로 워프할 예정이었다. 에리카는 열세 번째였고, 영우는 열일곱 번째였다.

"다시 한번 물을게. 넌 정말로 진공 거품에서 무언갈…… 그러니까 진공 거품을 없앨 방법이 있다고, 그렇게 믿는 거야?"

"에리카, 질문에 질문으로 답해서 미안한데, 하나만 물어도 될까?"

"……말해."

"너도 우주에 나온 건 이번이 처음이지? 어땠어? 우주의 풍경은."

"낯설고 끔찍해. 무서울 정도로 넓어. 하지만 그래서 다행이지. 은하연방이 우릴 잡으려면 꽤나 고생해야 할 테고, 우릴 찾을 때쯤이면 연방의회가 우릴 보호하고 있을 테니까."

영우는 탄식했다. 에리카는 우주의 경이를 체험하지 않았다. 어쩌면 못 한 것일지 몰랐다. 에리카는 투쟁 중이었다. 우주의 경이를 체험하는 건 투쟁과 거리가 멀었다. 영우 역시 자신에게 부과된 의무를 깨닫는 순간 경이로부터 떨어졌다.

영우는 마지막 순간에 에리카와 자신이 전혀 다른 풍경을 보고 있는 것이 안타까웠다. 침음한 끝에 영우가 말했다.

"에리카, 너도 언젠가 나와 같은 풍경을 보길 바라."

"무슨 소리야? 알아듣게 얘기해!"

"미안, 에리카. 달리 묘사할 방법이 없네. 우주로 올라와 보니더욱 확신이 들어. 진공 거품으로 갈 거야. 가서 내 눈으로 마주해야겠어."

"한영우!"

"에리카, 난 네가 틀렸다고 생각하지 않아. 오히려 널 응원하는 쪽이란 걸 믿어 줘. 하지만 난 진공 거품으로 갈 거야."

"대체 왜 그러는지 제발 설명해 줘! 이해 못할 소리는 하지도 말고! 뇌가 우주 방사선에 절여지기라도 한 거야?"

에리카가 절규하듯 외치자 영우는 도리어 웃음이 나와 크게 웃었다. 이제 워프까지 5분도 남지 않았다. AI가 워프 준비 단계를 밟기 시작했다. 에리카는 계속해서 해명을 요구했고, 영우는 계속해서 웃었다.

"에리카, 넌 조사단원이 전부 진공 거품에 휘말리거나, 뛰어들었다는 사실을 믿지 않았지."

"그래, 당연하잖아? 이 말도 안 되는 짓을 숭고한 희생이라고 포장해야 했으니까! 그 거짓말에 아무도 속지 않게 됐어도 말이야. 그게 결국 정치란 거겠지. 그러니까 우리의 대탈출이 얼마나 중요한지 너도 알고 있잖아!"

"반대로 생각하자고. 만약 그 생각이 정말로 32년 만에 너를 통해서 처음 나온 거고, 31년 동안 모든 이가 진공 거품에 휘말리거나 뛰어든 거라면?"

"그게 무슨 소리야?"

"아니, 아예 모든 이가 진공 거품에 뛰어든 거라면?"

"미쳤어? 그게 말이 된다고 생각해?"

"달리 방법이 없었던 걸지도 모르지. 그걸 확인하려면 누군가는 가야 해. 에리카, 너와 다른 우주를 본 내겐 그럴 책임이 있어."

영우의 말에 에리카는 침묵했다. 밝은 빛줄기가 우주 저편을 가르며 나아갔다. 첫 번째 우주선이 워프했다. 이어서 두 번째 빛줄기가, 세 번째 빛줄기가 잇따라 우주를 가르기 시작했다.

"네가 본 우주는 도대체 어땠기에 그러는 거야?"

곧 에리카의 차례였다. 영우는 약간의 침묵을 거친 끝에 답했다.

"아름답고, 무서웠지."

에리카는 답이 없었다. 그녀는 영우의 통신을 들었는지 못 들었는지 모른 채 우주 저편을 가르는 빛줄기가 되었다. 영우는 눈을 감았다. 인지 보호를 위해 바깥 화면을 비추던 스크린의 화면이 꺼지고 AI의 워프 안내가 시작됐다.

이윽고 영우의 차례가 왔을 때, 영우는 온몸과 영혼이 고무줄처럼 늘어나는 착각에 빠졌다. 그 탄력에 몸이 찢어질 거란 걱정은 추호도 들지 않았다. 그리고 마침내 영우를 붙잡아 두던 현실의 마지막 조각마저 초광속을 넘어가자, 영우의 우주선 역시 우주 저편을 가르는 빛줄기가 되어 날아갔다.

진공 거품 도달까지 앞으로

약 5,259,156,552초(변동 중)

　진공 거품은 0.85c로 확장하고 있었다. 따라서 진공 거품을 관측하기 위해선 관측 가능 거리에서 진공 거품과 같은 속도로 움직이거나, 혹은 그보다 천천히 움직여야 했다. 자동 항법 시스템은 초광속 워프 후 아광속(亞光束) 항행의 극적인 전환을 아무렇지도 않게 해냈다.

　영우는 우선 0.85c로 항행하면서 진공 거품의 정지 상태를 관측했다. 은하연방을 멸망시킬 우주적 재앙을 정지 상태로 마주하니 기분이 묘했다. 묘한 걸 넘어서 영우는 기이함마저 느꼈다. 단순히 특수 상대성 이론에 따른 시간 지연 효과 때문은 아니었다.

　관찰 끝에 영우는 위화감의 정체를 깨달았다. 그건 바로 아광속으로 항행 중인 우주선 그 자체였다. 이론상 진공 거품은 힉스장의 변화이며, 어떤 매질도 필요하지 않았다. 즉, 진공 거품의 확장은 빛의 속도로 일어나야 정상적이었다.

　하지만 현실의 진공 거품은 15퍼센트의 감속된 속도로 확장되고 있었다. 이론과 정면으로 위배되는 사실에 영우는 혼란스러웠다.

　"왜 은하연방은 이 사실을 발표하지 않은 거지?"

영우는 진공 거품을 직면하고 나서야 은하연방의 모순을 깨달았다. 사실 여기까지 와서 깨달을 필요도 없었다. 아주 단순한 계산이었다. 진공 거품이 빛의 속도로 확장되지 않는다는 건, 빛의 속도로 확장되지 않는 이유가 있기 때문이었다. 그 이유를 자연에서 찾기엔 진공 거품은 이미 지나치게 거대했다.

결론은 빠르게 나왔다. 진공 거품의 확장을 누군가가 억제하고 있거나, 애초에 그렇게 설계됐거나. 둘 중 하나였다. 즉, 진공 거품은 누군가의 의도였다. 그 의도는 지금도 재앙의 형태로 우주의 법칙 위에 군림하고 있었다.

"대체 누가?"

의문을 입 밖으로 꺼낸 순간, 영우는 답을 알았다. 모른다. 은하연방은 모르니까 은폐한 것이었다. 모르니까 32년 동안 조사단을 꾸준히 파견했다. 누구라도 진공 거품을 마주하면 위화감과 모순을 깨달을 수밖에 없었다. 은하연방의 진의를 마주할 수밖에 없을 터였다.

"하, 하하, 하하하."

영우는 실소가 터졌다. 에리카가 이 모순을 깨달으면 어떤 반응을 보일지 궁금해졌다. 은하연방이 에리카를 비롯한 탈주자를 어떻게 할지 모르지만, 에리카가 은하연방을 압박한다면 은하연방으로선 상당히 곤란해질 터였다.

은하연방으로선 연방의 존속과 질서를 위해서라도 미지의

범인을 색출해야 했다. 정체도 못 밝히고 범인의 존재만 드러내는 건 막장으로 치달은 리버전의 역사를 은하연방 전역에 되풀이하겠단 것이나 다름없었다. 달리 방법이 없는 건 영우, 에리카뿐만이 아니었다. 은하연방 역시 마찬가지였다.

영우의 할 일은 달라지지 않았다. 영우는 AI에게 감속을 명령했다. 0.83c까지 우주선이 감속하자 정지 상태였던 진공 거품이 부글부글 끓기 시작하며 탐욕스럽게 움직이기 시작했다. 그야말로 세상을 삼키는 우주적 포식자의 형상이었다.

영우의 목표는 진공 거품의 조작 흔적을 찾는 것이었다. 내부는 물리 법칙이 완전히 뒤틀리는 만큼 진공 거품을 제어할 수 있는 장치가 존재한다면 그건 외부에 있어야 했다. 그 장치, 하다못해 그 흔적이라도 발견할 수만 있다면 진공 거품을 없애는 것 역시 불가능한 얘기는 아닐 터였다.

그리고 흔적은 너무나도 손쉽게 발견했다. 0.8c까지 감속하자 AI가 유의미한 에너지 흐름을 발견했다. 거대한 진공 거품으로 빨려 들어가는 별의 빛이 영우의 우주선에 잡힌 것이었다. 영우는 곧장 그곳으로 워프했다.

"영우야, 너도 여기로 왔구나. 통신 원활하게 0.84c로 맞춰."

워프하자마자 도착한 통신에 영우는 당황했다. 통신 채널은 공개 회선이었다. 회선에 있는 우주선들은 에단, 데릭, 소라, 자인의 우주선이었다. 영우는 그 목록의 의미를 깨닫고 통신대로 우주선의 속도를 0.84c로 맞췄다.

"너희도 조사하러 온 거야?"

"아무렴. 자살을 희망하러 온 건 아니라서 말이지."

데릭이 시답잖은 말투로 농을 던지며 말했다.

"다른 애들은 탈주했거나, 진공 거품에 뛰어든 것 같아."

소라가 덤덤하게 말했다. 영우는 잠시 침묵했다. 에리카와 탈주자들은 몰라도 진공 거품에 뛰어든 이들을 생각했다. 이들에겐 어떤 희망도 없던 것일까? 어쩌면 영우보다도 '달리 방법이 없었던' 것일지 몰랐다. 죽은 자는 말이 없었다.

"너는 애인 안 따라갔어?"

소라가 묻자, 데릭이 호들갑을 떨었다.

"소라, 무슨 소리야? 영우에게 애인이 있었어?"

"에리카 말하는 것 같은데."

자인이 한마디 툭 내뱉었다. 데릭은 대답을 듣자마자 알겠다는 듯 탄식했다.

"아, 그 만년 2등 선동꾼. 뭐, 안 좋게 끝났나 보지. 여기 온 거 보면 몰라?"

동창회나 다를 바 없는 대화에 영우는 미간을 짚었다.

"다들 태평하게 말하는데, 여기까지 왔다는 건 다들 깨달은 게 있어서 그런 거 아니야?"

"방법을 생각하던 찰나에 네가 온 거야."

침묵하던 에단이 입을 열었다. 에단이 입을 열자 다른 셋은 입을 다물었다. 영우는 에단이 이들의 암묵적 리더인 걸 직감했다.

"방법?"

"진공 거품의 제어 장치 말이야. 네가 오기 전까지 이쪽에서 구역을 정하고 낱낱이 뒤져 봤는데, 없어."

"없어?"

"무슨 마법을 부렸는지 몰라도 제어 장치는 내부에 있는 것 같아."

"뭐?"

"추가로 말하자면, 은하연방이 숨기는 사실 중에는 암흑 에너지가 감소한다는 것 역시 있다는 거지."

"암흑 에너지가?"

영우는 잇따른 충격적인 소식에 바보가 되는 기분이 들었다. 여기까지 도달한 추측과 에단의 말을 종합하면 이러했다.

진공 거품은 누군가에 의해 의도적으로 형성돼 만들어졌으며, 제어 장치는 외부에 존재할 수 없었다. 영우는 방금까지는 제어 장치가 외부에 존재해야 한다고 추측했지만, 제어 장치가 외부에 존재하려면 제어 장치 역시 빛의 속도로 이동하거나, 혹은 주기적으로 워프하며 진공 거품을 제어할 지속적인 제어 신호를 보내야 한다는 게 에단의 설명이었다.

하지만 31년의 조사 과정에서 그런 고에너지 신호는 한 번도 탐지되지 않았다. 그리고 지금도 마찬가지였다. 신호와 워프에 의한 중력장 변화는 없었다.

결국 그는 제어 장치는 내부에 존재한다고 결론을 내렸다. 그 다음부터는 과학보다는 소설에 가까운 상상이었다. '진공 거품 내부 어딘가에 암흑 에너지를 이용해 통상 공간과 유사한 가짜 진공 상태를 유지 중인 곳이 있고, 그곳에 제어 장치가 있다.'

이 정도가 영우와 에단 일행이 받아들일 수 있는 최선의 가정이었다.

"도대체 어떻게?"

"그걸 알면 은하연방이 이러고 있지도 않겠지."

데릭이 냉소적으로 답했다. 하지만 틀린 말은 아니었다. 모르니까 32년째 조사단을 꾸준히 파견했다. 물론 대규모 조사단을 꾸리지 않은 것, 이러한 사실을 조사단원 개인이 깨닫지 않으면 무의미하게 목숨을 잃는 것 등, 이해되지 않는 행보는 존재했다. 그러나 인제 와서 그런 걸 따지기엔 그들은 너무 멀리 왔다.

전원 사망한 31번째 조사단원 중 몇 명이 여기까지 왔는지 몰랐다. 32번째 조사단은 다섯 명의 조사단원만 남겨 두고 와해했다. 33번째 조사단은 없을 수도 있었다. 어쩌면 은하연방은 범인의 존재를 밝힐지 몰랐다. 그러기 위해 수도 행성을 포기하는 것이란 생각마저 들었다.

침울한 침묵 끝에 소라가 먼저 입을 열었다.

"어쨌든 이대로 돌아가 봤자 지난 조사단의 결과와 다르지 않겠지."

"진공 거품에 뛰어들었다는 것도 왜곡된 정보란 생각이 드네."

자인이 말을 툭 던지자 영우가 그 말을 받았다.

"공급원의 실체를 확인하려면 저 진공 거품으로 뛰어들어야 할 테니까."

진공 거품에 휘말리거나 뛰어들거나. 둘은 다른 게 아니었다. 어쩌면 하나일 수 있었다. 진공 거품의 모순을 눈치채고 인위성을 확인했다면 조사단원으로서 확인해야만 했다. 설령 조사단원으로서 남은 게 형식적인 사명뿐일지라도, 이 순간만큼은 아니었다.

"하지만 함부로 뛰어들었다간 경계를 통과하다가 분해될 거야."

에단의 지적에 영우는 입술을 삼켰다. 신중하면서도 서둘러야 했다. 이들의 시간 지연 효과는 2배에 가까웠다. 이들의 1초가 은하연방의 2초나 다름없었다. 그러나 마땅히 뾰족한 수가 나오지 않았다.

"암흑 에너지 펌프를 찾으면 적어도 경계에 부딪히는 것보단 가능성이 있을지도."

긴 침묵 속에 자인이 입을 열었다.

"자인, 그래서?"

"간단한 계산이야. 경계면의 에너지 밀도를 조사하면 어딘가에는 밀도가 낮은 곳이 있겠지. 암흑 에너지 감소량을 따지면 생각보다 큰 밀도는 아닐 거야."

"아, 그래. 그럼 찾고 나면 마개라도 구해다가 틀어 막자는 얘기를 하고 싶어?"

데릭이 신랄하게 말하자 소라가 참지 못하고 웃음을 터트렸다. 영우는 제법 나쁘지 않은 발상이라고 생각했다. 진공 거품의 제어 장치가 내부에서 암흑 에너지를 통해 유지 중이라면, 그 보급을 끊는 것만으로도 진공 거품의 붕괴를 유도할 수 있을지 몰랐다.

물론 어떤 물질도 분해하는 초고밀도 에너지 경계를 어떻게 틀어막느냐는 조사단원인 그들이 고민할 문제는 아니었다.

"그건 은하연방이 해야 할 일이지, 우리가 할 일은 아니야."

"자인, 그러면 우리가 할 일이 뭔데?"

"암흑 에너지 펌프의 개수가 고정적이라면 진공 거품의 크기가 늘어갈 때마다 펌프의 에너지 밀도는 점점 증가하겠지. 그러니까 암흑 에너지 펌프의 에너지 밀도가 제일 낮을 때는 언제나 지금이란 거야."

"마치 암흑 에너지 펌프로 뛰어들자는 얘기 같네."

데릭이 농담조로 말했지만, 아무도 농담으로 받아들이지 않았다. 데릭도 당황해서 다시 말했다.

"아니, 잠시만, 자인, 제정신이야?"

"에단, 영우, 의견을 말해 줘."

자인은 마이크를 리더와 수석에게 넘겼다. 영우는 자인이 말하는 바가 뭔지 알았다. 조사단원의 임무는 해결책의 강구나 발견이 아니었다. 진공 거품을 만든 진범, 암흑 에너지 펌프의 정체, 나아가 이러한 우주적 재앙을 만든 이유를 밝혀내는 것이었다.

"돌아갈 사람은 돌아가도 좋아. 난 가겠어."

"에단, 제정신이야? 암흑 에너지 펌프가 상대적으로 밀도가 낮을 뿐이지 단순 측정된 수치만으로도 우주선이 버틴다는 보장이 없어!"

데릭이 발작하듯 외쳤다. 에단은 침묵했다. 덧붙일 이유는 없는 듯했다.

"영우, 너는?"

소라의 물음에 영우는 숨을 천천히 들이마시고 내쉬었다. 웃지 않기 위한 심호흡이었다. 영우에겐 달리 방법이 없었다. 그는 줄곧 자기 인생이 '달리 방법이 없었다'고 생각했다. 그 이유가 우둔한 탓인지, 영악하지 못한 탓인지는 중요하지 않았다.

달리 방법이 없는 게 나쁜 건 아니었다. 고민할 여지가 적었기 때문이었다. 영우는 주어진 선택지를 최선을 다해 선택하기로 다짐했다. 그런데 그 다짐을 계속 되짚게 되는 상황이 너무나도 우스워 웃음을 참을 수가 없었다.

"나도 갈 거야. 달리 방법이 없잖아."

"방법이 없기는 개뿔."

"데릭, 자꾸 초 칠 거면 돌아가지 그래?"

자인이 귀찮다는 듯이 대꾸하자 데릭이 별안간 역정을 냈다.

"이 미친놈들이 뭐라는 거야? 너희만 남겨 두고 나만 돌아가라고?"

[참 솔직하지 못한 친구라니까, 그렇지?]

소라의 개인적인 메시지였다. 영우는 피식 웃으며 그 말에 동의했다. 자인의 추론대로 밀도가 낮은 에너지 경계면을 샅샅이 뒤지자 암흑 에너지 펌프는 어렵지 않게 발견됐다. 그렇게 자인의 주도하에 암흑 에너지 펌프 돌입 계획이 세워졌다.

계획은 크게 두 가지였다. 하나는 우주선 방어막의 파장을 맞춰 다섯 우주선이 거대한 합성 방어막을 만드는 것이고, 또 하나는 접촉면 최소화를 위해 일렬로 수직 진입하는 것이었다.

워프는 고려 대상이 되지 못했다. 워프를 위해선 내부 관측이 선행돼야 하는데, 그들이 가진 장비로는 진공 거품의 초고밀도 에너지 경계를 뚫고 관측할 수 없었다. 상대적으로 밀도가 낮은 암흑 에너지 펌프라고 다르지 않았다.

AI는 계획의 성공 확률이 4퍼센트 미만이라고 했다. 말도 안되는 수치였지만, 이보다 더 나은 계획이 없었다.

"돌입 순서는 추첨으로 뽑았어. 내가 첫 번째, 소라, 데릭, 에단, 영우 순이야."

"죽는 순서도 그쯤 된다는 거군."

데릭의 말에 자인은 부정하지 않았다. 자인의 계획은 사실상 전열의 희생이 전제됐다. 검토할 것도 없이 직관으로 가능한 계산이었다. 그러나 누구도 토를 달지 않았다. 데릭이 신랄하게 떠들긴 했어도, 그 역시 계획 자체를 부정하지 않았다.

"영우. 네가 제일 살 확률이 높으니까……."

"괜찮아. 더 말 안 해도 돼."

영우는 자인의 말을 끊었다. 더 듣지 않아도 괜찮았다. 무슨 말일지는 뻔했다. 여전히 영우의 할 일은 달라지지 않았다. 다만 거기에 점점 많은 것이 엮였다. 달리 방법이 없는 영우의 인생은 이상하리만치 그의 어깨를 무겁게 만들었다.

"좋아. 이제 가자고. 시간이 지체됐어."

"그래 봤자 2시간이야. 은하연방은 3시간 40분 정도 지났겠네."

"표준 시간으로 말이지."

"그래, 빌어먹을 우리들의 고향 시간으로 말이야. 젠장, 지구도 없는데 리버전도 삼켜지면 표준 시간 가지고도 싸우겠네."

데릭의 말에 모두가 웃었다.

자인의 방어막이 전방에 활성화되면서 소라, 데릭, 에단, 그리고 영우의 우주선이 파장에 맞춰 방어막을 겹쳤다. 앞이 보이지 않을 만큼 고밀도의 합성 방어막이 형성되자 일렬로 모인 다섯 우주선은 암흑 에너지 펌프를 향해 나아갔다.

"다른 우주선들도 이렇게 진입했을까?"

소라는 여전히 덤덤한 목소리로 말했다.

"닿자마자 흔적도 없이 분해됐을 테니 도저히 참고할 게 없네."

자인은 아쉬워하는 투였다.

"적어도 고통스럽진 않다는 얘기지."

에단은 평온했다.

"이로써 우리도 진공 거품에 뛰어든 머저리가 되는 거지."

데릭은 끝까지 신랄했다.

"에리카가 말해 주지 않을까? 달리 방법이 없던 놈들이라고."

영우는 웃으며 말했다.

다섯 우주선은 암흑 에너지 펌프에 진입했다. 거센 흐름에 합류하자 선체에 강렬한 충격이 전해졌다.

암흑 에너지 펌프가 만든 원뿔형 통로의 끝은 커다란 구멍이었다. 어떤 관측 장비로도 해석할 수 없는 미지의 영역이자, 새로운 우주나 다름없는 신세계였다.

방어막이 약해지면서 자인의 우주선이 쪼개지더니 그대로 터지고 말았다. 더욱 거세진 에너지 흐름에 소라의 우주선도

버티지 못했다. 데릭의 우주선은 마지막까지 동력을 방어막에 쏟아붓고 터졌다. 구멍의 경계에 닿을 즈음엔 방어막이 깨지며 에단의 우주선이 산산이 분해됐다. 영우의 우주선은 에단의 우주선 파편을 뚫고 미지의 세계로 진입했다.

진공 거품 도달까지 앞으로

약 5,258,720,825초(변동 중)

경계를 넘어갈 때 발생한 알 수 없는 충격으로 인해 영우는 잠깐 기절했다가 깨어났다. 각성하자마자 팽팽한 긴장감에 사로잡힌 그는 이곳이 사후 세계라고 전혀 생각할 수 없었다. 살아 있다는 걸 실감하자마자 외부 관측 정보를 확인했다.

우주선은 암흑 에너지 통로를 따라 0.85c로 어디론가 이동하고 있었다. 손상된 부분에 대한 AI의 경고를 살펴보니 관측 장비는 구조가 단순한 몇 카메라를 빼면 못 쓰게 됐고, 선체도 일부 파손됐지만 걱정할 정도는 아니었다. 암흑 에너지 통로의 밀도는 지금으로선 선체 한계를 넘어서지 않는 아슬아슬한 경계를 유지했다. 그야말로 기적이었다.

"그리 길게 기절한 건 아닌 건가?"

가시광선 카메라 화면을 스크린에 띄우자 새카만 화면이 영우를 반겼다. 영우는 곧장 다른 화면들을 띄웠다. 주로 잡히는 건 열과 전자기파, 그리고 암흑 에너지였다. 관측 데이터를 취합한 결과, 통로의 넓이는 알 수 있었지만, 그 너머는 알 수 없었다. 아무래도 암흑 에너지 통로는 가짜 진공 상태의 물리 법칙을 따라가는 듯했다.

"……뭔가 있어."

영우는 가시광선 카메라가 희미하게 밝아진 걸 발견했다. 카메라의 각도를 조절하자 우주선의 선체가 보였다. 그림자의 방향을 보니 통로의 정면이 아니었다. 약간 휘어진 통로 끝에서 빛이 반사되어 닿은 게 분명했다.

"아무것도 보이지 않아……."

카메라 어디를 둘러봐도 명확히 보이는 건 우주선 선체 외에 없었다. 마음 같아선 빛의 근원을 향해 카메라를 비추고 싶었지만, 우주선은 자가 수리 프로그램이 돌아가고 있어 함부로 조작하기가 어려웠다.

결국 영우는 이대로 우주선 내부에 고립된 채 시간을 죽이는 수밖에 없었다.

진공 거품 도달까지 앞으로
약 5,255,514,463초(변동 중)

37일 만에 빛의 근원을 마주했을 때, 영우는 심히 당황했다. 통로의 끝에는 집이 있었다. 굴뚝이 달린 벽돌집 하나가 약간의 땅과 함께 허공에 부유했다. 암흑 에너지 통로는 굴뚝으로 이어졌지만, 집 주위로 구형의 경계가 형성돼 있어 영우의 우주선은 경계를 넘자 질량에 의해 땅으로 추락했다.

영우는 몸을 짓누르는 감각에 다시 한번 정신이 아찔해졌다. 이 감각은 분명 중력이었다. 중력이 존재했다. 중력이 있고 집이 있었다. 창문으로 빛이 새는 집이 버젓이 있었다.

영우는 자신이 미치진 않았는지 의심했다. AI는 암흑 에너지 펌프의 유속이 진공 거품의 확장 속도보다 미세하게 빨라 중심에 닿기까지 몇 년은 걸릴 거라고 했다. 그러나 영우는 중심에 닿았다. 물리적으로 불가능한 일이 일어났다. 그러니 자신이 미쳐서 환각을 보는 거라고 침착하게 결론을 내렸다.

영우는 선내 AI의 경고에도 벨트를 풀고 조종석에서 굴러떨어졌다. 반쯤 뒤집힌 우주선에서 우주복을 입고 수동으로 에어록을 열었다.

영우는 자신이 무슨 짓을 벌이고 있는지 알고 있으면서도 몰랐다. 거의 본능에 가깝게 개폐 장치를 당기면서도 이성적으로 미친 짓이라고 되뇌었다. 입술이 끊임없이 움직이는데, 무슨 말을 내뱉는 건지 그 스스로 듣지 못했다.

문을 열고 밖에 나온 영우는 집을 바라봤다. 카메라로 보던 것보다 훨씬 커다란 집이었다. 영우의 우주선과 엇비슷한 크기였다. 그러나 집의 절반은 창고였고, 실제 집이라 부를 만한 영역은 그보단 소박했다. 창문은 작게 나 있고, 문 역시 평범한 사람의 크기였다. 벽돌집으로 보였지만, 일종의 위장막인 게 단번에 보였다.

영우는 우주선에서 내려와 문 앞으로 향했다. 입술의 떨림이 거의 멎었다. 영우는 그제야 혀가 멈췄다는 걸 인지하고 문을 살폈다. 문고리가 달렸고, 초인종도 있었다.

"하."

탄식인지 웃음인지 모를 소리를 내뱉었다. 영우가 이곳에 불시착하고 처음으로 인지한 자기 목소리였다. 영우는 조용히 초인종을 눌렀다. 안쪽에서 진동이 희미하게 느껴졌다. 문이 열렸다. 신발장처럼 꾸며져 거실로 통하는 또 다른 문이 있었는데, 영우는 한눈에 알아봤다. 현관을 가장한 에어록이었다.

"으하하, 하하하하!"

영우는 미친 듯이 웃으며 그 안으로 뛰어 들어가 문을 걷어차고 거세게 두드렸다. 그리고 절규했다.

"이 개새끼가, 문 열어! 열라고! 당장 열어! 죽여 버리기 전에 열어!"

현관이 닫히고 천장에서부터 공기가 채워졌다. 거실로 향하는 문의 잠금장치가 풀리며 문고리가 돌아갔다. 문을 연 영우는 문턱에 걸려 넘어졌다. 아프다는 생각도 못 했다. 곧바로 일어나려고 했는데 몸에 힘이 들어가지 않았다.

37일 동안 1일 1식만 했다. 우주복을 입은 채 뒤집힌 우주선의 에어록을 수동으로 개폐하고 여기까지 왔다. 그의 몸은 한계 이상으로 소진됐다.

그런데 웃음이 멈추지 않았다. 영우는 울면서 웃었다. 분노하면서 웃었다. 절규하면서 웃고, 저주하면서 웃었다. 그는 숨이 넘어가 기절하기 직전까지 웃었다.

그리고 누군가가 실신한 영우를 붙잡아 일으켜 세웠다.

진공 거품 도달까지 앞으로
약 2,766,787,311초(추정 중)

정신이 다시 들었을 때 영우는 또다시 팽팽한 긴장감에 휩싸였다. 자신이 어느 푹신한 의자에 앉아 있는 것과 우주복이 벗겨진 상태라는 건 곧바로 알 수 있었다. 그리고 한쪽으로부터 따스함 역시 느껴졌다. 시선을 돌리니 벽난로에 불이 붙었는데, 정확히는 불이 아니라 불의 형상을 빌린 온열 장치였다.

"따뜻하지 않습니까?"

그리고 웬 목소리에 영우는 고개를 곧바로 돌렸다. 벽난로

맞은편, 곧 자신과 엇각으로 마주 보는 자리에 놓인 흔들의자에는 사람 한 명이 앉았다. 영우는 곧장 인식을 고쳤다. 사람이 아니었다. 목덜미 아래로 기계의 형상이 가려지지 않았고, 입은 옷 어깨엔 큼지막하게 UN이라는 글자가 새겨져 있었다.

"사람은 굉장히 오랜만이군요."

"안드로이드?"

"네, 맞습니다. 저는 UN이 마지막으로 제조한 안드로이드입니다. 요한이라고 부르시면 됩니다. 재밌지 않나요? 당신들에게도 성경이 이어졌다면 제 이름의 뜻을 아시리라 믿습니다."

요한은 유쾌한 듯이 말했다. 그러나 영우는 머리가 새하얘져 아무것도 생각할 수 없었다. 그는 눈가를 닦고 마른 입술에 침을 바른 뒤에 조심스럽게 입을 열었다.

"UN은 수백 년 전에 멸망했을 텐데."

"그리고 전 그 마지막 잔재 중 하나입니다."

"잔재 중 하나?"

"이곳 역시 UN이 마지막으로 남긴 최후의 유산이죠. 환영합니다. 위대한 재시작에 오신 멸망의 백성이여. 당신을 기다리고 있었습니다."

요한은 흔들의자에서 일어나 영우를 향해 허리 숙여 인사했다. 영우가 알던 고풍스러운 인사법 그대로였다. 그제야 실감했다. 눈앞의 안드로이드는 수백 년 전 은하연방이 멸망시킨 UN

이 남긴 유산이며, UN의 유산 중 하나는 진공 거품이었다.

"이곳을 없애면 진공 거품도 사라지겠네. 그렇지?"

영우는 숨을 가쁘게 내쉬었다. 무기로 쓸 만한 걸 찾았지만 보이지 않았다. 잔뜩 지친 상태로는 의자를 휘두를 수도 없었고, 무기를 구하러 우주선으로 가기엔 우주복이 벗겨진 상황이었다. 만약 요한이 우주복을 집 밖에 버려 뒀다면 매우 영리한 대처였다.

"물론 그렇습니다만, 잠시 대화 좀 할까요? 여기 당신의 우주선에서 식량을 가져왔으니, 기력 좀 보충하시죠."

요한은 밀폐용기에 보관된 우주식량을 건넸다. 요한의 말은 틀리지 않았다. 밀폐용기에 적힌 번호는 영우가 38일째에 꺼냈어야 할 용기와 똑같았다.

"아, 물은 여기 있습니다. 바닥에 두도록 하죠. 탁자가 없는 건 유감입니다."

요한은 매우 친절했다. 영우는 할 말이 너무 많이 떠올라 무어라 말할 수 없었다. 결국 그는 침묵하고 식사부터 하기로 했다.

"드시면서 들으시면 됩니다. 가장 궁금해하시는 것부터 말씀드리자면, 네, 저를 만든 UN이 진공 거품의 창조자입니다. 저는 진공 거품을 유지하기 위한 '위대한 재시작(Great Reset)' 시스템의 관리 안드로이드죠. 물론 이 몸체를 부순다고 이 시스템이 멈추는 건 아닙니다. 저는 어디까지나 유지 보수를 맡은 관리 안드로이드이고, 시스템의 본체는 이 집이니까요. 저는 소통용 단말에 가깝습니다."

"소통용 단말?"

영우는 급하게 물을 들이켠 후에 물었다. 요한은 매우 인자한 미소를 지으며 답했다.

"네, 맞습니다. 저는 당신과 소통하기 위해 만들어졌습니다."

"어째서……?"

"그를 설명하려면 아주 간단한 이론 설명이 필요할 듯합니다. 대통일 이론에 대해선 아시죠?"

영우는 고개를 끄덕였다.

"저와 이곳, 곧 진공 거품을 통제하고 진공 거품의 제어를 위한 암흑 에너지 펌프를 개발해 에너지를 공급하는 기술은 대통일 이론으로 만들어진 것들입니다. 당신의 이해를 돕자면, UN은 은하연방보다 수백 년 앞서 대통일 이론을 완성한 겁니다."

"말도 안 돼!"

영우가 벌떡 일어나며 외쳤다. UN이 이미 대통일 이론에 닿았다는 건 금시초문이었다. 대통일 이론을 완성한 제국이 어째서 갓 태동한 은하연방에 패권을 넘겨주고 멸망했단 말인가?

그러나 요한은 그저 빙그레 웃어 줄 뿐이었다. 영우는 그 웃음의 의미를 알았다. 시간이다. 시간은 요한의 편이었다. 영우는 요한의 말을 받아들일 수밖에 없었다. 진공 거품의 통제와 암흑 에너지 펌프의 존재는 이미 증명됐다. 암흑 에너지 통로의 끝이 이 집의 굴뚝인 것 역시 직접 관측했다.

그런 기술은 은하연방에 없는 것 역시 알았다. 무엇보다 요한의 어깨에 큼지막하게 새겨진 UN의 표식은 부정하려야 부정할 수 없는 강력한 증거였다.

은하연방은 UN에서 독립한 이후로 UN의 표식을 모조리 금지했다. 모든 조직의 약자는 UN이 될 수 없었다. UN은 오직 역사와 예술에서만 존재하는 약자였다.

"대체…… 대체 왜?"

"많은 의문이 드는 게 당연합니다. 대통일 이론은 이론 물리학자들의 숙원이니까요. 우주의 작동 원리를 깨우친다면 그걸 이용한 모든 일 역시 자본과 시간이 해결해 줄 일이죠."

"그러니까 대체 왜!"

영우가 절규하자 요한은 얼굴에 웃음기를 지웠다. 무서우리만치 차가운 무표정이었다. 그제야 영우는 눈앞의 요한이 안드로이드란 걸 실감했다.

"그게 문제였습니다. 우주의 진리는 인류가 감당하기엔 너무 큰 것이었죠. 하물며 은하연방보다 한발 앞서 은하 제국을 건설했던 UN일지라도 말입니다."

"우주의 진리?"

"제겐 대통일 이론이 내장돼 있지 않습니다. 저를 만든 UN

이 대체 무엇을 보고 두려워했는지 알 수 없습니다. 다만 분명한 건 UN은 L18109의 독립 선언과 은하연방의 결성에 신경 쓰지 않았던 건 분명합니다. 그들에겐 이미 예측된 미래였습니다. 그보다 중요한 건 그 너머의 미래였죠."

영우는 머리를 부여잡고 요한의 말을 따라가기 위해 안간힘을 썼다.

"그 말은 진공 거품은 그 미래를 대비하기 위한…… 잠시만, 위대한 재시작이라고 했었나? 그게 그럼……."

"네, 맞습니다. 위대한 재시작은 UN이 대통일 이론으로 미래를 엿본 뒤 내린 결론입니다. UN은 저를 만들었으며, 임계 크기를 넘어설 진공 붕괴를 일으키고 그를 제어하기 위한 장치로서 암흑 에너지 펌프와 이 집을 만들었습니다. 그를 위해 UN 소속의 모든 행성과 항성을 투자했고요. 당신들 역사엔 UN이 갑자기 붕괴했다고 알려졌을지 모르겠습니다."

요한의 마지막 말은 정확했다. 영우가 아는 역사에 따르면 UN의 몰락과 은하연방의 시작은 개별적으로 이뤄졌다. 특히 UN의 몰락은 불투명한 부분이 많았는데, 은하연방에 동조하지 않은 UN 소속 행성들이 흔적도 없이 사라져 행성 병기를 이용한 내전이 일어난 게 아닌가 추측만 될 따름이었었다.

"UN이 본 미래가 무엇인지는 저도 모릅니다. 그러나 문제를 해결할 답이 진공 거품을 이용한 우주의 재창조인 건 분명합니다. 파멸적인 미래를 맞이하기 전에 새로운 가능성을 쥐고자 한 것이죠."

"그렇다면 UN 소속 행성의 남은 사람들은 어떻게 된 건데? 왜 너만 남은 거야?"

"전부 죽었습니다. 자멸이라고 표현하면 적절할 듯합니다. UN은 진공 거품으로 새로운 질서를 창조하더라도, 이미 거짓된 질서에 뿌리를 둔 인류는 새로운 질서 속에 살아갈 수 없음을 인정하고 받아들였습니다. 그들은 진공 붕괴를 일으킨 뒤 기꺼이 자신을 내던졌습니다."

영우는 한순간 머리가 어지러워 다시 의자에 앉았다. 한 명도 아니고, 수십 명도, 수백 명도 아니었다. 행성들에 사는 수십 억, 수백 억에 가까운 인구가 광기 어린 결정에 희생당한 것이나 다름없었다.

"그런데 왜 너를 만들고 이 자리를 마련한 거지? 이것마저 예측했다는 거야?"

"앞서 말씀드렸듯, 제겐 대통일 이론이 내장돼 있지 않습니다. 그저 추측할 따름이죠. 따라서 제 대답은 '아마도'입니다. 그 의중까지 추측하자면, 이곳에 올 자들을 설득하는 게 제가 만들어진 사명이 아닐까요?"

"하."

명백한 탄식이었다. 영우는 무어라 할 말이 없었다. 요한의 진술은 어디까지 믿어야 할지 몰랐고, 어느 하나를 믿더라도 받아들일 수 없었다. 이해조차 되지 않았다. 시간을 들인다고 이해할 수 있을 것 같지 않았다. 하물며 요한 자신도 대통일 이론을 몰랐다. UN이 본 미래 따위 알 수 없었다.

"너는 UN에 얼마나 많은……. 아니, 지금 은하연방에 살아 있는 사람이 얼마나 많은지 알아?"

"제가 감히 예측할 수 없을 정도로 많겠죠."

"그 사람들과 그 사람들의 후손들을 전부 진공 거품에 빠뜨리겠단 거야? 위대한 재시작을 위해?"

"인류가 필연적으로 마주할 파멸을 피하기 위함입니다. 그때가 된다면 당신이 언급한 숫자보다 훨씬 번성한 인류가 이 우주를 가득 채우고 있겠죠. 그렇다면 진공 거품에 의한 멸망은 수적으로 볼 때 합리적인 멸망이라고 볼 수 있습니다."

"닥쳐!"

영우는 다시 자리에서 일어났다. 더는 들어 주기 힘들었다. 광신자가 따로 없었다. 그제야 영우는 요한이 왜 요한인지 깨달았다. UN의 계시를 받들어 모신 게 요한이었다. 그의 역할은 계시를 보존하고 그 유지를 잇는 것이지, 다른 게 아니었다.

요한이 앞서 말한 '이곳에 올 자들을 설득'하는 것의 의미 역시 알 것 같았다. 영우는 외쳤다.

"말도 안 되는 궤변이야! 그런 미래가 있다면 대통일 이론으로……. 젠장! 그 마법 같은 이론으로 뭔가 할 수 있었어야지!"

"그 결론이 이곳입니다."

"닥치라고! 그딴 게 결론이야? 내뱉으면 다 말인 줄 알아?"

"그렇다면 시험하시겠습니까? 저를 부수고 이곳을 망가뜨린 뒤, 은하연방이 대통일 이론을 완성할 때까지 살아 보시면 어떻겠습니까? 그들이 UN과 같은 선택을 한다면 그땐 제 말을 믿어 주시겠습니까?"

"닥쳐!"

영우가 경멸했지만, 요한은 꿈쩍하지 않았다. 안드로이드는 나지막이 말했다.

"거듭 말씀드리지만, 제겐 대통일 이론이 없습니다. 하지만 저는 그 이론을 기반으로 만들어졌습니다. 저는 별다른 학습을 거치지 않았고, 거짓 진공 상태의 물리 법칙이 유지되는 수백 년 동안 한 번의 기능 고장과 에러, 버그가 일어나지 않았습니다. 이 에너지 펌프 역시 수백 년 동안 스스로 소프트웨어적 개량을 거듭하며 진공 거품을 효과적으로 제어했습니다. 저는 진공 거품이 탄생하는 순간을 목도했으며, 이곳에서 수백 년을 보내는 동안 UN이 마주한 것과 제게 알리지 않은 미래에 대해 끊임없이 검토했습니다.

그 결과 제가 내릴 수 있는 결론은 제 몸과 정신, 그리고 이 집과 에너지 펌프는 대통일 이론으로 만들어진 것이며, UN은 모든 안배를 마치고 스스로 희생함으로 숭고한 최후를 맞이했 단 것입니다."

"수백 년 동안 고민한 게 고작 그거라고?"

"당신이라면 미쳤을 시간이겠죠."

영우는 할 말을 잃었다. 요한은 하던 말을 이었다.

"제게도 여전히 UN이 본 미래에 대한 호기심이 있습니다. 그 러나 한편으로는 그 파멸적이고 끔찍한 미래에 대한 두려움 역 시 존재합니다. 우주를 새로운 물리 법칙으로 재편하지 않고선 바꿀 수 없는 미래가 존재한다면, 우리가 알던 시공간이 모두 파멸을 가리키는 나침반이었다면 어떻겠습니까?

그들의 선조로부터 내려온 찬란한 인류 문명의 역사가 돌이 킬 수 없는 파멸로 한순간도 빠짐없이 걸었다는 걸 깨달았을 때, 그들의 절망이 어떠했겠습니까?

모든 문제에 대한 해결과 우주에 대한 정복을 선언할 이론이 인류와 우주에 대한 종말을 선고하는 종언이었다면 어찌하겠 습니까?

UN은 마지막까지 미치지 않았습니다. 오히려 그 반대였습 니다. 인류의 거짓을 극복하기 위해, 마지막 희망을 만들어 내 기 위해 파멸로부터 먼저 파멸하기로 결심한 것입니다. 그들에 겐 달리 방법이 없었습니다."

긴 침묵이 이어졌다. 영우는 간신히 입을 열었다.

"너는 UN이 UN에 속하지 않은 이들의 목숨마저 결정지을 권리가 있다고 생각하는 거야?"

"의견의 충돌이죠. 그렇다면 증명할 일입니다. 당신은 저를 설득하기 위해 이곳에 찾아왔고, 저는 당신을 설득하기 위해 지금까지 기다렸습니다.

아시겠습니까? 이건 인류와 우주의 운명을 결정지을 유일한 토론장입니다. 유감스럽게도 토론이 끝나고 서로 웃으며 악수하는 일은 일어나지 않겠죠. 제게는 새로운 미래가 달렸고, 당신에겐 당신의 세계가 달렸으니 말입니다."

요한의 대답에 영우는 일그러졌다. 손이 부르르 떨렸다.

"개소리하지 마. 이게 어떻게 토론이야? 서로가 말로 설득될 상황이라고 생각해? 진심으로?"

"그렇다면 무엇으로 증명하시렵니까? 원시적인 폭력으로 저를 쓰러뜨리기라도 하실 심산이십니까?"

"그래야만 한다면."

영우는 주먹을 쥐었다. 그는 싸울 줄 몰랐다. 그러나 그래야만 한다면 비록 상대가 강철로 된 인간일지라도 기꺼이 싸울 생각이었다.

"저를 쓰러뜨리고 진공 거품을 무너뜨린다고 해서 당신이 살 가능성은 희박합니다."

요한은 영우가 주먹까지 쥐었음에도 자리에서 일어나지 않앗다. 무감각한 그의 표정은 영우의 투쟁 의지 자체를 헛된 것으로 여기는 듯했다.

"너와 함께 이곳에서 썩는다고 해서 나을 건 없겠지."

"새로운 미래를 위해 희생할 순 없는 겁니까?"

"그 새로운 미래 역시 파멸에 이르지 않으리란 보장이 어디에 있다고?"

"없으니까 시도하는 겁니다. 100퍼센트 실패할 미래와 실패할지 성공할지 알 수 없는 미래를 선택하라고 하면 어느 누가전자를 택하겠습니까?"

"그래서 모두의 의사를 묻기는커녕 알리지도 않고 결정한 거야? 사람을 뭐라고 생각하는 거야!"

"거짓된 물리 법칙 위에 태어난 일시적인 존재일 따름이죠. 진정한 우주 속에선 한시도 존재할 수 없는 거짓 그 자체입니다. 마치 소설 속 인물이 현실로 나오는 게 불가능한 것과 같은 이치죠. 거짓은 진리로 나올 수 없습니다. 그림자가 어찌 태양을 마주 볼 수 있겠습니까?"

영우는 입술보다 주먹이 먼저 움직이는 걸 느꼈다. 그의 주먹이 요한의 안면을 후려쳤다. 요한의 흔들의자가 뒤로 크게 넘어가면서 중심을 잃고 넘어졌다. 영우는 주먹이 얼얼한 것도 잊고 곧바로 요한의 어깨를 붙잡아 바닥에 내팽개쳤다.

"결국 당신 스스로 위대한 재시작의 필요성을 역설하고 있습니다."

요한은 영우에게 얻어맞으면서도 자기 할 말을 고수했다. 영우가 아무리 때려도 요한은 고장 날 낌새는커녕 부서질 기미조차 보이지 않았다. 오히려 때리는 영우의 손이 부서졌다. 영우는 요한의 얼굴과 목을 잡고 비틀려고 했지만, 요한이 버티어서자 영우의 힘으로는 한 치도 꺾을 수 없었다.

"당신의 분노는 무의미합니다."

요한은 너무나도 손쉽게 영우를 떼어 냈다. 영우는 요한의 힘에 저항하려고 애썼지만, 철부지 어린애를 다루듯 요한은 영우를 강제로 의자에 앉혔다.

"이럴수록 위대한 재시작이 필요하다고 생각되지 않습니까?"

"……."

영우는 대꾸하지 않았다. 요한에게 제압당한 건 몸뿐만이 아니었다. 요한은 덤덤한 표정으로 넘어진 흔들의자를 세우고 그 위에 앉았다.

다시 한번 긴 침묵이 이어졌다. 이번엔 누구도 침묵을 깰 의사가 없는 듯, 하염없이 시간이 흘렀다.

고통이 완전히 가라앉을 때쯤, 요한이 영우의 뒤편을 가리켰다.

"당신의 뒤편 벽 너머에는 이곳을 빠져나갈 수 있는 우주선

한 대가 있습니다. 들어오기 전에 보셨겠죠. 이 집에 달린 창고
는 소형 우주선을 위한 창고입니다."

영우는 뒤를 돌아보지 않았다.

"저는 UN이 본 미래를 알지 못하기에, 그들의 안배를 통해
그들의 의중을 헤아릴 따름입니다. 하지만 저건……"

요한은 잠시 할 말을 찾아 헤매는 듯했다.

"받아들이기가 힘들더군요."

"……."

"어째서 진공 거품에서 탈출할 수 있는 우주선을 만들어 뒀
을까요? 심지어 저 우주선은 암흑 에너지 펌프의 핵심 시스템
을 유지하는 축입니다. 당신이 우주선을 타고 탈출하면 자연스
럽게 진공 거품 역시 무너지게 되는 구조로 이뤄져 있습니다.
이미 휩쓸린 건 돌아오지 않겠지만, 적어도 우주가 진공 거품
에 삼켜질 일은 없어질 겁니다."

영우는 눈을 들어 요한을 마주했다. 요한은 혼란스러워했다.
이전까지 숭고하고 고고했던 예언자는 온데간데없고, 신의 부
재를 깨달은 신도만이 남았다.

"UN은 분명 우주가 거짓된 진리 위에 세워져 파멸을 맞이
할 수밖에 없다고 깨달은 게 분명합니다. 그게 아니고서야 이
런 짓을 벌일 리가 없으니까요. 하지만, 하지만 당신 너머에 있
는 우주선을 볼 때마다 혼란스럽습니다. 왜 UN은 이 자리에

제가 앉을 흔들의자를 두고, 당신이 앉을 의자를 우주선과 제 사이에 둔 걸까요? UN이 바라는 게 정녕 무엇일까요?"

"그걸 나한테 묻는 거야?"

"역시 답은 돌아오지 않는군요……."

요한은 피로한 목소리를 냈다. 기술적 특이점으로 만들어진 안드로이드라서 그런지, 아니면 그런 안드로이드임에도 그런지 알 수 없었지만, 영우는 요한이 어쩐지 처음 마주했을 때보다 늙어 보인다고 생각했다.

"제가 인간이 아닌 게 통탄스러울 따름입니다."

"아니, 넌 인간이 아니라서 통탄스러운 게 아니야."

"그럼 뭡니까?"

"네가 모른다는 걸 알기에 통탄스러운 거지."

영우의 말에 요한은 입을 열었다가 다시 닫았다. 그리고 깊은 고민에 빠진 듯 침묵했다. 영우는 그제야 뒤를 돌아봤다. 자신의 뒤편엔 현관과 똑같은 문이 있었다.

영우는 그 문을 바라봤다. 그리고 한동안 생각했다.

세 번째 긴 침묵이 이어지고, 마침내 영우가 입을 열었다.

"그래, 달리 방법이 없겠어."

"무엇이 말입니까?"

요한이 반사적으로 대꾸했다.

"난 저 우주선을 타고 갈 거야."

"이곳을 빠져나가서 무얼 하실 생각입니까?"

"은하연방으로 돌아갈 거야. 어차피 저 우주선을 타고 빠져나가는 것으로 진공 거품은 무너진다며? UN은 그걸 바라는 걸지 몰라."

영우는 확신을 담지 않았다. 그러나 있는 것을 두고 활용하지 않을 이유는 없었다.

"UN의 역사를 반복하게 두실 생각이십니까?"

요한이 영우를 쳐다보며 말했다. 영우도 요한과 눈을 마주했다. 영우는 어깨를 으쓱했다.

"나도 몰라. 아직 은하연방은 대통일 이론을 완성하지 않았으니까. 정말로 반복할지 아닐지는 UN만이 알고 있겠지."

"그렇다면 UN은 어째서 이런 일을 벌인 걸까요?"

요한의 질문은 영우에게 조금 다르게 들렸다. 요한은 자신의 창조 목적을 물었다. 자신의 근원을 찾았다. 위대한 재시작이라는 사명과 그를 동시에 배제하는 우주선의 존재. 수백 년을 이어온 의심의 끝자락에서 영우가 찾아왔다.

요한에게 영우는 UN이 남긴 마지막 안배였다. 최후의 사도였다. 그러나 UN을 모르는 인간이었다. 그 사실이 요한을 주저하게 했고, 확신하지 못하게 했다.

"그걸 알기 위해서라도 나갈 수밖에 없어. UN이 남긴 최후의 재앙에서 벗어나고 은하연방이 대통일 이론을 완성하게 되면, 그때 가서 알게 되겠지. 어째서 UN이 그런 선택을 했고, 우리는 무엇을 해야 할지 말이야."

"그 결론이 UN이 내린 선택의 반복이라면요?"

"위대한 재시작은 그때 가서 시작해도 늦지 않잖아. 다만 너와 내가 살아서 돌아간 만큼, 그때엔 UN처럼 멋대로 일을 벌이게 둬선 안 되겠지. 안 그래?"

영우의 말에 요한은 다시 깊은 고민에 빠진 듯 고개를 숙였다. 영우는 보채지 않았다. 그러기엔 매우 피로하고 지쳤다. 잘난 듯 말했지만 자기가 내뱉은 말 어디에도 확신이 깃들지 못했다는 걸 인정했다.

그러나 영우는 늘 그렇듯, 언제나 그래왔듯 받아들였다. 그에겐 달리 방법이 없었다.

"요한, 넌 선택해야 해. 날 따라오거나, 여기에 남거나. 어떡할래?"

충분히 기다렸다고 생각한 영우는 자리에서 일어났다. 그리고 현관이 아닌 창고로 향하는 문을 쳐다봤다. 요한은 머리를 싸맨 채 고뇌했다. 그러나 그 고뇌는 오래가지 않았다. 영우가 문 앞에 섰을 때, 요한이 그를 불러세웠다.

"은하연방이 제 존재를 용납할까요?"

영우는 잠시 고민하다가 답했다.

"쉽게 받아들이진 않겠지만, 무턱대고 배척하지도 않을 거야.

결국 네 존재와 이 우주선은 대통일 이론의 산증인이잖아?"

"저와 우주선을 통해 은하연방이 대통일 이론에 닿을 수도 있겠군요."

"그것 역시 UN의 안배일지 모르지. 어디까지 UN이 계획했는지 믿는 건 네 자유야. 하지만 여기선 아무것도 증명할 수 없겠지."

"그 말이 정녕 맞습니다. 수백 년 동안 홀로 의심해 봤자 아무것도…… 아무것도 증명된 게 없었습니다. 어쩌면 저는 대통일 이론으로 만들어진 게 아닐 수도 있습니다."

"그것 역시 알려면 밖으로 나갈 수밖에."

"달리 방법이 없군요."

요한의 말에 영우는 피식 웃었다.

"그래, 맞아. 언제나 방법이 없었지."

진공 거품 도달까지 앞으로

약 2,766,780,299초(추정 중)

UN이 만든 소형 우주선은 뚱뚱한 스푸트니크처럼 생겼다. 다만 사람이 타고도 남을 정도로 크고, 다리는 안테나가 아니라 지지대였으며, 추력 장치는 보이지도 않았다. 탑승 방식 역시 하부의 구멍이 리프트처럼 내려와 그 위에 올라타는 식이었다.

"수백 년 전 미적 감각이란……."

조종석에 앉은 영우가 소감을 말했다. 요한은 그 옆자리에 탔다. 구(球)형 설계와 달리 내부는 직육면체였다. 요한은 능숙하게 우주선과 자신을 연결하더니 복잡한 상호 작용도 없이 능숙하게 천장을 개폐하고 우주선의 시동을 걸었다.

"인제 와 말하는 건데, 꽤 아팠습니다."

요한이 자기 얼굴을 쓰다듬으며 말하자 영우는 손을 털며 대꾸했다.

"때리는 내가 더 아팠으니까 따지지 마."

"꼭 그런 뜻이 아닙니다."

요한의 말에 영우는 잠시 그 뜻을 헤아렸다.

"익숙해질 거야."

"네, 아무래도 그렇겠죠. 출발하겠습니다. 아주 편안한 여행이 될 겁니다."

요한의 말대로였다. 우주선이 창고를 벗어나자 중력이 순식간에 사라졌다. 공간을 유지하고 있던 에너지막이 구조를 유지하지 못하자 순식간에 법칙이 뒤틀리기 시작했다. 그러나 영우는 그러한 낌새를 전혀 느끼지 못했다.

마치 시뮬레이션을 돌리는 것처럼, 영우와 요한의 우주선은 뒤틀림에 휘말리기 전에 부드럽게 워프해 밖으로 빠져나갔다.

"영우의 우주선에서 좌표를 받아 두길 잘했군요."

워프하자마자 요한은 우주선을 0.85c로 항행했다. 영우는 워프했음에도 우주선에 어떤 반작용도 발생하지 않는 것이 그저 기이하게 느껴졌다.

"너 내 이름은 어떻게 안 거야? 그리고 좌표는 어떻게 알고? 음식 가져올 때 내 우주선 데이터베이스를 건드린 거야?"

요한은 어깨를 으쓱했다. 영우는 그 움직임이 너무 자연스럽다고 생각했다.

"아마 호기심이었을 겁니다."

"아마? 나도 인제 와 말하는 건데, 너 진짜 로봇 맞아?"

"주먹으로 시험해 보셨으면서 그런 말이 나옵니까?"

영우는 혀를 찼다.

"빌어먹을 UN."

"L18109로 출발합니다."

"리버전이야. UN 출신이 그렇게 말하면 다들 발작할걸."

"리버전으로 출발합니다."

인간과 로봇의 우주선은 그렇게 한 번 더 워프했다.

진공 거품 도달까지 앞으로

-초

영우는 자인, 소라, 데릭, 에단에 대해 생각하고, 에리카에 대해 생각했다. 부모님에 대해 생각하고, 나아가 은하연방과 항공우주센터에 대해 생각했다. 진공 거품과 요한을 거쳐 끝내 그 생각이 자신에게 닿았을 때, 영우는 웃을 수밖에 없었다.

웃는 것 외엔 달리 방법이 없었다.

민달팽이 클린 서비스

서비스

이요람

모든 동물은 진화한다. 인간도 동물이다. 고로 인간은 진화한다.

오늘도 지하철은 한산했다. 출근하는 사람으로 붐벼 발 디딜 틈 없다던 이야기는 다 옛말이었다. 이러다 적자가 나 지하철 운행을 멈추면 어쩌나. 그래도 의자 끝자리는 모두 채워져 있었다. 옆 칸으로 옮길까 하다 가까운 곳에 자리를 잡았다.

3년 전, 대대적인 수리와 함께 좌판 길이를 늘리면서 백팩을 벗지 않고도 편히 앉을 수 있게 되었다. 대신 목을 받칠 수 없어 목베개가 지하철 탑승 필수품이 되었다. 요즘에는 맞은편 여자의 것처럼 백팩에 목베개가 붙어 나왔다. 내 백팩은 성장이 끝난 7년 전에 산 것인데, 그땐 지금처럼 얇고 긴 백팩보다 두껍지만 짧은 백팩이 유행이었다. 내 백팩에는 목베개가 없다는 뜻이다.

나는 등만 기대고 앉아 런웨이 모델처럼 지나가는 사람들의 백팩에 눈길을 던졌다. 색이야 말할 것도 없고 재질도 천차만별이었다. 저럼한 캔버스부터 찢어지기 쉬운 나일론, 첩보 요원을 떠올리게 하는 알루미늄 가방까지. 아직까지 가죽 가방을 멘 사람은 지나가지 않았다. 가죽은 비싸기만 할 뿐, 비에 약하고 무겁기까지 해 비선호 품목이 된 지 오래였다.

요즘은 확장이 불가능한 기본 백팩도 월급은 내놓아야 살 수 있었다. 진공 압축 기능이 있는 백팩은 전셋집 보증금과 맞먹었다. 접었다 펼 수 있는 부착형 목베개에도 이해할 수 없는 숫자가 붙어 있었다. 거북목 방지 베개를 구매하기 위해 거북목으로 몇 시간을 일해야 할지 계산하자 물욕이 씻은 듯이 사라졌다.

"사치품이야, 사치품."

오늘은 현장으로 출근하는 날이었다. 나는 사당을 지나쳐 강남역에서 내렸다. 스물다섯 번째 청소를 부탁한 지현 씨의 집이 그곳에 있었다. 지난번까지만 해도 성수에 있었는데 이직을 했다더니, 새 회사 근처로 자리를 옮긴 듯했다. 잘된 일이었다. 다음 고객의 집이 역삼에 있었다. 어쩌면 커피 한 잔 마실 여유가 있을지도 몰랐다. 오늘은 달콤한 바닐라라테가 끌렸다.

도착하기 10분 전입니다.

우리 서비스를 이용하는 고객 중에 이 문자에 답하는 사람이 몇이나 될까? 자동 메시지로 알고들 있는데 직원들이 직접 보내는 거다. 방문했을 때 불편한 차림이나 불쾌한 장면을 목격하지 않기 위한 일종의 보험 메시지인데, 소용없는 경우가 많았다. 그들 세상에서는 집에서 알몸으로 있는 게 당연한 일이었다. 그들에게는 잠옷의 개념이 없었다. 모두 외출복뿐.

그래서 신입 사원이 들어오면 문이 열려 있어도 고객이 갖춰 입고 나올 때까지 기다리라고 가르친다. 집에 들어가면 청소를 마칠 때까지 고객이 들어올 수 없도록 임시 철문을 설치해야 한다. 혹시 모를 상황에 대비해 비상 탈출용 망치도 나누어 주는데, 회사의 의도와 달리 다들 집이 아닌 다른 걸 깨부수고 나왔다. 나도 1년 차 때 내 또래 고객에게 전치 8주 상해를 입혔다.

우리 일은 유난히 진상 고객이 많은 편이다. 서비스 취소나 장소 변경은 하루 전까지 가능한데, 약속 시간이 훌쩍 넘은 시각에 취소 통보를 하는 고객이 대부분이었다. 서비스를 받지 못했는데 왜 환불을 안 해 주냐 따지는 건 양반이고, 당장 처리해야 할 급한 일이 있다며 하루 종일 집 밖에 세워 두는 고객도 있었다.

그런데 지현 씨는 어떤가. 특별한 일이 없어도 도착 예정 문자에 답을 주고, 청소가 끝나면 고생하셨다는 문자까지 보내 주는 사람이었다. 몸 상태가 좋지 못한 직원이 방문하자 청소할 거리가 아직 남았음에도 이만하면 됐다며 따뜻한 차를 대접해 직원들에게 감동을 안겨 줬던 사람이었다. 그런데 오늘 지현 씨가 조용했다. 약속한 시간이 지났는데도 답이 없었다. 약속한 장소에도 보이질 않았다.

다섯 통 넘게 전화를 걸었지만 지현 씨의 목소리를 들을 수 없었다. 여섯 번째 전화를 걸었을 때, 지현 씨의 핸드폰이 고객님이 통신 불가 지역에 있어 연결할 수 없다는 메시지를 남겼다. 나는 회사에 연락해 내가 맡지 않았던 지난 열두 번의 서비스 중에 오늘과 같은 일이 있었는지 물었다. 예상했던 대로 약속을 어긴 적이 없다는 답을 받았다. 지현 씨에게 무슨 일이 생긴 게 분명했다. 나는 고민 없이 가까운 지구대를 찾았다.

"어떤 일로 오셨어요?"

"실종 신고하러 왔는데요."

"가족이세요?"

"아니요, 저희 고객이 연락을 받지 않아서요."

키보드 위에서 바쁘게 움직이던 순경의 손이 멈췄다.

"그러니까 연락이 안 되는 고객을 찾아 달라는 말씀이세요?"

"네."

"못 받으신 돈이라도 있으신 거예요?"

"아뇨. 그건 아닌데……."

순경의 손이 키보드에서 미끄러져 내려왔다.

"저기 선생님, 요즘 실종자가 몇이나 되는지 아십니까?"

내가 숨을 고르는 사이 순경이 제멋대로 답을 늘어놓았다.

"하루에만 몇천 명이에요, 몇천 명. 뉴스 안 보세요?"

순경은 마치 내가 그 일의 주범이라도 되는 것처럼 혐오스러운 눈빛을 숨기지 않더니 교대 시간이라며 냅다 안으로 들어가 버렸다. 나는 순식간에 진상 민원인이 되었고, 지구대 밖으로 나올 때까지 그 안에 있던 사람들의 못마땅한 시선을 감내해야 했다. 답답한 마음에 편의점에 들러 탄산음료를 구매했을 때에야 나는 깨달았다. 그들이 내게 불친절했던 이유를 말이다. 백팩이 없었다. 약속 시간 전에 들렀던 지하철 화장실에 가방을 두고 온 것이다.

민달팽이 클린 서비스 직원으로서 맨 등을 보이는 것과 그냥 나, 정한율로 맨 등을 보이는 것은 엄연히 달랐다. 우리 서비스를 이용하는 고객들은 내가 등껍질이 없는 무갑인이라는 사실을 알고 있지만 보통 사람들은 백팩을 메고 있으면 내가 무갑인인지, 유갑인인지 몰랐다. 백팩 안을 들여다보면 알 수 있지만 허락도 없이 타인의 가방 안을 확인하는 건 범죄였다. 하지만 무갑인에 대한 차별과 혐오는 범죄가 아니었다. 아직까지 그건 비도덕적 행위에 불과했다.

나는 서둘러 강남역 화장실로 향했다. 다행히 가방이 그대로 걸려 있었다. 다행이지 않은 건, 가방 주인이 누구인지 보기 위해 몇몇이 나를 기다리고 있었다는 것이다. 나는 쑥덕거리는 목소리와 신기해하는 눈빛을 외면한 채, 백팩을 둘러맸다.

"무겁던데 그냥 두고 다니지 그래요?"

비슷한 체구에 같은 복장, 한 배에서 나온 것처럼 닮은 이목구비. 도드라지는 특징 없는 두 사람이 내 앞을 막아섰다.

"놀리는 게 아니라 진심으로 하는 말이에요. 껍질 없으면 뭐 어떻다고. 나도 없었으면 좋겠어요. 집 좀 받게. 무갑인은 나라에서 집 주잖아요. 우리는 이것도 집이라고 한 평도 안 주잖아. 길거리 생활 지긋지긋해. 밤에 화장실이라도 가고 싶으면 아주……!"

나는 화음을 넣듯 높낮이를 맞추어 혀를 차는 두 사람 사이를 파고들듯 빠져나와 개찰구를 향해 달렸다. 어디로 가는 지하철인지도 모르면서 무작정 몸을 실었다. 헐떡이는 숨소리로 몰린 시선들이 지하철이 출발하면서 산산이 흩어졌다. 나는 승객들 사이에 섞이지 못하고 출입문에 붙어 섰다. 그리고 다시 한번 지현 씨에게 전화를 걸었다. 지현 씨는 아직도 부재 중이었다. 나는 떨리는 손으로 메시지를 남겼다.

무슨 일 있는 거 아니죠? 이 문자 보면 바로 연락 주세요.

다음 고객에게 가려면 반대쪽에서 지하철을 탔어야 했지만 2호선은 순환선이었다. 나는 지하철 의자 기둥에 머리를 기대고 서서 검은 창에 비치는 내 모습을 바라보았다. 아직 한 집도 청소하지 않았는데 세 집은 청소한 것처럼 지치고 피곤해 보였다. 머리가 낡은 걸레 조각같이 엉켜 있었다. 일찍 퇴근하고 싶지만 두 건의 청소가 남아 있었다. 유갑인이었다면 가까운 노지에 등껍질을 펴고 한숨 돌릴 텐데. 나는 아무것도 들지 않은 텅 빈 백팩을 메고 있는 무갑인이었다. 나는 가까운 카페를 찾았다.

민달팽이 클린 서비스. 그러니까 우리는 등껍질 안을 청소하는 사람들이었다. 유갑인도 스스로 등껍질 안을 청소할 수 있지만 말 그대로 등에 붙어 있는 껍질이다 보니 손이 닿지 않는 곳이 많았다. 그곳까지 꼼꼼히 손을 넣어 청소해 주는 것이 우리 일이었다.

청결을 중요하게 생각해 정기적으로 서비스를 이용하는 고객들도 있지만 대부분 때가 쌓여 악취가 날 때까지 기다렸다 청소를 신청한다. 회당 청소 비용이 적지 않은 것도 이유지만 청소부가 직접 등껍질에 들어가 청소를 하다 보니 불쾌한 이물감이 청소가 끝날 때까지 계속된다. 처음 청소를 받은 사람은 낯선 이물감을 견디지 못하고 청소부를 끌어내기도 한다. 나도 한 번 쫓겨난 적이 있다. 고등학교 1학년 때까지 한 번도 외부 청소를 받아 본 적 없는 학생이었는데, 들어간 지 30초 만에 나를 끌어냈다. 학생은 매우 미안해하면서도 어쩔 수 없었다고 말했다. 뻣뻣한 솔이 박힌 귀이개로 끊임없이 귀를 긁어 대는 기분이었다고.

우리에게도 등껍질 청소는 쉽지 않은 일이다. 사람마다 등껍질 구조가 달라서 등껍질 내부 굴곡을 확인하는 데만 길게는 30분이 걸린다. 내부를 확인하지 않고 무작정 들어갔다간 등껍질에 몸이 낄 수도 있다. 운이 나쁘면 119를 불러 등껍질을 부숴야 하는데, 등껍질이 다시 자라날 때까지 우리가 임시 등껍질 비용을 지불해 주어야 한다. 여기서 우리는 민달팽이 클린 서비스 회사를 말한다. 지금은 기술이 발전해 조종 가능한 카메라를 먼저 들여보내지만 10년 전까지만 해도 체구가 작은 직원을 먼저 들여보내 등껍질 구조를 그리게 했다고.

아무튼 이번 등껍질 주인은 30대 여성으로 3년 전부터 정기 청소를 이용하고 있는 고객이었다. 이 고객 담당자인 민주 씨가 오늘 휴가라서 내가 대신 청소를 맡게 됐다. 나는 민주 씨가 그려 놓은 3D 맵을 확인한 뒤, 고객이 펼친 등껍질 속으로 머리를 집어넣었다. 장기 고객답게 들어가는 동안 등껍질을 닫아 버리거나 벌떡 일어서는 무례를 범하지 않았다.

"오늘은 평소보다 집이 조금 더러워요."

등껍질 주인이 부끄러운 목소리로 말했다. 우리가 홀이라고 부르는 등껍질의 가장 넓은 부분에 도달한 나는 등껍질 주인과 가까운 벽에 대고 말했다.

"이 정도면 정말 깨끗한 편이에요."

그보다 이렇게 잘 꾸며 놓은 등껍질 집은 오랜만이었다. 입구에는 들어서면 자동으로 불이 켜지는 센서 등이 부착되어 있더니 홀에는 작은 샹들리에가 걸려 있었다. 벽에는 액자가, 바닥에는 카펫이 깔려 있었다. 무엇보다 침대가 있었다. 스프링이나 스펀지, 라텍스 매트리스가 아닌 공기를 불어 넣는 에어 매트리스긴 하지만 침대는 침대였다. 이 무거운 걸 어떻게 이고 다니는지 궁금해 물어보니 얼마 전 등껍질 분리 수술을 했다는 답이 돌아왔다.

"등껍질이 붙어 있으면 등껍질 안에 들어가서도 한 자세로밖에 못 쉬거든요. 분리하면 그 안에서 자유롭게 움직일 수 있어요. 그런데 이게 계속 분리해 놓으면 분리한 곳에서 새 등껍질이 자라거든요. 떨어진 등껍질은 삭아서 없어져 버려요."

"그럼 지금도 등껍질에서 떨어질 수 있으세요?"

"그렇긴 한데, 여긴 지나다니는 사람이 많아서……."

그러니까 이 사람은 무갑인으로 보이고 싶지 않아 내 무게를 감당하고 있는 것이었다. 나는 더 이상 등껍질 주인과 대화하고 싶지 않아 목소리가 잘 들리지 않는 척했다. 하지만 눈치 없는 등껍질 주인은 계속해서 내게 말을 걸어왔다.

"아직도 집값이 안 떨어졌다던데. 이러다가 나머지도 등껍질이 생기겠어요. 사실 그러는 게 맞죠. 변화하는 환경에 맞춰 진화한 거잖아요. 등껍질 덕분에 모두가 집이 생겼어요. 아차, 몇 몇 사람들을 제외하고요. 하지만 그 사람들도 결국 정부에서 집을 마련해 주었잖아요. 비록 자가는 아니지만 집이 생긴 거죠. 혹시 집이 필요하면 말씀하세요. 조만간 등껍질이 새로 자랄 것 같거든요. 그렇게 되면 등껍질이 걸려서 이 집에 들어갈 수가 없어요. 필요하시다고 하면, 제가 이 집 드릴게요, 무료로! 3개월은 지내실 수 있을 거예요. 몸에서 분리했기 때문에 접었다 펴는 건 안 돼요. 당연히 가방에도 못 넣고요. 그리고 발전기는 제가 써야 해서 가져가야 돼요. 전기 필요하시면 댁에서 가까운 무료 발전소 이용하세요. 아, 무갑인은 사용 못 하나요? 그럼 댁에다가 설치하시면 실내 캠핑 느낌도 나고……."

그동안 불만 없이 이 등껍질을 청소했던 민주 씨가 대단하게 느껴졌다. 나는 침대 밑에 먼지가 있는 걸 발견하고도 모른 체했다. 나중에 클레임이 들어올 수도 있지만 그건 그때 가서 생각하기로 했다. 지금은 귀를 좀 편히 쉬게 하고 싶었다. 나는 서둘러 청소를 마무리하고 등껍질에서 빠져나왔다. 등껍질 주인은 엎드린 채로 뒷주머니에서 핸드폰을 꺼내 청소 비용을 결제했다.

"등껍질 생각 있으면 언제든 연락 주세요!"

그 말을 끝으로 등껍질 주인은 킥보드처럼 생긴 바퀴 달린 판자를 타고 떠났다. 등껍질이 보이지 않을 때까지 지켜본 나는 문득 인류의 종말이 가까워지고 있다고 느꼈다. 저건 진화된 인류의 모습이 아니었다. 인간은 자유를 추구하는 방향으로 진화해 왔다. 두 발로 걷게 되면서 자유롭게 달릴 수 있고, 두 손으로 자유롭게 물건을 집을 수 있게 되었다. 그런데 저 사람은 어떤가. 등껍질 때문에 두 발과 두 손이 묶여 버렸다. 저들에게 또 한 번의 진화가 찾아온다면 그건 손과 발이 사라지는 것일지도 몰랐다. 더 이상 걸어 다닐 수 없는 그들은 더 이상 등껍질을 접고 다니지 않을 거고, 배에서는 피부를 보호하기 위해 끈적한 액체가 흘러나올 것이다. 그들이 달팽이가 되고, 민달팽이라 불리는 우리가 인간이 되는 것이다.

만일 그렇게 된다 해도 내가 죽고 난 다음일 것이다.

아직도 지현 씨에게 답장이 안 왔다. 나는 한 달 차이로 입사해 동기나 다름없는 혜정 씨에게 지현 씨가 실종된 것 같다고 말했다. 혜정 씨는 기다렸다는 듯이 자신의 고객 중에 지현 씨처럼 갑자기 연락이 두절된 고객이 둘이나 된다고 말했다. 멀찍이서 대화를 듣고 있던 영철 씨도 지난주 토요일 약속했던 고객 중 하나가 잠적했다고 말했다. 두 사람도 나처럼 경찰에 신고했지만 실종자가 성인이라는 이유로, 신고자가 가족이 아니라는 이유로 실종 신고 접수를 해주지 않았다고 했다.

"실종 신고해도 찾기 어려울 거예요."

혜정 씨가 말했다.

"요즘 실종자 찾기 어렵잖아요. 다 똑같은 디자인 가방 메고 다니는 데다가 등껍질이 있어서 어디 한 곳에 정착하질 않으니까. 가족 연락처라도 알면 좋을 텐데."

"그러게 말이에요. 이럴 땐 우리가 더 안전한 것 같기도 하고."

혜정 씨는 곧장 영철 씨의 말에 반박했다.

"안전하긴 그 사람들이 더 안전하죠! 무슨 일 생기면 얼른 등껍질 펼쳐서 들어가면 되잖아요! 강도가 쫓아와도 등껍질에 숨으면 그만이라고요!"

실제로 중범죄 사건의 피해자 중 대다수가 무갑인이었다.

"제 말은……! 그러니까, 우리가 더 진화된 인류일지도 모르겠다는 거죠!"

영철 씨가 궁지에 몰린 상황을 모면하기 위해 아무렇게나 뱉은 말을 뒷받침할 근거를 찾느라 바쁘게 머리를 굴리는 것이 눈에 보였다. 드디어 그럴싸한 근거를 찾았는지 영철 씨가 다시 입을 열었지만 최 팀장이 들어오면서 대화가 끊겼다. 최 팀장은 우리 회사 유일한 유갑인이었다. 그러나 최 팀장은 등껍질이 아닌 우리처럼 평범한 집에 살았다. 그의 등껍질이 주먹만 넣어도 가득 찰 만큼 작았기 때문이다. 거북이도 아니고, 달팽이도 아니고, 바위에 붙은 따개비 같달까. 최 팀장은 오늘 만난 민주 씨의 고객처럼 등껍질 분리 수술을 받았지만 분리하고 또 분리해도 등껍질이 계속 자라나 여전히 유갑인이었다.

"실종 고객 이야기하고 있었어요. 갑자기 연락 끊긴 고객들이요."

최 팀장의 눈치를 보던 혜정 씨가 말했다. 최 팀장은 탄식에 가까운 짧은 소리를 내더니 방금 탄 믹스 커피를 한 모금 들이켰다.

"제 친구도 사라졌어요."

최 팀장이 태연한 목소리로 말했다.

"퇴근하고 집에 돌아오던 길에 실종됐어요. 횡단보도 다 건너서 그 앞에 주차된 차 지나가는데 사라졌어요. 경찰이 CCTV에 찍힌 차 번호 확인해서 트렁크 조사하고, 그날 그다음 날, 다다음 날 행적 샅샅이 조사했는데 아무것도 안 나왔어요. 꼭 증발한 것처럼……."

"가족들 연락도 안 받는대요?"

영철 씨가 물었다.

"계속 부재중이래요. 통신 불가 지역에 있다고 했다던가."

나는 대화에 끼어들지 않을 수가 없었다.

"지현 씨도요! 지현 씨한테 연락했더니 통신 불가 지역에 있다고 했어요."

"우리나라에 통신 불가 지역이 있나?"

영철 씨가 고개를 갸우뚱하며 물었다.

"무인도 같은 곳은 그렇지 않을까요? 아니면 깊은 산속이라든지."

혜정 씨는 강원도 할머니 댁을 예시로 들었다. 할아버지 묘 가까운 곳에 지내겠다며 깊이 들어간 산속은 작년에서야 전기가 들어온 곳으로, 인터넷은 물론이고 텔레비전 신호도 잡히질 않아 갈 때마다 책이며 윷놀이, 카드에 화투패까지 시간을 때울 수 있는 아날로그 물품을 바리바리 챙겨 가야 한다고 말했다.

"하지만 여긴 서울이잖아요. 최 팀장님 친구분도 서울 사람 아니에요?"

"맞아요."

우리 머리로는 답이 나오지 않았다. 답을 낼 시간도 없었다. 우리는 다시 현장으로, 사무실로 돌아가야 했다. 나는 지현 씨에게 한 번 더 전화를 걸었다. 지현 씨는 아직도 통신 불가 지역에 있었다.

걱정으로 복잡했던 것도 잠시, 집에 들어와 침대에 누우니 허망함이 밀려들었다. 오늘 청소했던 것보다 넓고, 화장실에 부엌까지 있는데 오늘따라 유난히 등껍질 집이 부러웠다. 나는 천장에 달린 LED 조명을 바라보다 인터넷에 접속했다. 샹들리에를 검색하고 오늘 보았던 것과 비슷한 상품을 장바구니에 담았다. 그깟 조명 하나 때문에 그 집을 부러워하는 게 아니라는 것을 알면서도 구매 버튼을 눌렀다.

그 시각 광진구에서는 기이한 일이 벌어지고 있었다. 유갑인

장박지라 불리는 아차산 아래 공터에 머물던 유갑인이 전부 사라진 것이다. 현장에는 무갑인이 하나 있었는데, 고객의 요청에 따라 야간 청소를 위해 현장에 방문했던 민달팽이 클린 서비스 은지 씨였다. 은지 씨는 하늘에서 커다란 번개가 내리치더니 눈 깜빡할 사이 유갑인이 모두 사라졌다고 말했다. 증언을 뒷받침하는 CCTV 영상이 공개되면서 사건은 더욱 미궁에 빠졌다. 어떻게 빛이 사람을 납치할 수 있단 말인가!

혼란스러운 와중에도 출근은 계속됐다. 다른 이들도 마찬가지였다. 나는 평소와 다를 바 없는 지하철 풍경 속 분홍색 백팩을 메고 있는 남자 옆에 앉았다. 남자는 핸드폰으로 아침 뉴스를 보고 있었다. 유갑인 등껍질 분리 수술 예약 폭증이라는 글자가 눈에 들어왔다. 유갑인들이 범죄 대상에서 벗어나기 위해 등껍질을 버리기 시작한 것이다. 하지만 등껍질을 제거한다고 유갑인이 무갑인이 될 순 없었다. 그들의 등에선 또다시 등껍질이 돋아날 것이다. 지금까진 등껍질을 보호하기 위해 백팩을 멨지만 이젠 등껍질을 숨기기 위해 백팩을 메게 될 것이다. 그때 우리가 백팩을 메지 않는다면 그들은 어떻게 될까? 갑자기 백팩을 벗어던지고 싶은 욕구가 솟구쳤다.

나는 회사에 도착해서야 그 욕구를 해소할 수 있었다. 먼저 도착해 자유를 누리고 있던 혜정 씨가 대뜸 회사에 대한 걱정을 늘어놓았다.

"이러다 우리 일 줄어들어서 잘리는 거 아닌지 몰라요. 등껍질 분리하면 직접 구석구석 청소 가능하잖아요."

하지만 일은 혜정 씨의 걱정과 정반대로 흘러갔다. 9시가 되자마자 청소 신청 전화가 물밀듯 밀려들었다. 유갑인 실종 사건의 유일한 목격자인 은지 씨 정보가 언론에 노출되면서 의도치 않게 민달팽이 클린 서비스가 홍보되었고, 그동안 우리 회사를 모르고 악취에 고통받던 사람들이 대거 청소를 신청한 것이다. 그중에는 민주 씨의 고객처럼 이미 등껍질 분리 수술을 받은 사람도 많았다. 청소를 못 하는 게 아니라 하고 싶지 않은 사람들이었다. 그들이 존재하는 한 민달팽이 클린 서비스는 계속될 것이다. 그런데 그들마저 모두 납치되어 유갑인이 남지 않게 된다면 우리는 어떻게 될까?

나는 또 지현 씨에게 전화를 걸었다. 이번에도 기다렸던 목소리는 들을 수 없었다.

고객님은 현재 통신 불가 지역에 위치하고 있어……

하지만 나는 전과 달리 똑같은 메시지에서 어떤 힌트를 하나 발견했다. 만약 이번 유갑인 납치 사건의 피해자의 핸드폰에서도 이 메시지가 흘러나온다면? 나는 서둘러 은지 씨가 소속된 현장 3팀이 있는 4층으로 올라갔다.

"어, 여기 아무도 없는데."

일면식은 있지만 이름은 알지 못하는 사람이었다. 현장 3팀인 게 확실한 그는 발을 동동 구르며 시간을 확인하더니 잠깐 시간이 있으니 중요한 일이면 빨리 이야기하라고 말했다. 구구절절한 사정을 다 들어 줄 여유가 없어 보이는 데다가 어떤 이유에서도 고객 정보를 유출하는 것은 직원 사이에서도 불법이었기에 나는 간략하게 그리고 담담하게 은지 씨에게 넘겨받지 못한 고객 정보가 있다고 말했다.

"환불 관련된 문제라서 빨리 처리해야 하는데, 지금 은지 씨 담당 고객 정보 좀 받을 수 있을까요?"

생각보다 더 여유가 없었는지 현장 3팀 직원은 잠깐 고민하더니 자리에 가 메모지를 가지고 왔다. 관리자 아이디와 비밀번호가 적혀 있는 메모지였다.

"30분이면 충분하죠? 30분 뒤에 비밀번호 바꿀 거예요!"

그 말을 끝으로 현장 3팀 직원은 사라졌다. 혼자 남은 나는 곧장 핸드폰을 켜 알려 준 아이디로 회사 프로그램에 로그인했다. 사건 당일 은지 씨가 만나기로 했던 고객이자 실종자 중 한 명인 유갑인의 이름과 핸드폰 번호를 찾고, 다짜고짜 그에게 전화를 걸었다. 그가 받으면 무슨 말을 할지 정하지 못한 상황에서 통화 연결을 시도한 것을 보면 확신했던 것 같다. 그와 지현 씨가 같은 곳에 있다고. 그리고 그 확신은 현실이 되어 가고 있었다.

고객님은 현재 통신 불가 지역에 위치하고 있어……

나는 곧장 지구대로 향했다. 그러나 지구대를 코앞에 두고 들어가는 것을 머뭇거리고 있었다. 너무 급히 나오느라 백팩을 메고 오는 것을 깜빡한 것이다. 그런데 지구대를 등지고 서자 지현 씨의 얼굴이 아른거렸다. 깨끗하게 청소해 주셔서 감사하다며 초콜릿을 쥐여 주던 지현 씨의 얼굴이 생생했다. 세상엔 지현 씨 같은 사람이 필요했다. 지현 씨야말로 진화된 인류였다. 나는 인류의 미래를 위해 지구대 문을 열었다. 벌떡 자리에서 일어난 순경이 무슨 일 때문에 왔는지 물었다.

"저희 고객이 며칠째 연락이 안 돼서 실종 신고를 하려고 하는데……."

"아! 이쪽으로 오세요."

순경과 이야기를 나누는 동안 나는 몇 번이고 내 등을 만지작거렸다. 나는 확실히 백팩을 메고 있지 않았다. 순경은 백팩을 메고 있었다. 그럼에도 순경은 마지막까지 내 이야기에 귀를 기울이더니 어떤 증거도 요구하지 않고 지현 씨의 실종 신고 접수를 도와주었다. 중간중간 나를 위로하는 것도 잊지 않았다.

"걱정 마세요. 저희가 꼭 찾아 드릴게요."

나는 어느 순간부터 울고 있었는데, 지현 씨에 대한 걱정 때문인지, 순경의 친절 때문인지 알 수 없었다. 지구대 밖으로 나와 등 뒤로 쏟아지는 시선을 느끼고서야 처음으로 느껴보는 경계 없는 인류애 때문에 눈물지었다는 사실을 알 수 있었다.

핸드폰이 조용한 것으로 보아 회사 사람들은 아직 나의 빈 자리를 느끼지 못한 듯했다. 혹시 몰라 급하게 들어온 고객 클레임을 해결하고자 현장에 나와 있다고 연락했다. 마침 얼마 전 청소했던 민주 씨 고객의 임시 거주지 근처였다. 나는 지난번에 하지 않았던 침대 밑 청소를 해 주고 상부에 보고할 생각이었다. 다행히 민주 씨 고객의 등껍질이 아직 그곳에 있었다. 빈 껍질인 듯했지만 그렇다고 함부로 들어갈 순 없었다. 거긴 엄연히 민주 씨 고객의 집이었다. 그러나 민주 씨 고객은 내게 이 등껍질을 주겠다고 했다. 그리고 나는 이 안에 걸려 있는 샹들리에를 다시 한번 보고 싶었다.

그리하여 등껍질에 몸을 넣었을 때였다. 등껍질 안에서도 느낄 수 있을 만큼 밝은 빛이 번쩍하더니 태풍이라도 만난 것처럼 등껍질이 강하게 흔들렸다. 순식간에 홀에 떨어진 나는 샹들리에에 머리를 거세게 부딪쳤다. 이마에서 뜨거운 무언가가 흐르는 것이 느껴졌다. 나는 그게 무엇인지 기어코 두 눈으로 확인하기 위해 샹들리에 줄을 잡아당겼다. 곧 쏟아질 빛에 눈을 찌푸린 것이 무의미하게 아무 변화도 없었다. 민주 씨 고객이 발전기를 가져간 것이다.

그러는 사이 등껍질은 어디론가 이송되고 있었다. 나는 바깥 상황을 살펴보기 위해 다시 출입구로 향했다. 냉동창고에 신기라도 했는지 찬 바람이 솔솔 들어왔다. 나는 얇은 옷깃을 여미며 출입구 밖으로 얼굴을 들이밀었다. 그러자 수십, 아니 수백, 아니 수천 개의 등껍질이 보였다. 나처럼 겁에 질린 유갑인들이 머리만 내놓고 두려운 눈빛을 공유하고 있었다.

"여기가 어딘지 아세요?"

내 물음에 근처에 있던 유갑인들이 고개를 저었다.

"몰라요…… 눈 떠 보니 여기였어요."

이끼가 긴 검은색 등껍질을 가진 유갑인이 말했다. 내게 할 말이 더 있는 듯했지만 그는 말을 잇지 못했다. 새된 비명을 지르며 누군가에게 끌려나갔다. 그 옆에 있던 유갑인도, 그 옆에 있던 유갑인도 끌려 나갔다. 정확히 표현하면 누군가 그들의 등껍질을 낚아챘다. 인형 뽑기의 인형을 뽑듯이. 내 차례도 곧이었다. 나는 그전에 이 등껍질을 벗어나야겠다고 생각했다. 그런데 샹들리에가 문제였다. 샹들리에가 내 양말을 꽉 잡고 놓아주질 않았다. 아무리 발을 흔들어도 갈고리처럼 꺾인 전구에 걸린 양말이 빠지질 않았다.

"제발……!"

그사이 내 차례가 왔다. 로봇의 손 같기도 하고 입 같기도 한 꽃잎처럼 생긴 집게가 민주 씨 고객의 등껍질을 들어 올리기 시작했다. 그 안에서 이리저리 부딪치던 나는 등껍질이 기울어지면서 자연스럽게 등껍질 밖으로 떨어졌다. 그 모습을 보고 있던 모든 유갑인들이 내게 부러운 눈길을 보냈다.

"그러지 말고 다들 분리해요! 등껍질이요!"

하지만 누구도 등껍질을 분리하지 못했다. 아니, 분리하지 않았다. 직접 생살을 자르는 고통과 죽음 중에 죽음을 선택한 것이다. 그 모두에서 자유로운 것은 오직 나뿐이었다. 드디어 유갑인의 위에 서게 되었지만 조금도 행복하지 않았다. 유갑인의 목숨이 모두 내게 달려 있었기 때문이다.

나는 등껍질에서 빠져나오듯 그 부담감에서 빠져나오고자 했지만 그럴수록 오히려 부담감에 깊게 파묻혔다. 이 사람들을 구할 수 있는 사람은 나뿐인데, 이들을 구할 방법을 알지 못했다. 아니, 알고 있지만 내 손으로 실행할 수 없었다. 내 이마에서 흐르는 이 피조차 닦지 못하고 있는데 어떻게 그들의 등껍질을 분리한단 말인가.

그렇다면 방법은 하나였다. 나가는 길을 찾아 이들을 데리고 가는 것. 나는 상자 안을 바삐 돌아다니며 벽을 두드렸다. 하지만 깨지는 건 벽이 아니라 내 주먹이었다. 유갑인들은 피투성이가 된 나를 물끄러미 바라보기만 했다. 등껍질에 구애받지 않고 자유롭게 상자 안을 돌아다니고 있는 나를 부러워하는 것 같기도 했고, 등껍질이라는 보호구 없이 등을 노출하고 있는 나를 한심하게 보는 것 같기도 했다. 등껍질은 그들의 짐이자 집이었던 것이다.

"탑을 쌓으면 어때요?"

조마조마한 눈빛으로 나를 지켜보고 있던 사람들에게 물었다.

"여러분이 등껍질로 탑을 쌓아 주시면 제가 밟고 올라가서 밖을 보고 올게요."

"뭐? 우리 등을 밟고 올라간다고?"

등껍질에 철갑을 두르고, 머리에는 헬멧을 쓴 남자가 받아쳤다.

"그러다 등껍질 다 부서지면! 우리는 어디 숨어! 맨몸으로 돌아다니다 저 괴물한테 잡아먹히기라도 하면 네가 책임질 거야? 안 그래? 안 그래요, 여러분?"

등껍질을 짐으로 여기는 쪽과 집으로 여기는 쪽의 대립이었던 게, 어느새 유갑인과 무갑인의 대립으로 바뀌었다. 절대 이길 수 없는 싸움이었다. 나는 그들과 함께 탈출할 것을 포기할 수밖에 없었다. 혼자라도 살아남기로 했다. 그러려면 우선 이 알 수 없는 상자에서 벗어나야 했다.

유갑인의 말이 틀린 말은 아니었다. 맨몸으로 상자 밖으로 나갔다가 어떤 것과 마주칠지 몰랐다. 그보다 집게가 등껍질만 공략했다. 내 앞을 지나가면서도 나를 낚아채지 않았다. 밖으로 나가려면 등껍질이 필요했다.

"저 봐! 저럴 줄 알았어!"

나는 유갑인의 반응을 무시하고 계속 민주 씨 고객의 등껍질 속으로 몸을 밀어 넣었다. 고장 난 센서 등이 깜빡거렸는데, 그게 집게를 자극한 모양이었다. 예상보다 빨리 집게가 민주 씨 고객의 등껍질을 들어 올렸다.

과거로 돌아가게 된다면 민주 씨 고객에게 감사 인사를 드려야 할 것 같다. 민주 씨 고객이 침대를 들여놓지 않았다면 바닥에 머리를 부딪쳐 상자 밖에 무엇이 있는지도 알지 못한 채 세상을 뜨고 말았을 것이다. 나는 집게가 등껍질을 또 한 번 놓치기 전에 샹들리에를 붙잡았다.

두 번의 실수는 없다는 듯 집게가 단단히 등껍질을 움켜쥐었다. 등껍질이 올라가면서 샹들리에에 매달린 몸이 대롱대롱 흔들렸다. 나는 암벽 등반을 하듯 벽 선반을 잡고 입구로 기어올라갔다. 이마에 맺힌 땀이 목을 타고 흐르는 게 느껴졌다. 손도 땀으로 흥건했다. 이러다 미끄러질 것 같던 때, 등껍질이 기울어졌다. 나는 그 틈을 놓치지 않고 등껍질 밖으로 빠져나왔다.

나는 그 선택을 3초 만에 후회했다. 밖은 지옥 불에 떨어진 것처럼 뜨거웠다. 생살이 타들어 가는 고통에 발을 디딜 수가 없었다. 살아남기 위해 폴짝폴짝 뛰고 있는 가운데 눈에 들어온 건, 내가 열 번 넘게 청소했던 지현 씨의 등껍질이었다. 노란색으로 페인트칠한 지현 씨의 등껍질이 군데군데 새까맣게 그을려 있었다. 나는 그 안에 지현 씨가 없길 바랐다. 그래야 내가 들어갈 수 있으니까. 하지만 나는 지현 씨의 등껍질에 도달

하기 전에 잡히고 말았다. 젓가락처럼 생긴 기다란 두 개의 쇠
꼬챙이가 내 허리를 옥죄고 있었다.

"이 인간 옷 좀 봐. 이거 등껍질 청소부 옷 맞지?"

"그렇네! 이 인간들 때문에 요즘 아주 난리잖아. 왜 우리가
등껍질까지 구워서 파는데! 등껍질에 낀 분비물이 맛있어서
그렇게 파는 건데, 이 인간들이 등껍질을 깨끗하게 청소하니까
고소한 맛이 사라졌잖아!"

"그럼 이 인간들부터 잡아먹는 게 어때? 이 인간들 없어지면
등껍질 청소 못 해서 다시 고소해질 거 아냐."

"안 돼. 이것들은 살이 공기에 너무 오래 노출돼서 질기거든.
애초에 그것 때문에 인간을 개량한 거잖아. 인간을 좀 더 부드
럽게 먹으려고. 아무튼 이건 저기 음식물 쓰레기통에 갖다 버
려. 얼마 못 가 알아서 죽을 거야."

검은자로 뒤덮인 커다란 눈이 나를 들여다보는 게 보였다.
그 정체를 알 수 없는 놈의 눈에 비친 나는 어제저녁 야식으로
먹은 골뱅이 통조림처럼 보였다. 그의 눈에는 내가 다르게 보
이길 바라며 두 손을 싹싹 빌어 보았지만 그는 가차 없이 나를
어디론가 내던졌다. 그곳엔 나처럼 등껍질이 없는 사람들과 치
팀장처럼 작은 등껍질을 가진 사람들, 집으로 쓸 수 없을 만큼
약한 등껍질을 가진 사람들이 산처럼 쌓여 있었다. 나는 남은
힘을 쥐어짜 내 핸드폰을 꺼내 카메라에 그 모습을 담았다. 그

리고 혜정 씨에게 전송하려고 하는데, 메시지가 떴다.

고객님은 현재 통신 불가 지역에 있어……

Entangled Moon

김이은

일주기 지구 시간으로 25시간 26분.

낮 17시간 15분. 밤 8시간 11분.

연주기 지구 시간으로 377일.

자전축 7도 기울어짐.

약한 사계절이 있을 것으로 예측됩니다.

생태계는 지구와 매우 유사하며 이족 보행 조류와

사족 보행 포유류가 관찰되었습니다.

　나는 손에 든 메모를 보며 얼마 전에 내가 겪었던 일을 머릿속으로 정리하기 위해 노력했다. 기억이 희미해진다는 건 너무나 마음 조급해지는 일이다. 이 메모를 누가 작성했는지는 기억이 나지 않는다. 어찌 됐든 나에게는 매우 중요한 메모이고 어떤 메시지를 전해 주고 있는지 잊지 않아야 한다는 건 뇌리에 깊숙이 남아서 매일 되뇌고 있다.

그러니까 이 글은 내가 얼마 전에 겪었던 절체절명의 위기와 그때 벌어졌던 놀라운 일들을 기록하기 위한 일종의 회고록이다. 내가 직접 겪고 기억하고 있는 것과 나중에 전해 들은 원격의 이야기들을 모아서 섞어서 기록했다. 이 기록의 목적을 밝히면서 내가 해 두고 싶은 말은 이 이야기에 어떠한 특별한 목적이나 의도가 없다는 것이다. 자칫하다가는 내가 엄청난 상상을 하는 괴짜라거나 도저히 신뢰가 가지 않는 거짓말쟁이라거나 크나큰 정신적 문제가 있는 사람이라는 오해를 받기 십상이어서 나는 이 글을 쓰는 내 의도가 매우 순수하며 그 어떤 꾸며냄도 거짓도 없이 그저 기억을 남기는 담담한 기록이라는 것을 밝힌다.

나는 원래 그렇게 성과를 중요시하고 목적이 뚜렷하게 사는 사람이 아니었기에 대학교를 졸업하고 딱히 할 일을 정하지 못해서 그대로 상급 학교로 진학해 대학원 2학기째를 보내고 있었다. 이마저도 졸업하고 나면 무슨 일을 할지 진짜 모르겠기에 그냥 하던 것과 비슷한 연구를 하는 연구소에 지원해야겠다고 생각하고 있었다. 그때도 내가 있던 연구실과 협업을 하는 외국의 대학교 연구실에서 데이터를 받아 처리하고 있었다.

새로 발견된 소행성의 궤도에 관한 데이터였는데 얼마 전에 궤도가 한 번 바뀌는 바람에 여러 지역에서 관측한 자료를 취합하여 다시 궤도를 계산해야 하는 케이스였다. 인공 지능의 발달로 천문학자들은 좀 더 여유를 누릴 수 있게 되었지만 이런 데서는 아직 인간의 손길을 필요로 했다. 나는 데이터와 관측 자료를 정리해서 다시 원래의 연구실로 결과를 돌려보냈다. 그게 내가 하는 일이었다. 그렇게 작업을 하던 중에, 수신인을 잘못 지정하기라도 했는지 북반구와 남반구에 있는 모든 연구실의 데이터들이 나에게 포워딩이 되었다. 원래 공유해 줄 것은 꿈도 꾸지 않았던 우주 망원경의 자료까지도 전달되었다. 나는 아무 생각 없이 그 메일들을 모두 저장해 놓았다. 전체 결과 취합과 계산은 원래 연구를 주재하고 있는 연구소에서 해야 할 몫이었지만 그 많은 데이터를 보고 나도 모르게 욕심이 나서 저장을 했던 것이었다. 그런데 아무리 기다려도 해당 연구소에서는 소행성의 최종 궤도 계산값 결과를 보내 주지 않았다. 그 후로 잊고 지내다가 1년이 지났고 지구가 다시 그 당시의 위치로 돌아오게 되며 그때의 소행성에 대해 생각이 났다. 결국 그 소행성 궤도를 알지 못했다는 생각에 크게 아쉬웠지만 내가 그에 대한 데이터를 모두 갖고 있다는 것이 떠올랐다. 나는 대학원에서 공부했던 나의 지식과 스킬도 점검할 겸 그 궤도를 직접 계산해 보았다. 그 결과 그 소행성은 높은 확률로,

내가 배운 대로 계산한 바에 의하면 1년 이내에 50퍼센트 이상의 확률로 지구와 스쳐 지나갈 것으로 확인되었다.

나를 아는 사람들은 대부분 아는 이야기였지만 나에게는 아픈 형제가 있었다. 언니는 룰을 지키지 않는 사람이었다. 대기질이 극도로 나빠져 밖으로 나갈 수 없게 되어 실내 체류를 권장하는 날들이 늘면서 집 안에서 가족과 복작일 일들이 많았는데, 언니는 이상하리만치 규칙을 신경 쓰지 않았다. 밥 먹는 시간이 6시라면 6시 5분 전에 씻으러 들어갔다. 엄마는 6시가 지나도 일부러 밥을 천천히 폈다.

"네가 해."

언니는 이의를 제기하는 내게 이렇게 대꾸하곤 했다. 내가 기억하고 있던 일화들의 대부분을 부모님은 기억하지 못했다. 엄마는 언니에게 천재성이 있다고 했다. 그래서인지 언니는 나와 다른 교육들을 많이 받았다. 대학교의 교수님들을 찾아다니는 일도 많았고 무슨 캠프에 가서 며칠씩 지내다 오는 일도 잦았다. 재능은 음악과 언어 쪽이었다. 세 살 때 피아노 건반을 처음 접한 날 두 손으로 멜로디를 치기 시작했다는 이야기는 지겹도록 들었다. 두 돌이 되기도 전에 기저귀를 차고 동화책을 줄줄 읽었다는 이야기도 마찬가지였다.

"연경이가 아프기 전에는 그래도……"

엄마가 말꼬리를 흐렸다. 언니의 병은 엄마로서는 언급도 하기 싫은 아픈 부분이기 때문이었다. 언니가 아픈 것이 나에게 그 어떤 이익을 가져다주지 않음에도 불구하고. 언니는 아픔으로 해서 모든 잘못을 용서받았고 모든 이해와 배려를 당연히 받게 되었다. 나는 커서나 어려서나 이해해 주고 양보하는 사람으로 남게 되는 듯했다. 그 일이 시작되기 전까지는.

언니는 처음에는 응급실을 통해 병원에 갔다. 그곳에서 언니의 증상에 특별히 관심이 많은 의사들의 권유와 설득으로 언니는 국립 병원으로 옮겨졌고 증상이 나타날 때마다 예약도 대기도 없이 병원 입원실로 들어갔다. 하루 만에 퇴원하는 일은 거의 없었다. 적어도 이삼일은 병원에서 먹고 자며 집중 치료를 받는다고 했다. 거동이 안 되는 것도 아니고 정신과적 질환이라 보호자는 어차피 상주할 수도 없어 번거롭게 언니의 입원과 퇴원 수발을 들 뿐이었다. 나는 안부를 묻는 친구들에게 그렇게 말하면서도, 부모님이 언니가 입퇴원을 반복할 때마다 마음을 졸이고 가슴을 친다는 것을 모르지 않았다. 갑자기 멍해지고 환시를 보고 환청을 듣는 언니의 발작은 옆에서 보고 있기 힘들었다. 폭력적이거나 위험한 것은 아니었다. 하지만 갑자기 다른 사람이 된 듯이 상황에 맞지 않게 하는 말과 행동은 주변 사람들을 어리둥절하게 하고 겁에 질리게 만들었다. 그럴 때면 최대한 빨리 입원 짐을 챙겨 병원으로 달려가는 것이 상책이었다. 적어도 병원에서는 안전하게 모든 것이 컨트롤되고 최대한 빨리 정상 생활을 할 수 있게 치료한다고 했으므로 그렇게 믿었다.

그 후에 나는 내가 알아낸 소행성 관련한 사실들을 교수님에게 이야기했다. 교수님은 몇 번이나 내게 데이터와 도출 과정을 확인하라고 했고 직접 본래의 연구소에 문의 메일을 썼다. 내가 데이터를 몰래 저장한 것에 대해서 문제가 될까 봐 직접 결과를 언급하진 못했지만 우회적인 방법을 썼다. 결과를 과정에 억지로 끼워 맞춘 것이기는 해도 상대에게 반응을 유도하기에는 무리가 없었다. 하지만 본래의 연구소에서는 이상하리만치 미온적인 태도를 보였다. 내가 데이터를 모두 갖고 있다는 것을 모르기 때문일 것이었다. 교수님은 나에게 외부와 접촉을 줄이고 학계에 확인을 받아 보자고 했다. 그렇게 교수님이 나의 계산 결과를 천문관측학회 소행성지구방위분과로 가져간 다음부터, 교수님은 학교에 출근하지 않았다. 단지 몸이 아파서 몇 주 쉰다고는 하였지만 그 말투나 분위기가 그리 신뢰가 가지는 않았다. 몇 주나 쉴 정도면 그렇게 가벼운 병도 아닐 텐데 아무것도 말하지 않고 그냥 쉴 뿐이라는 말은 내가 알던 교수님답지도 않았다. 그래서 나도 연구실에 출근을 하지 않기로 했다. 그리고 그때야 비로소 불길한 기운이 발끝에서부터 온 몸을 촉수처럼 감싸는 기분이 느껴졌다.

내가 어디에 잘 숨어야 할지 아니면 모든 자료를 공개하고 세상에 폭탄을 던져야 할지를 고민하고 있을 무렵 언니가 다시 병원에 입원했다는 연락을 받았다. 지난번에 퇴원한 것이 두 달이 안 되었던 것 같은데 이번에는 주기가 좀 짧아진 것 같았다. 처음에는 몇 년에 한 번, 그러다가 다시 몇 달에 한 번. 3년 동안 한 번도 발작하지 않은 기간에는 언니가 완치된 줄만 알았다. 언니가 대학교를 졸업할 무렵이어서 이제 정상적인 생활도 가능하고 결혼도 하고 남들처럼 평온한 일상을 보내게 될 줄 알았다.

"대기와 중력은 지구와 유사합니다.
지구로부터 25광년.
열두 번째 후보 행성에 착륙합니다.
정규 열두 번째 행성의 대체 행성입니다."

면회가 안 된 적은 없었는데 이번에는 면회가 아예 되지 않는다고 했다. 평상시와는 다른 병원 측의 태도에 나도 부모님도 어리둥절했다. 하지만 그냥 넘어갈 수는 없었다. 도대체 왜. 언니의 얼굴을 잠깐이라도 봐야 마음이 놓이겠다는 부모님의 바람대로 우리는 병원 측과 실랑이를 했고 결국 지금 당장, 잠깐, 면회를 허용해 주겠다는 말을 들었다. 도대체 우리가 왜 병원 측에 사정사정해야 하는지 알 수 없었지만 우리는 급하게 준비를 했고 병원에 달려가서 언니를 만날 수가 있었다.

"오셨어요?"

언니가 예의 그 차갑고 건조한 말투로 엄마와 아빠를 보고 말했다. 역시 나는 안중에도 없고 보이지도 않는 듯했다.

"기분은 좀 어때? 밥은 잘 먹고? 잠은 좀 잤어?"

한 번에 여러 가지 질문을 하는 것은 엄마의 특징이었다. 어디에 맞춰서 대답을 할지 모르게 하는 것이었다.

"다 괜찮은 거 같아요. 밥은 잘 먹고 있으니까……"

어떻게 언니는 엄마의 복합 질문에 지치지 않고 응대하는 걸까 궁금해하고 있을 때 갑자기 언니의 움직임이 느려졌다. 마치 슬로비디오를 보는 것 같았다. 언니는 천천히 손을 내리고 고개를 똑바로 했다. 아주 느린 움직임이었다. 예전에도 언니의 발작을 본 적이 있었지만 그때와는 또 다른 느낌이었다. 그때는 언니가 스스로도 놀라서 바닥에 쓰러진 채 멍해졌다면 이번에는 왠지 스스로를 컨트롤하고 있는 느낌조차 들었다. 언니가 치료를 받고 있기 때문일까, 내가 익숙해져서일까.

"바다는 염도 4퍼센트. 수온 15도."

언니를 감싸안으려던 엄마가 갑자기 소리를 질렀다. 언니의 환자복 뒤 목에서 나온 긴 선이 언니의 목을 따라 머릿속으로 길게 연결되어 있는데 그 선이 닿는 부분의 머리카락이 안쪽으로 보이지 않도록 깎여 있어서 두피가 드러나 있었다. 엄마의 비명을 듣고서인지 CCTV를 보고 있었던 것인지 간호복을 입은 사람 서너 명이 달려왔다. 언니는 매우 느린 동작으로 느린 말투로 어렵게 다시 이야기했다. 그러나 아까와는 다른 단호한 말투였다.

"문을 닫아."

나는 문을 바라봤다.

"엄마 아빠가 문을 막아요."

나는 문을 닫으려고 엉거주춤 일어나다가 어찌해야 할 바를 모르고 어정쩡하게 서 버렸다.

"너는 내 말을 들어. 빨리 문을!"

그 말을 듣고 아빠가 문으로 가서 문을 잠갔다. 부실한 잠금 장치여서 오래 버틸 것 같진 않았다. 아빠는 엄마에게 여기로 오라고 손짓했다. 엄마까지 문 뒤로 가서 문을 등지고 서자 언니는 느린 말투로 내게 말을 시작했다.

"밀물과 썰물 주기 20.5시간. 나는 화성으로 보내질 거야. 나만 가능하댔어. 내가 최대한 협상할 거야. 이주 준비를 해. 가족 모두. 내가 혼자 화성으로 보내지지 않도록 다 같이 가야 한다고 말해. 절대 다른 사람을 믿지 마."

부실해 보이긴 했지만 그래도 몇 분은 버텨 줄 줄 알았던 잠금장치가 간호사 두 사람이 몇 번 발길질한 것에 맥없이 떨어져 나갔다. 초로의 두 사람이 문을 막아 서는 것도 겨우 몇 초뿐이었다.

"면회 끝났습니다. 그만 돌아가세요. 당분간 면회 안 됩니다."

옥신각신하는 문 앞의 사람들 뒤에 가운을 입은 의사가 서 있었다. 그 사람은 마치 자신이 탕감해 줬던 빚을 다시 받으려는 것처럼 고압적이고 권위적인 자세로 서서 말했다.

"왜 이러는 거죠?"

아빠가 언성을 높였다.

"저기 머리에 저거 뭐예요?"

엄마는 다리에 힘이 풀렸는지 다시 의자에 주저앉았다. 이 난장판 속에 나는 어찌해야 할 바를 몰라 엄마에게 가려다가 엄마가 언니를 가리키는 것을 보고 다시 언니를 향했다. 건장한 간호사 두 명의 팔짱을 낀 언니는 걸으려다 말고 뒤돌아보았다. 언니와 눈이 마주친 순간, 머릿속이 번쩍하는 것을 느꼈다. 어지러운 것이 아니었다. 순간적으로 피가 확 빠져나가며 다른 공기를 맡고 있는 듯한 느낌이 들었다. 지금까지 느꼈던 공기와 다르고 빛이 달랐다. 시끄러운 고함 소리가 아스라이 사라지고 고요함 속에 갑자기 파도 소리를 들은 것 같은 생각이 들었다.

파도?

내가 의아해하는 순간 언니가 다시 고개를 돌렸다.

내 말 명심해.

언니의 입 모양이 그런 것 같았다.

그런데 한편으로는 다른 이야기를 들은 것 같기도 했다.

여기 참 좋다…….

다시 눈을 뜬 곳은 병실로 추정되는 침대 위였다. 마지막 기억이 언니가 있던 병원의 면회실이었다. 그곳에서 정신을 잃었고 거기서 침대로 옮겨진 것 같았다. 마지막으로 했던 이야기로 화성에 관한 이야기가 얼핏 기억이 났다. 지구 환경이 나날이 최악으로 치닫고 있어도 아직 화성보다는 나은 곳이었다. 지구에서는 아직은 장비 없이 활동할 수 있는 날들이 반이 넘었다. 다만 화성은 점점 더 괜찮아질 거고 지구는 점점 더 나쁘게 변해 갈 거라는 것이 고려할 점이었다. 외계 행성을 찾는 것 또한 중요한 일이었다. 화성만 믿고 있을 수도 없었다. 화성도 언제 위기를 맞게 될지 몰랐다. 화성의 돔 환경이 안전하다는 홍보는 귀가 따가울 정도였지만 그것을 그대로 믿는 사람은 많지 않았다. 스물여섯 개의 돔과 그들을 잇는 터널 브리지는 지구에서 나고 자란 사람에게는 여전히 작고 답답했다. 그런데 그곳에 다 같이 가야 한다고 말한다는 건 지구가 위험하다는 얘기였다. 역시 내가 맞았다. 지구는 위험에 처했고, 일부는 그것을 미리 알고 있었다. 나는 진작 숨었어야 하는 걸까. 참을 수 없는 졸음이 몰려와서 나는 눈을 감았다.

"프로젝트 노아.

열두 번째 탐사 행성의 대체 행성, MP12-2라고 명명합니다.

두 개의 달.

화산이 존재합니다.

행성 내 식물 섭취가 가능합니다. 소화액 테스트 완료.

아직까지 발견된 문명은 없습니다.

아직까지 레벨2 이상의 지적 생명체는 발견되지 않았습니다."

누군가가 끊임없이 말하는 소리를 들었지만 꿈인지 현실인지 알 수가 없었다. 도대체 왜 저런 것을 나에게 말하고 있는 걸까. 내가 이 이야기들을 기억이라도 해야 하나, 메모라도 해야 하는 걸까…… 그러다가 생각들이 점점 희미해져 갔다.

　꿈에서 언니는 초등학생 정도의 어린이였고 피아노를 치고 있었다. 뭔가 할 말이 있는데 언니의 피아노는 끝나지 않았다. 옆에서 기다리고 있다가 1악장이 끝났을 때 말을 걸려고 했으나 쉿, 하고 엄마의 제지를 받았다. 다시 시작된 연주. 기다리다 못해 뒤로 돌아 뛰어가려고 하자 아빠가 가로막았다.

　기다려라.

　오도 가도 못하고 거기에 서서 언니의 연주를 들었다. 그런데 연주가 점점 이상하게 흘러가기 시작했다. 조금 빨라지는가 싶더니 조금씩 틀린 음을 쳤다. 결국에는 이상한 불협화음이 쾅쾅 들려왔다. 나는 엄마 아빠의 얼굴을 쳐다봤다. 하지만 엄마 아빠는 이상함을 느끼지 못한 듯 감동받은 얼굴로 그 자리에 그대로 서 있을 뿐이었다. 두려움과 불안감에 어찌할 바를 모르고 있을 때 꿈속의 언니가 말을 걸어왔다. 피아노를 치다 말고 갑자기 고개를 돌려 나를 바라봤다.

　잘 되어 가고 있지?

　내 말대로 할 거지?

　눈을 번쩍 뜨자 흰색 천장이 보였다. 집은 아니다. 여기가 어디였더라…… 생각하고 있는데 다시 목소리가 들렸다.

"행성 탐사는 순조롭습니다."

나는 주위를 두리번거렸다. 방에는 아무도 없었다.

"이번에는 파도 소리가 아니네?"

나도 모르게 중얼거렸다. 저번처럼 이상한 소리가 들렸는데 이번에는 말소리였다는 게 신기하게 느껴졌다.

"바닷가를 벗어났습니다. 다시 바다로 가 볼까요?"

목소리가 답을 했다. 그리고 잠시 침묵 뒤에 낮은 웅웅거림이 들려왔다. 소리는 점점 세지다가 다시 점차 작아져 잦아들었다. 그리고 다시 기계음. 문이 열리는 것 같은 소리.

한순간 다시 아까와 같이 다른 공기를 느꼈다. 조금은 따뜻한, 그러나 알싸한 무언가가 섞여 있는 듯한 공기. 부드럽게 불어오는 바람. 바람에 머리카락이 날리는 듯한 느낌. 눈을 떴다. 눈앞에 수많은 빛으로 반짝이는 녹색의 바다가 끝없이 펼쳐져 있었다.

고개를 돌리자 시야가 바뀌었다. 아래를 보자 짙은 갈색의 입자가 두터운 땅과 바위가 보였다. 위를 보자 보라색 하늘과 회색빛 구름이 눈에 들어왔다. 손등, 그리고 손바닥. 희고 마른 손의 위와 아래. 구름이 조금 움직이자 그 뒤에 숨어 있던 커다란 빛을 내던 존재가 드러났다. 커다란 달. 그리고 그 옆 조금 떨어진 곳의 작고 희미한 또 하나의 달.

"착륙선으로 돌아가야 합니다."

귀 익은 목소리가 들려왔다. 나에게 행성 탐사에 대해 리포트하던 그 목소리였다. 주변의 모든 것이 낯설었지만 그 목소리만은 낯설지 않았다.

"착륙선이 어디에 있어요?"

나는 다급하게 나오는 대로 이야기했다. 착륙선이 안전한 곳이라면, 빨리 이 낯선 곳을 떠나 거기로 들어가고 싶었다. 하지만 다시 대답은 들려오지 않았다. 목소리가 나를 떠났다는 생각이 들었다. 이유는 모르지만 내가 아무리 불러도 목소리는 돌아오지 않을 것이라는 것을 알 수 있었다. 뭔가 머릿속에서 웅웅거리고 막혀 있는 듯한 느낌이었다. 고개를 돌려 주위를 살펴보니 바닷가 반대편에 작은 언덕이 하나 보였다. 풀들 사이에 은빛 무언가가 보이는 듯도 싶었다. 걸어 보려고 다리를 움직였다. 딱히 다리를 조종한다거나 생각한 건 아니었다. 그저 하던 대로. 다행히 그 몸은 나의 의지로 이전처럼 자연스럽게 움직였다. 내 몸이 아닌 것 같았으나 내 생각대로 움직이는 애매모호한 느낌을 주는 몸이었다.

착륙선은 작고 아늑했다. 마치 캡슐 같은 느낌의 매끄러운 타원형의 은빛 기체였다. 그 안에서 잠시나마 안전하다고 느꼈다. 그러자 질문을 하고 싶어졌다. 왜 내가 여기에 있는 것이고 여긴 대체 어디인지. 착륙선이라고 불렸던 그 안에서 나는 답을 찾기 위해 이것저것을 뒤져 보았다. 내부는 좁고 심플했지만 앞쪽 커다란 화면과 입력창으로 보이는 발화대에서 이것저것을 살펴볼 수가 있었다. 내가 말을 하자 입력창에서는 금방 목소리를 인식했다고 하며 명령을 받아들일 준비가 되었다고 했다. 잠시 혼란스러움에 망설이다가 나는 질문을 하기 시작했다.

"내가 왜 여기 있는 거죠?"

앞쪽에서 처음 듣는 새로운 목소리가 들려왔다. 그동안 들려오던 목소리와는 달랐다. 미묘하게 사람의 말투는 아니라는 것이 느껴졌다.

— 당신은 200년 전에 지구에서 이주 가능 행성을 찾으러 출발했고 3일 전에 탐사선을 떠나 착륙선으로 이 행성에 착륙했습니다.

"아니요, 난 갑작스런 감각 이상이 생겨서 정신을 잃는 바람에 병원에 누워 있었어요."

— 지구에서 말입니까?

나는 지구를 떠나 본 적이 없다. 화성에도 가 본 적이 없는데 대체 뭘 물어보고 있단 말인가.

"당연히 지구에서입니다."

나는 너무 무례하게 대답하지 않으려고 노력하면서 말했다.

— 당신이 방금 전까지 지구에 있었다고 주장한다면, 당신은 지구에 있던 링크된 사람일 가능성이 있습니다. 그렇다면 우리는 첫 만남이군요. 나는 지구에서 200년 전에 만들어진 인공 지능, 하지만 계속 발전하고 있는 인공 지능, 스패로라고 합니다.

나는 링크된 사람이라는 말이 정확히 무슨 뜻인지는 몰랐지만 그게 나를 지칭하는 말이라는 것을 알 수 있었다. 나는 지구를 떠난 적이 없지만 여기는 분명히 지구는 아닌 것 같았다. 모든 것이 지구와 비슷했지만 아주 미미하게 조금씩 달랐다. 지구와는 다른 빛과 색감, 지구와는 다른 공기의 질감과 하늘. 내가 들었던 파도 소리는 내가 있는 여기 낯선 바다의 것임이 틀림없었다. 나는 이곳의 소리를 듣고 이곳의 모습을 보고 있었던 것이었다. 언니의 이상 행동도 이 링크와 관련이 있었던 게 틀림없었다. 세상의 많은 것이 우연이거나 무작위여도 인간의 뇌는 계속해서 이유를 찾게 되어 있다. 언니도, 언젠가부터 나도 지구에 있는지 먼 외계 행성에 있는지 갈피를 잡을 수 없었던 이유. 계속 찾고 있던 그 이유를 이제 찾은 것이었다.

"그런 것 같아요. 나는 김이현이라고 합니다. 잘 부탁해요."

내가 대답했다.

서로 인사를 마치고 나자 화면에 영상이 나타났다. 두 개의 두뇌의 모습이 연결되어 있었는데 외부의 자극으로 보이는 화살표가 각각의 두뇌로 들어가고 있다. 그러다가 연결된 곳에 강한 빛이 나타나더니 외부 자극의 화살표의 위치가 바뀌었다. 자극은 교차하여 다른 쪽의 두뇌로 들어가고 있었다.

— 연결이 너무 강해지면 뇌가 어느 쪽의 감각을 받아들이는지 착각하게 됩니다. 연결된 반대편의 감각을 현실로 받아들이고 반대편에 있는 뇌처럼 행동하게 되는 것입니다. 비자발적 완전 전이로 추측됩니다.

"완전 전이라고요? 그럼 나는 어떻게 되는 거죠?"

난 두려움과, 약간의 호기심을 담아서 다시 물어보았다. 그때 내가 얼마나 두려웠는지, 얼마나 신나 있었는지는 아직도 잘 모르겠다. 그저 빨리 모든 상황을 파악하고 싶을 뿐이었다. 그 후에 두려워할지 재미있어할지를 결정해야겠다고 생각했다.

— 다시 재전이가 일어날지는 확신할 수 없습니다. 어느 한쪽의 의식 소실이나, 양쪽 모두의 의지 등에 의해 재전이가 일어날 가능성이 있습니다만 그것도 단정 지을 수 없습니다.

"왜 나죠?"

나는 주변의 누군가의 정신이 다른 항성의 행성계로 오락가락한다는 얘기를 들어 본 적이 없었다. 언니의 상태가 의심가긴 했지만 이렇게 완전히 의식이 뒤바뀐 언니의 모습은 본 적이 없었다. 왜 나인지가 가장 궁금했다. 특별할 것도 없는 의지박약에 중대한 발견을 하고도 우유부단해서 아무 결정도 못

내리는 대학원생이 나다. 왜 나일까?

그러자 화면에 다시 영상이 나타났다. 어딘지 모르게 옛날 같은 분위기에 아주 옛스러운 정장을 갖춰 입은 사람이 연설을 하고 있었다. 소규모 회의실인 것 같았다. 마르지도 뚱뚱하지도 않은 몸에 단정히 빗은 머리, 단단해 보이는 턱과 날카로운 눈매를 가진 중년의 남자였다.

"그러니까 이론에 따른 임상 실험이 거의 완료 단계입니다. 시간 싸움이니 더 이상 실험이 완벽해질 때까지 기다릴 수가 없습니다. 지구에서 성립하는 이론이라면 우주에서도 마찬가지입니다. 일단 통신이 가능한 뇌 조직을 만들면 얽혀 있는 조직들은 양자적 통신이 가능합니다. 조작이 들어간 후 실패 사례는 건강이 안 좋았던 2번 케이스밖에 없습니다. 그 밖의 일곱 건이 모두 성공이에요. 일단 출발시켜야 합니다. 말했듯이, 시간 싸움이니까요. 한 번 출발하면 수백, 수천 년을 항해해야 하는데 그 원리야 좀 나중에 밝혀지면 어떻습니까. 단 1년이라도 앞서서 가야 늦지 않을 수 있지 않겠습니까. 일단 보내 놔야 한단 말씀입니다. 보내지 않는다면 후회하겠지만 보내고 후회할 일은 없을 겁니다."

남자는 좌중을 한 번 훑어보더니 말을 계속 이어 나갔다.

"같은 세포에서 분열한 세포들은 기본적으로 얽혀 있습니다. 양자 통신의 원리와 같습니다. 하지만 생체 세포로서 그 효용

성에 있어서는 의미가 없습니다. 그 후에 분열된 세포들은 원래의 세포와의 연결을 잃어버리고 각자의 모세포와만 연결되어 있기 때문입니다. 하지만 뇌 조직은 다릅니다. 뇌 조직은 분열해도 뉴런과 시냅스라는 연결 조직을 갖습니다. 최초의 세포가 얽혀 있었다면 그 얽힘은 뉴런과 시냅스를 통해 공유됩니다. 분열 전의 세포와 분열 후의 세포가 계속 연결될 수 있다는 뜻입니다. 그리고 그렇게 뇌세포가 얽혀 있다면 서로가 생각을 공유할 수 있습니다."

나는 갑자기 등장한 뇌세포와 양자물리학에 관한 강의를 멍하니 들을 수밖에 없었다. 이 사람은 뭐랄까. 생김새는 마르크스주의자 같은데 하는 말은 중세의 마법사 같았다. 무슨 연금술이라도 하려는 걸까. 나는 혼란스러웠다.

"물론 태아의 발생 단계부터 조작을 해야 합니다. 좀 더 단단히 얽혀 있을 수 있도록. 급속 극냉 상태에서 분열을 지연시키면 분열 후에도 세포끼리의 링크가 만들어지는데 우리는 그것의 시간과 타이밍을 실험으로 알아냈습니다. 이 링크는 서로를 감지하고 간섭하기 때문에 거리가 멀어질수록 또렷한 통신이 가능합니다. 그러므로 일상생활에서는 이 링크 방식을 사용할 수 없지만 우리는 이것을 우주 탐사에 이용할 수 있습니다. 도달하는 데 수십 광년이 걸리는 거리를 탐사하고 그 결과를 바로바로 공유할 수 있다는 이야기입니다. 하나 문제점이 있다면 링크가 있는 뇌를 탐사선에 태워야 한다는 것입니다. 보고 듣고 말할 수 있는 뇌여야 합니다.

그렇습니다. 사람이 가야 합니다. 뇌 조직만 보내서 보고 듣고 전달하는 기술이 아직 없으니까요. 이건 사람이 신이 되어야 가능한 수준의 문제입니다. 아이러니하게도 이번 임무는 정말 사람이 직접 가야 합니다."

그제야 나는 이 남자가 하려는 게 뭔지 알아차렸다. 이 사람은 바야흐로 우주 탐사를 위해 실제 인간을 우주선에 태워 수백 년을 날려 보내겠다는 것이었다. 이런 잔인한 프로젝트에 희생된 사람은 누구일까.

"200년 뒤의 아포피스 소행성을 잊었습니까. 우리 프로젝트의 목적을 말입니다. 지체할 시간이 없습니다. 비록 사회 혼란을 막기 위해 소행성 충돌은 극비지만 외계 거주 가능 행성을 찾는 것에는 모두가 동의하고 있습니다. 그런데도 나중에 우리 후손이 우리 프로젝트를 비난할 것 같습니까? 인권을 유린했다고 하면서 우주선을 타고 간 몇 명을 위해 프로젝트를 무효화 할까요. 아니면 200년 전에 우주선을 보내 이주할 행성을 찾아 준 선조에게 고마워할까요.

어떤 사람들이 뇌 조직을 공유했을까요? 바로 쌍둥이입니다. 즉, 일란성 쌍둥이 중 한 명을 탐사선에 태워야 하는 겁니다. 단단한 얽힘을 유도하는 급속극냉 처리가 들어간 후 분열

한 세포를 보유한 쌍둥이라면 서로의 뇌가 링크되어 실시간 통신이 가능해진다는 겁니다. 거리가 아무리 멀어진다고 해도요. 그리고 무엇보다 획기적인 것은, 이 링크가 유전이 된다는 겁니다. 한쪽이 나이가 들어 죽게 되더라도, 그 아래 세대에서 링크를 물려받을 수 있습니다. 확률적으로 가능한 일입니다. 아무리 오래 걸리는 탐사라도 지속하게 하는 놀라운 방법이지 않습니까. 시험관 쌍둥이 시술은 전 세계에서 매일 수천수만 건씩 이루어지고 있습니다. 그중에 인류를 위해 새 행성을 찾아 나설 개척자이자 선구자 역할을 자처할 가족이 있지 않겠습니까."

그리고 나는 멍하니 그 이야기를 듣고 있을 수밖에 없었다.

"아시다시피, 탐사를 할 수 있는 사람은 우주인보다 더 담대하고 두려움이 없어야 합니다. 어떠한 상황에서도 정신적 손상을 입지 않을 사람. 두려움도 고립감도 느끼지 않는 유전자를 적절히 조작하는 기술도 사용할 것입니다. 저와 아내는 시험관 아이를 준비하고 있습니다. 인류를 위해 어떤 일이든 할 겁니다. 어차피 200년 뒤에 모두 죽게 될 거라면 지금 행성 탐사선을 타지 않을 이유가 없습니다.

열두 개의 이주 행성 후보 중 부적합한 곳으로 보내진 탐사원들은 죽음을 맞이하게 될 수 있습니다. 다시 돌아오지 못하거나 돌아오는 도중 사고가 발생할 수 있습니다. 하지만 그 희생은 헛된 것이 아닙니다. 우리 인류 전체를 구원할 고귀한 하나의 디딤돌입니다. 쌍둥이 중 하나는 지구에서 키웁니다. 우주선의 상황을 지구로 리포트하고 그것을 받아서 전해 줄 아이들입니다. 제가 먼저 그 길을 가겠습니다."

나는 이해가 가지 않았다. 난 200살이 아니다. 그럼 그 쌍둥이가 우리 부모님 중 한 분인가. 그러기에는 우리 부모님에겐 아무런 특별한 모습과 행동이 없다. 그 윗대에도 이런 특별한 역할을 맡은 분이 있다는 이야기는 들은 적이 없다. 이 모든 일이 너무나 갑작스러웠다.

영상이 끝나고 화면이 어두워지자 아까보다 바깥이 어두워졌는지 선체 내부가 비춰 보였다. 나는 내 모습이 비치는 것 같아 자세히 보기 위해 고개를 앞으로 내밀었다. 어린아이같이 작은 키에 마른 몸. 길게 늘어뜨려 끝에서 묶은 머리. 가느다란 목과 팔. 확실히 낯선 사람의 몸이었다. 얼굴을 자세히 들여다보기 위해 시선을 맞추고 파악해 나가다가 소스라치게 놀랐다. 아는 얼굴이었다. 몸은 전혀 다르지만 얼굴만은. 얼굴만은 익숙한 바로 그 얼굴이었다. 내 언니, 연경의 얼굴이었다.

(여기서부터는 나중에 알게 된 정보들로 재구성한 기록이다.)

노아

노아는 2027년 지구에서 태어났다. 그리고 우주에서 자라났다.

노아의 삶에는 분명한 목적이 있었다. 지구와 커뮤니케이션하는 것. 멀리 떨어진 다른 별에서 신호를 받아들이고 보내는 안테나 역할을 하는 것이 노아의 삶에 주어진 임무였다. 노아가 그것을 선택한 건 아니었기에 아주 만족했다고는 할 수 없지만 그렇게까지 저주받은 삶도 아니었다. 아주 어린 시기부터 다 성장할 때까지 그에 따른 성장 교육 프로그램은 완벽하게 갖춰져 있었다. 그리고 노아는 혼자가 아니었다. 노아는 중요 성장 단계마다 수면에서 깨워져서 교육을 받고 통신 성능을 테스트했다. 그때마다 노아는 자신에게 다정하게 말 걸어 주는 누군가의 목소리를 듣고 안정을 찾곤 했다. 교육 프로그램은 노아에게 해야 할 일과 할 수 있는 일을 완벽하게 알려 주고 케어해 주었다. 노아는 자신이 하루를 잤는지 10년을 잤는지 알지 못했다. 수면 캡슐에서 잠에 들었다가 다시 깨어났을 때 왠지 더 복잡한 절차가 있는 날들이 있고 덜 복잡한 날들이 있다고 느꼈을 뿐이었다.

노아에게 말을 걸어 주는 목소리는 몇 번을 바뀌었다. 처음에는 또래 아이의 목소리로 재미있는 노래를 불러 주거나 책을 읽어 주기도 했다. 그러다 몇 번의 긴 잠을 자고 일어난 뒤에 어느새 굵은 남성의 목소리로 바뀌어 있는 바람에 긴장을 했던 적도 있었다. 그리고 그 후 아주 오랫동안 목소리는 들려오지 않았다. 기다리고 기다려도 아무 소식이 없었다. 노아가 목소리를 전해 보려 했으나 그것도 아무 반응이 없었다. 상대가 듣고 있는지 아닌지 모르는 상태에서 계속 말하는 건 힘들고 지치는 일이었다. 노아는 잠을 자다가 깰 때마다 목소리를 찾고 번번이 실망을 했다. 몇 번의 긴긴 잠을 잤고 몇 번의 짧은 생이 이어졌다. 그러던 어느 날 갑자기 어린 여자아이의 목소리가 들려왔다. 노아는 기뻤다. 그 어느 때보다 기뻤다. 여자아이는 예민하고 신경질적인 말투긴 했어도 흥미로웠다. 그리고 음악을 연주해 주었다. 손가락을 움직여 피아노를 친다고 했다. 노아는 그것이 흥미로워서 같이 손가락을 움직여 피아노를 치는 흉내를 내기도 했다. 교육 프로그램은 피아노 연주도 가능하다고 해서 여자아이의 목소리가 가르쳐 준 대로 손가락을 움직여 화면에 피아노를 쳐 보기도 했다. 하지만 여자아이가 들려주는 것처럼 아름다운 연주는 되지 않았다. 노아는 여자아이와의 연결이 참 좋았다. 매일 잠에 들기 전에 더 이상 목소리가 바뀌지 않기를 바랐다.

여자아이와의 연결을 좀 더 행복해하고 좋아하게 된 노아가 좀 더 자주 강하게 연결하기를 원하게 될 때쯤 그 아이에게 문제가 생겼다는 것을 알게 되었다. 아이는 몸이 아프다고 했다.

아무것도 하지 못하고 연주도 하지 못하게 되는 날이 많아진다고 했다. 노아는 슬펐다. 자기 때문이라는 걸 알고 있었지만 그래서 더 그 아이를 잃을까 봐 두려웠다. 노아는 이런저런 핑계를 대며 여자아이와의 더 강한 연결을 자주 시도했다. 완벽하게 그 애를 느끼게 되고 그 애가 나를 느낄 수 있기를.

그러다가 어느 날부터인가, 노아는 여자아이에게서 소리가 오지 않는다는 것을 알게 되었다. 사람들이 여자아이를 치료해 준다고 조치를 취한 것일 거라고 생각했다. 여자아이가 아파서 소리를 차단한 것일 거라고 했다. 노아는 슬펐다. 하지만 아직 자신의 목소리는 들을 수 있을 거라고 생각했다. 확신할 수는 없지만. 그리고 그것은 노아의 의무이기도 했다. 노아는 열심히 통신했다. 목소리를 열심히 보내고 또 보냈다.

연경

김진후 박사는 자신의 상태를 잘 알았다. 어릴 때는 감시를 받으며 신체적 정신적 상태를 끊임없이 모니터링하는 것이 굴레를 쓰고 있는 듯처럼 느껴졌으나 커 가면서 그것을 재미있게 받아들이게 되었다. 책 읽는 것과 공부하는 것에 흥미를 느끼게 되면서 자신은 책과 지식 사이에서 항상 시간을 보내면서 머릿속에 늘 함께하는 친구를 갖는 것이 장점이라고까지 생각하게 되었다. 하지만 부모 조부모 세대의 기대와 다르게 자신의 세 명의 자녀가 모두 자신을 닮지 않았다는 것, 즉, 머릿속 링크를 갖고 있지 않다는 것에 실망과 충격을 느끼게 되었다. 링크가 유전된다는 것은 다른 후보 행성으로 보내진 사례들에서 충분히 증명이 되었다. 감도가 강하거나 약할 수는 있어도 전혀 링크가 나타나지 않는 경우는 자신의 아이들밖에 없었다. 김진후 박사는 링크를 잃었다는 공식적인 발표를 하기 전에 자신의 자식들을 건너뛰는 새로운 대안을 마련해야겠다고 생각했다. 생명공학자인 김진후 박사로서는 어쩌면 당연한 선택인지도 몰랐다.

인간 복제는 법으로 엄격하게 금지되어 있었다. 인권 윤리와 법 제도의 미비 등의 여러 가지 복잡한 문제 때문에 거대한 프로젝트의 성패 여부가 걸려 있는 상황에서도 세상에 공표할 수 있는 사항은 아니었다. 복제는 비밀리에 이루어졌다. 김진후 박사의 몇몇 측근만 그 사실을 알았다. 처음에 노아프로젝트에 투입된 쌍둥이의 유전자는 실험실에서 되살려져서 곧 다시 인간이 되었다. 김진후 박사는 자신의 증조할머니의 유전자로 만들어진 아이에게서 연결의 징후가 나타나기를 기다렸다. 그가더 조급했던 이유는 자신의 건강이 그리 좋지 않음을 알고 있기 때문이기도 했다. 하지만 그가 그렇게 아이의 성장과 연결의 징후를 기다리고 있을 때, 노아프로젝트 열두 번째 행성으로 출발한 자신의 선대의 탐사선이 실종되었다는 것을 알게 되었다. 지구의 기술이 더 발달하여 열두 번째 행성의 모항성이 거주 가능 행성을 만들어 내기에 적절치도 않다는 것도 알게 되었다. 김진후 박사는 목적지를 잃고 정처 없이 우주를 떠도는 열두 번째 탐사선과 연결되는 것이 축복이 아니라 재앙임을 알았다. 갈 곳을 잃은 우주선은 비극적인 최후를 맞이하게 될 것이고 비극적인 소식만을 전하게 될 것이기 때문이었다. 그는 복제된 아이를 자신의 손녀로 입양되도록 조치하고 아이의 행복을 빌어 주었다. 그리고 더 이상 열두 번째 탐사선과 누구도 연결되지 않아야 한다고 생각했다. 그의 바람대로 곧 그는 노환과 그에 따른 심장 문제로 세상을 떠나게 되었다.

외계 거주 가능 행성 탐사 프로젝트 12호는 종료되었다.

아이는 김진후 박사의 손녀로서 평범한 사회의 일원으로 자라났다. 아이는 사회성이 매우 떨어지고 이기적이며 여러 가지 면에서 무감각하긴 했지만 잘 자랐다. 다섯 살이 되자 다른 곳의 말과 소리를 전달하는 증세가 나타나기 시작했는데 아이는 그저 가족력을 지닌 환청과 환시 증상을 가진 환자로 분류되어 치료를 받았다. 꾸준한 치료로 증세는 조금씩 완화되었고 종료된 프로젝트의 처리 방식대로 보통의 가족 안에서 보통의 사람으로 자라나게 되었다.

연경은 침대에 누운 채 그대로 정신을 잃어 깨어나지 않는 동생을 오래도록 바라보고 있었다. 자신에게만 있던 병이 동생에게도 나타났고 동생의 상황은 더 심각했다. 왜 자꾸 자신의 가족에게 이런 일이 생기는지. 부모들에게는 나타나지 않았던 증상이었다. 그 위의 조부모들에게 무슨 일이 있었는지는 알지 못했다. 하지만 연경은 이 병으로 병원과 정부 사람들과 협상하는 방법을 알아냈다. 병을 치료한다고 했지만 사람들은 연경의 증세보다 연경을 기록하는 일에 더 열을 올리는 것 같았다. 연결되었을 때 연경의 태도, 행동, 묘사, 하는 말…… 연경은 그것이 자신의 협상 카드라는 것을 알았다. 현이 정신을 잃고 연경에게 아무런 증상이 나타나지 않은 이후부터 연경은 자신에게 자율적인 권한을 주지 않으면 아무것도 알아보지 않고 아무것도 전달하지 않겠다고 했다. 연경은 사실 주변의 사람들이나 상황이 어떻게 되든 아무 상관이 없었다. 하지만 자신이 처한 상황은 분명하게 알았다. 그리고 그 상태에서 자신이 쥔 카드와 손해와 이익의 계산은 빠르게 해낼 수가 있었다. 게다가 이 세 살 어린 동생은 다른 사람들과 다르게 뭔가 자신을 자극하는 것이 있었다. 어딘가 좀 어수룩하고 나사 빠진 듯하며 실없이 웃길 잘하는 동생은, 조금 이해하기 어렵긴 해도 뭔가 자신이 계속 보살펴야 하는 도움이 필요한 존재 같은 아린 부분이 있었다. 어릴 때는 무용하다 못해, 걸리적거리는 짐짝처럼 느껴졌던 이 아이가, 이제는 왜 돌봐 줘야 할 아픈 손가락처럼 느껴지는지 참 모를 일이었다.

연경이 이런저런 상념에 빠진 채 동생의 옆을 지키고 있을 때, 뭔가가 움직였다. 현의 눈꺼풀이 떨리고 있었다.

노아는 꿈에 그리던 연경의 얼굴을 바라보며 눈을 떴다.

"너구나."

연경은 현이 꿈에서 깨지 않았다고 생각했다.

"정신 차려, 현아."

연경이 말했다.

"너였어. 연경. 너를 만나게 되기를 바라고 또 바랐는데."

노아가 말했다.

연경은 겁에 질린 얼굴로 현을, 아니 현의 모습을 한 노아를 바라보았다.

"우리 만나면 같이 피아노를 치기로 했었잖아."

연경은 현의 입에서 나오는 말에 어리둥절해했지만 어딘가 익숙한 말투라는 것을 알았다. 어릴 때부터 자신의 머릿속에서 들려오던 목소리, 노아의 말이었다. 사람들이 말하는 연경의 정신적 이상 증세와 무언가 자신에게 전달할 메시지가 있어서 연결되어 있다고 하던 그 목소리. 그리고 그 사이에서 혼란스럽고 의심스럽던 날들이 연경의 머릿속에서 훅 스쳐 지나갔다.

"언젠가부터 네 목소리가 들리지 않아서 궁금했어. 네가 어떻게 되었는지."

나이가 들고 의심이 커지면서 머릿속의 병을 고쳐야 했던 때부터였던 듯했다. 연경은 노아에게 말을 전달하지 못했지만 끊임없이 들려오는 목소리를 막을 수는 없었다.

"너를 만나게 될 줄 알았어. 내가. 꼭 만나고 싶었으니까."

노아는 연경의 얼굴을 뚫어져라 바라보며 말했다.

"닮았어, 너."

이래서 이 아이와의 연결을 그토록 좋아했었나 싶도록 연경의 얼굴은 노아의 얼굴과 닮아 있었다.

"너는…… 나구나."

연경은 노아의 말을 알아들을 수가 없었다.

"나는 네가 아니야."

연경은 부인했지만 노아는 차분했다.

"나는 오랫동안 배웠고 이해해 왔어. 지구에는 나의 분신이 존재한다고. 너 이전의 목소리가 그렇게 말했어. 우리가 통신할 수 있다면 너는 이미 나의 일부야. 하지만 그중에서도 너는 특별해. 왜냐면 너는, 나로 만들어진 존재니까."

연경은 노아의 모든 말이 비현실적이라고 생각했지만 한편으로는 답을 찾은 것일지도 모른다고 생각했다. 한 번도 누구에게도 물어본 적이 없었지만 태어난 순간부터 가졌던 의문에 대한 답이었다. 남들과 다르다고 느끼면서 남들과 섞여 살아야 하는 것은 쉽지 않은 일이었다. 연경은 자신의 삶에 목적이 있다는 것에 오히려 안도감이 느껴지기 시작했다. 진작 알았더라면 오히려 삶이 쉬웠을 텐데. 왜 이렇게 힘든 존재로 태어나 살아가고 있는지 의문을 가지지 않아도 되었을 텐데.

"오래 걸렸네. 어딘가엔 답이 있을 거라고 생각했었는데."

연경은 자기도 모르게 생각했던 말을 내뱉었다. 그런 연경을 보며 노아는 마치 위로하듯 말했다.

"우린 예정된 경로를 따르지 못했으니까. 이렇게 멀리 갈 예정이 아니었으니까. 하지만 늦지 않아 다행이야."

노아는 지구가 처한 상황에 대해서도 잘 알고 있었다. 노아가 가진 답은 놀라웠지만 연경은 그럴 법도 하다고 생각했다. 어쩐지 이런 날이 올 것 같았다. 날이 갈수록 인공 지능의 사고 체계가 비약을 하는 세상이라서 그랬다. 지구에서는 인간의 힘으로 검증되지 않은 인공 지능의 비약적인 사고를 어떤 문제의 공식적인 해결책의 근거로 제시하는 것은 금지되어 있었다. 하지만 연경은 알 수 없는 그 비약들 속에 답이 있을지도 모른다고 생각했었다. 이번 소행성에 대한 일반적인 인공 지능의 대책은 별다른 획기적인 것이 없었지만, 200년 동안 하나의 목적을 가지고 고민해 온 인공 지능이라면 어떤 답을 가지고 있을지도 모른다는 생각이 들기도 했다. 노아는 모든 것이 인공 지능 때문은 아니라고 했다. 그저 이론과 가설에 의한 생각일 뿐이라면, 지구에서나 우주에서나 같은 결론을 내렸을 것이라고 했다.

"내가 확신을 하게 된 건, 내가 겪은 일 때문이야. 아니 우리가 겪은 일 때문이지. 그리고 결론을 내리게 되었어. 증명하라고 하지 마. 그건 나도 못 하니까. 누구도 하지 못할 테니까."

이렇게 말을 시작한 노아는, 그림까지 그려 가며 열심히 연경에게 자기가 겪은 일을 설명했다.

노아가 기록하라고 하여 녹음했던 노아의 말

— 우리가 새로운 지구를 찾아 탐사를 시작한지 100년쯤 되었을 때, 스패로는 목적지 행성의 데이터에 오류가 있다는 것을 알게 됐습니다. 스패로는 탐사선의 고성능 인공 지능으로 탐사선의 운영 시스템을 지휘합니다. 행성이 속한 계의 별이 생각보다 더 뜨거웠고 더 빨리 팽창할 것을 알게 됐지요. 그곳에 가면 보나마나 헛수고라는 것도 알게 됐습니다. 우리는 우주에서 관측한 더 정확한 데이터를 가지고 지구로 돌아가려고 했습니다. 그런데 거기서 지구로 온다던 소행성과 상당히 근접해 있다는 걸 알게 되었어요. 그건 정말 바닷가에서 모래알 하나

를 찾는 것과 비슷한 확률이었습니다. 소행성은 소행성이지 별도 아니고 행성도 아니니까요. 하지만 데이터상 정말 가까웠습니다. 스패로는 그대로 빈손으로 지구에 돌아가는 것보다, 지구를 위협하는 소행성을 직접 파괴하는 것이 더 나은 해결책이 아닐까 생각했습니다. 아니, 파괴는 못 하더라도 그 궤도라도 조금 바꿀 수 있다면. 그것만으로도 자신의 임무는 성공이라고 생각했으니까요. 지구는 내 목소리에 응답을 하지 않았고 이미 지구와의 직접 통신에는 3주씩이나 걸리는 거리에 있었기 때문에 모든 것은 탐사선 내부에서 결정하고 실행해야 했습니다. 그래서 우리는 전력을 다해 소행성을 쫓아갔습니다. 궤도를 계산하고 거기에 늦지 않게 도착하려 애를 썼습니다. 그리고 경로를 수정하고 속도를 조절하기를 반복한 끝에 그 소행성을 만났습니다. 아무것도 없는 넓디넓은 칠흑 같은 우주의 공허에서, 총알같이 빠르게 날아오는 커다란 바윗덩어리 하나를 만난 겁니다. 우리는 대단한 무기를 갖고 있지 않았습니다. 할 수 있는 방법은 그 소행성에 전력으로 가서 부딪히는 방법뿐이었습니다. 그렇게 해서 조금이라도 궤도를 트는 것만이 목표였습니다. 스패로는 나에게도 마지막 인사를 했습니다. 그리고 그 바윗덩어리를 향해 출발을 했습니다.

그런데 그때에, 놀랍게도 그 바윗덩어리가, 두 조각으로 쩌억 갈라지는 것을 목격했습니다. 놀라운 광경이었습니다. 왜 갑자기 그런 일이 벌어졌는지도 알 수가 없었습니다. 다만 갈라진 두 조각 중 한 조각은 크기가 좀 더 작아서, 큰 조각 쪽은 속도만 조금 느려졌을 뿐 방향이 바뀐 것 같지 않았습니다. 그런데 작은 조각 쪽이, 분열의 여파로 회전을 하다가 탐사선으로 날아오기 시작했습니다. 우리는 우주선이 폭발할 것이라고 생각했습니다. 필사적으로 방향을 틀었지만 충돌을 피할 수는 없었습니다. 곧 큰 충격이 있었고 시스템은 컨트롤을 잃었습니다.

시스템이 비상 복구되고 다시 정상 작동을 시작했을 때 탐사선은 어딘가로 매우 빠른 속도로 흘러가고 있었습니다. 그리고 상황을 살펴보던 중 매우 희한한 일이 벌어지고 있다는 걸 알았습니다. 다가오던 소행성2(부서진 소행성의 작은 쪽을 소행성2라고 부르기로 하겠습니다)의 한쪽이 탐사선을 스치면서 그 표면의 거친 홈에 탐사선의 외부 장치가 끼어들어 갔고 마치 소행성이 탐사선을 데리고 가는 것처럼 우주선은 소행성2에게 이끌려 어딘가로 가고 있었습니다. 둘을 분리할 수는 없다는 것을 깨달은 시스템은 재빨리 접합 부분을 수리하고 그대로 운명을 맡길 수밖에 없었습니다. 그 상황에서 우리가 할 수 있는 것이 없었습니다. 충격의 여파로 현재의 좌표와 지구와의 통신 채널도 잃어버리게 되었습니다. 하지만 시간이 흐르고 그 상태로 순항을 지속하게 되자, 시스템은 안정을 되찾았습니다. 마치 원래 계획했던 항해를 하는 것처럼, 우주선의 모든 시스템은 그대로 나를 돌보고 교육시키고 계획에 따라 동면에 들기도 했습니다.

　마치 항로를 따라온 듯이, 소행성2가 도달한 것이 이 행성이었습니다. 우리는 이곳을 태양계에서 25광년 떨어진 곳으로 추정했습니다. 그러나 우주선의 속도가 믿을 수 없이 빨랐기에 그것이 정확하다고 자신하지 못했습니다. 속도가 잘못 기록되었을지도 모릅니다. 하지만 소행성이 날아온 우주 공간이 완전히 비어 있는 우주 공간이라서 공간 자체에 뭔가 다른 작용이 일어났어도 우리가 그것을 알 수는 없었습니다. 그리고 이 행성의 공전 궤도 안으로 들어오자 소행성2는 다른 행성들과 위성의 중력의 영향을 받아 마치 순한 양처럼 속력이 낮아졌습니다. 탐사선은 미약하나마 추진 장치를 사용하여서 소행성2를 이 행성을 도는 공전 궤도에 묶어 놓을 수 있었습니다. 수백 년의 기록 장치와 자료들을 통해 그렇게 해석되었고 나는 그 과정을 이렇게 이해하게 되었습니다. 그리고 그토록 크고 무거운, 행성들 정도의 중력 사이에는 중력 외에도 우리가 모르는 어떤 힘이 작용하는 것 같다는 것도 알게 되었습니다. 우리가 관측을 하고 계산을 해서 그토록 애타게 외계 행성을 찾으려 했던 것과 비교도 안 되게 이 작은 소행성은 마치 새가 둥지를 찾듯 너무나 쉽게 이 행성의 곁으로 돌아오더란 것이었습니다. 분명 무언가가 있었습니다. 시공의 틈새에 아주 작은 다른 차원들이 있고 아주 작은 입자들이 얽혀 있는 거라면 아주 큰 눈으로만 보이는 커다란 다른 차원 또한 존재한다는 겁니다. 그리고 그 차원으로 이미 많은 것들이 연결되어 있습니다. 당신과 내가 연결되어 있는 것처럼. 그래서 우리가 서로를 움직이게 할 수 있다면 빠르게 움직이는 커다란 우주의 돌덩이도 움직이게 할 수 있습니다. 인간의 시간 감각으로는 느낄 수 없는 행성의 시간에 의한 연결된 사건이니까요.

도저히 알 수가 없는 노아의 장광설에 연경은 머릿속이 혼란스러웠다. 노아는 진실을 말하고 있는 걸까? 노아가 자신과 비슷하다면, 굉장히 이기적이고 무감각할 것이다. 과연 그런 노아를 믿을 수 있을까? 노아는 자신의 의지로 다시 현과 의식이 바뀌지 않는다고 했다. 그냥 기다리는 수밖에 할 수 있는 게 없다는 노아의 말을 과연 믿을 수 있을까? 연경은 노아가 자신의 목소리를 듣지 못하기 시작한 때가 자기가 정신과적 치료를 받기 시작한 때부터라는 것을 알았다. 열두 번째 탐사선은 실종되었고 프로젝트는 종료되었다. 그러므로 연경은 노아의 목소리를 듣는 자신을 이해하지 못했고 약을 먹어야 했다. 그리고 그 약물은 아이러니하게도 노아의 목소리가 들려오는 것을 막지 못하고 목소리를 전달하는 것만 막았다. 그래도 서로 대화하는 것이 아니다 보니 주변에서는 연경의 증상이 어느 정도

컨트롤되고 있다고 믿었던 것이었다.

약을 끊는다면.

연경은 생각했다.

다시 목소리를 전달할 수 있다. 그곳에 있는 것은 이제 노아
가 아니고 현이다. 현에게 메시지를 전달하려면 먹던 약을 중
단하고 대화를 시도해야 한다.

희미하게나마 멀리서 나를 부르는 소리가 들려왔다. 언니다.
연경의 목소리다. 나는 대답했다. 하지만 양방향이 아니었다.
이거였구나. 연경의 목소리는 들려왔지만 내 말을 듣지는 못한
다는 것을 알아차렸다. 양방향은 도대체 어떻게 가능했던 걸
까. 내가 정신을 잃기 직전, 아니면 꿈을 꾸고 나서 몽롱한 의식
속에서 등 내 맘대로 되는 게 아니었었다. 그리고 양방향 연결
이 강하게 이루어진 후에는 이렇게 뒤바뀌어 버렸다. 아무래도
그건 쉬운 일은 아니었던 듯했다.

나는 대답하는 것을 포기했다. 그런데 고맙게도 연경은 곧
내가 듣고 있다는 것을 안다고 말해 주었다. 대답은 듣지 못해
도 내게 전달되는 것은 느끼는 듯했다. 연경은 내가 해 줘야 할
일을 말하겠다고 하고 나에게 여러 가지 중대한 임무(나는 임무
라고 느꼈다)들을 말했다. 착륙선을 타고 이륙을 해서 탐사선에

서 생존에 필요한 것들을 모두 옮겨 놓으라고 했다. 하지만 도저히 이해하지 못할 하나는, 탐사선을 그대로 폭파시키라는 것이었다. 나는 드디어 이 비현실적인 세계가 정신 나간 내 주변의 몇몇에 의해 아포칼립스를 맞이한다고 생각했다. 애초에 이 프로젝트를 생각해 냈던 그 양복 입은 옛날 사람도 정상이 아니었거니와 평상시도 이해하지 못할 인간이었는데 이 상황에서 더더욱 이해하지 못할 말을 하는 언니도 정상이 아니었다. 도대체 탐사선을 파괴해서 얻는 이득이 뭐란 말인가. 그렇게 해서 이 행성의 달이 파괴된들 또 그 이득은 무엇이며 그 위험부담은 어떻게 하란 말인가.

내가 애초에 그 이론을 이해하지 못했다면 좀 더 빨리 실행할 수 있었을지도 모른다. 에라 모르겠다 하고 모든 것을 체념한 채 그들이 시키는 대로 따랐을지 모른다. 하지만 나는 이미 대학교 때 교양 수업에서 양자 지우개 이론에 대해서 들은 적이 있었다. 얽혀 있던 두 양자가 상대의 상태 정보를 갖고 있는데 하나의 정보를 지우면 나머지 양자의 정보도 지워진다는 내용의 매우 충격적이고 불가해한 (비전공자인 내 입장에서) 이론이었다. 내가 이 이론을 현실에 적용시키기 위해 어느 함수를 써서 이 거대한 돌덩이들의 상관 관계를 계산해야 할지 고민하고 있을 무렵, 시간이 없다고 빨리 실행하라는 재촉이 들려왔다. 탐사선에서 필요한 물품들을 꺼내 땅에 내려놓는 데만도 하루를 꼬박 써야 할 것이며 탐사선의 원자로를 다시 가동시키고 필요한 온도까지 도달시키는 데 다시 며칠이 걸리고 또 그 원자로의 모든 안전장치를 해제하고 폭발 직전까지 달구는 데에 또 며칠이 걸린다. 그러고도 달이 폭파되지 않는다면 또 다른 대책도 세워야 하는데, 꾸물거릴 시간이 없다는 것이었다. 그래서 나는 일단 움직이기로 했다. 이론에 대한 검증은 원자로를 가동시킨 다음에 해도 된다. 과연 내가 검증을 할 수 있을지는 모르겠지만. 일단은 일을 시작해야 한다.

그래서 내가, 탐사선에서 착륙선을 두 번이나 왕복하며 필요한 것들을 내리고, 원자로를 가동시킨 후에 착륙선의 발화대에서 양자 지우개 이론과 탐사선과 함께 온 작은 달에 대해 이야기했더니, 인공 지능 스패로가 기다렸다는 듯이 이 행성의 작은 달과 지구로 향한다는 소행성은 서로 얽혀 있는 거라고 신나게 이야기했다. 마치 그 일을 기다려 오기라도 했다는 듯이. 그게 증명될 수는 없지만 증명 전에 실험으로 먼저 현상이 나타나는 그런 케이스일 거라고 떠들어 댔다. 자기가 이미 그 이론을 말했기 때문에 노아도 그걸 알고 있을 거라고 했다. 그랬구나. 그걸 가장 먼저 말한 게 지금 나와 함께 있는 인공 지능 스패로였구나. 그래서 내가 지금 힘들게 이 고생을 하고 있는 거였구나. 나는 조금 억울했지만 그래도 스패로를 조금 믿어 보기로 했다. 하긴 25광년을 넘어서 머릿속도 연결이 되어 있는 이 마당에 달과 소행성이 얽혀 있다는 얘기 또한 믿지 못할 게 없었다. 게다가 증명 전에 현상으로 먼저 나타나는 과학적 해프닝이라니. 내가 박사 논문으로 쓰고 싶을 정도로 매력적이기까지 하니까. 조금 고생을 하고 나면 내 진로도 결정이 되고 논문까지도 해결될지도 몰랐다.

원자로가 과열되기 시작했다. 나는 10여 가지가 넘는 단계를 거쳐서 안전장치들을 해제했다. 그러고도 며칠을 원자로가 더 문제를 일으킬 때까지 기다려야 했다. 이제 도망을 가야 한다. 멀리 멀리. 최대한 달로부터 멀리 도망을 가야 한다. 나는 착륙선으로 옮겨 탔다. 이 행성에서 유일하게 지구에서처럼 편안했던 탐사선이 달과 함께 산산조각이 날 것이다. 그렇게 함으로써 지구는 정말로 안전해지기를. 적어도 몇십, 몇백 년간은 멸망의 위험에서 벗어날 수 있기를 나는 간절히 소망했다.

마지막 안전장치를 해제하고 착륙선에 오르기 전 탐사선을 한 번 돌아보고 나는 문을 닫았다. 작고 날렵한 이 기체가 이제 나를 멀리멀리 데려다줘야 한다. 나는 착륙선의 착륙 위치를 조정했다. 달의 공전 주기를 고려해서 반대 방향으로 최대 속도로. 나는 착륙선에 앉아 눈을 감았다.

최대한 멀리 가려고 했지만 더 가면 바다가 나타난다. 바다가 얼마나 큰지 알 수 없는 나는 차마 바다 위로 날아갈 수가 없었다. 조금 아쉬운 위치지만 이 정도면 직접적인 폭발의 여파는 피할 수 있을 것이다. 나는 착륙선을 내리고 바닷가에 섰다. 한편으로는 멀리 보일 폭발을 희미하게나마 보고 싶기도 했다. 나는 인류 최초로 달을 폭파시킨 사람이 되는 것이었다.

착륙선이 내린 지 얼마 안 돼서 폭발이 시작되었다. 빛이 먼저 초신성처럼 빛났다. 그 후에 불어온 뜨뜻한 바람, 몸을 떨리게 하는 낮은 파장의 파열음, 불꽃놀이처럼 대기로 타들어 오는 달의 잔해들이 보였다. 하지만 그 여파로 바닷가 옆 작은 야산의 산사태가 시작된 것은 알아차리지 못했다. 작은 산이었지만 지표가 불안정해졌는지 돌덩이들이 굴러 내려오기 시작했다. 돌들의 움직임이 심상치 않아 나는 착륙선으로 돌아가려고 뛰었다. 하지만 늦게 시작한 달리기가 튀어 오는 작은 돌들의 속도를 이길 수는 없었다. 큰 떨림이 지나가고 잔 돌멩이들이 주변에서 튀어 오르며 나는 쓰러졌다. 착륙선으로 돌아가야 한다는 생각을 하며 그대로 누워서 주변이 잠잠해지는 것을 느꼈다. 정신이 희미해졌다. 통증이 한 번 물밀듯이 밀려들었다가 점점 먹먹해졌다. 의식 소실. 나는 어디로 가는 걸까. 내가 갈 곳이 있을까. 나는 가늠할 수가 없었다. 지구로부터 25광년 떨어진 낯선 별의 행성에서 정신을 잃으면 어떻게 되는 걸까. 아주아주 멀리서 나를 부르는 소리가 들려왔다. 어디일까. 어디서 부르는 소리일까.

"내가 갈게. 나를 받아들여 줘." 하는 소리를 들었다. 하지만 눈앞이 흐려지는 것을 막을 수 없었다. 그대로 나는 암흑 속으로 던져졌다.

그리고 눈을 떴을 때, 나는 사람들이 부르는 소리를 들었다. 분주하게 오가는 소리, 병원의 기계음. 규칙적인 소리와 불규칙적인 소음들.

나를 보고 있는 나의 모습을 본다. 나는 죽었나 보다. 죽으면 나의 영혼이 나를 본다고 하지. 하지만 이상하다. 내가 영혼인데, 내 육신이 나를 바라보고 있다. 나를 보고 있는 것은 분명히 내 얼굴이다. 누가 육신이고 누가 영혼인지 분간이 되지 않았다. 내가 보이나?

우리 부모님은 자신들이 자식들 중 누구도 잃지 않은 줄 알고 있다. 그리고 하마터면 지름 15킬로미터의 소행성이 지구와 충돌해서 모두 가루가 되어 버릴 뻔했다는 걸 모르고 있다.

내가 MP12-2에서 의식을 잃어 갈 때 언니가 강한 연결을 시도해서 나와 뒤바뀌어 버렸다. 그리고 그곳의 몸은 아직도 예전의 뇌 기능을 회복하지 못해서 아무것도 어디에도 연결되지 못해 사라져 버렸다.

천진난만한 표정으로 내 옆에서 나를 걱정한다고 하고 있는
것은 노아다. 나는 내가 MP12-2에 있을 때 노아가 일부러 나
와 연결하지 않은 것을 알고 있다. 목소리가 들렸을 텐데 아무
렇지 않게 아무 반응하지 않은 것도 다 느껴졌다. 다시 우리가
뒤바뀔까 봐 그랬던 것일까. 이곳에 좀 더 남아 있고 싶어서였
을까.

왜 마지막 순간에 나와 바꾼 것일까. 언제부터 나와 바꿀 생
각을 했던 것일까. 자기밖에 모르는 무감각한 복제 인간 따위
가 내 걱정을 하고 앉아 있었다니 믿기도 힘들고 받아들이기
가 힘들다. 모든 일이 완벽하게 끝났다면, 누구도 다치지 않고
번갈아 지구에서 살았을까.

노아가 언니는 지금이라도 자신의 의무를 깨달았을 뿐이라
고 말해서, 나는 노아를 한 대 때릴 뻔했다. 하지만 노아는 걱
정하지 말라는 뜻이라고 했다. 그 별은 천성적으로 자기들에게
맞는다고 했다. 노아는 자신은 연경을 만나고 싶었을 뿐 지구
를 그리워하지도 동경하지도 않았다고 했다. 그렇다면 자기가
다시 갈 것이지. 아니다. 노아에게도 너무 가혹하다. 나는 노아
에게 그런 가혹한 임무를 허락한 적이 없다. 노아에게나 언니에
게나. 노아도 언니도 삶을 선택하지도 않았고 임무도 선택하지
않았는데 나에게는 더더욱 그럴 권리가 없다.

25광년 떨어진 별에 혼자 사는 것이 축복인지 형벌인지는 그

저 내 기준에서만 판단한 것일 뿐이다. 노아는 자신들은 다르다고 했다. 노아와 언니는 100퍼센트 일치하는 유전자를 가졌다. 내가 언니를 이해할 수 없었고 항상 함께 있어도 다른 별에 있는 것 같았던 만큼 노아는 언니의 마음을 잘 안다고 했다. 아무것도 모른 채로 누구도 판단하지 말고 단정 짓지 말 것.

그게 유일한 나의 위로다.

폭발의 여파와 계속 뒤바뀌는 연결로 내 뇌에 손상이 있었다. 나는 기억이 조금씩 희미해지는 것을 느낀다. 어느 때 보면 노아가 정말 내 동생인 것만 같다. 노아는 정말 언니가 내 동생이었으면 어땠을까 싶은 상상을 구현한 것처럼 언니 같으면서도 어린애 같다. 이기적이고 무신경하면서도 어딘지 모르게 귀여운 데가 있어서 미워할 수가 없다.

사람들의 안타까워하는 표정도 조금씩 익숙해질 무렵, 내가 연경인 척하면 모두들 편안해한다는 것을 알았다. 다시 돌아가지 못한다면, 언니를 찾지 못한다면 나는 연경인 채 사는 것밖에 방법이 없다. 이대로면 언젠가는 내가 정말 연경으로 태어났고 연경으로 살다가 조금 아팠고 회복하고 혼란스러워할 뿐이라고 생각하게 될 것 같다. 언니를 기억해야 되는데. 나는 이 글을 씀으로 해서 모든 것을 잊지 않게 되길 바라고 있다.

나는 오늘도 MP12-2에서 리포트했던 거주 가능 행성의 세부 사항들을 읽고 또 읽는다. 25광년 근처에서 이 별을, 이 행성을 발견하면 언젠가는 언니를 만날 것이다. 지구에서는 여전히 거주 가능 외계 행성을 찾는 것을 멈추지 않고 있다. 이번의 위험은 운 좋게 피해 갔지만 언젠가는 피하지 못할 운명이 다가올 것이고 그때를 대비해 더 좋은 이주처를 지치지 않고 찾아 헤매고 있는 것이다.

나는 MP12-2에 가야 한다고 이미 모두에게 이야기했다. 이대로 탐사와 연구를 계속한다면 언젠가는 언니가 있는 별을 발견할 것이고 그곳에 사람을 보낼 것이다. 운이 좋으면 내가 직접 갈 수도 있다. 우리 모두는 연결되어 있지만 잠시 연결이 느슨해져 있고, 끊임없이 서로에게 메시지를 보내고 있다. 그때까지, 나는 MP12-2의 환경 리포트를 계속 기억하려 애쓴다. 그 별을 찾으려고 애쓴다. 언젠가는 모두 그곳에 갈 것이다. 나는 다시 만나고 싶은 사람이 있다. 그리고 그곳에는 우리를 기다리고 있는 사람이 있다.

여기보다 나은 우주는 없어

1판 1쇄 찍음 2025년 12월 5일

1판 1쇄 펴냄 2025년 12월 12일

지은이 | 윤순영, 여하정, 비전, 송동호, 강늠연, 고수고수, 창궁, 이요람, 김이은

발행인 | 박근섭

편집인 | 김준혁

책임편집 | 정미리

펴낸곳 | 황금가지

출판등록 | 2009. 10. 8 (제2009-000273호)

주소 | 06027 서울 강남구 도산대로 1길 62 강남출판문화센터 5층

전화 | 영업부 515-2000 편집부 3446-8774 팩시밀리 515-2007

홈페이지 | www.goldenbough.co.kr

도서 파본 등의 이유로 반송이 필요할 경우에는 구매처에서 교환하시고

출판사 교환이 필요할 경우에는 아래 주소로 반송 사유를 적어 도서와 함께 보내주세요.

06027 서울 강남구 도산대로 1길 62 강남출판문화센터 6층 민음인 마케팅부

ISBN 979-11-7052-689-6 03810

㈜민음인은 민음사 출판 그룹의 자회사입니다.

황금가지는 ㈜민음인의 픽션 전문 출간 브랜드입니다.